MAX BRONSKI

OSKAR

ROMAN

Besuchen Sie uns im Internet:
www.droemer.de

Originalausgabe Dezember 2017
Droemer Taschenbuch
© 2017 Droemer Verlag
Ein Imprint der Verlagsgruppe
Droemer Knaur GmbH & Co. KG, München
Alle Rechte vorbehalten. Das Werk darf – auch teilweise – nur mit
Genehmigung des Verlags wiedergegeben werden.
Redaktion: Peter Hammans
Covergestaltung: NETWORK! Werbeagentur GmbH
Coverabbildung: Getty Images/Michael Fellner;
plainpicture/Stockwerk/Jo Jankowski
Satz: Samantha Gohn
Druck und Bindung: CPI books GmbH, Leck
ISBN 978-3-426-30610-9

2   4   5   3   1

INHALT

OSKAR, DER FINDLING

Die Hinrichtung wurde auf den neunundzwanzigsten
März, neun Uhr morgens, festgesetzt. Dieser Aufschub
(dessen Bedeutung der Leser später würdigen wird) war
dem behördlichen Wunsch zu verdanken, unpersönlich
und gemessen vorzugehen, wie die Pflanzen und
die Planeten.

Jorge Luis Borges, *Das geheime Wunder*

死 (TOD)

Schmerzen spürst du nur, solange sich dein Körper noch auflehnt. Danach setzt eine Selbstvergiftung ein, die dir das Hirn vernebelt und dir die schönsten Dinge vorgaukelt. Dieser gnädige Mechanismus begann bei mir nicht zu wirken. Visionen allerdings hatte ich schon, aber keine guten: Eine Lawine aus Schlamm und Schutt war über mich hinweggegangen, unter der ich nun begraben lag. Alpträume flackerten hoch, aber alle ohne Handlung. Keine Figuren oder Gesichter tauchten darin auf, nur gestaltlose Eindrücke. In meinem Hirn war kein Text mehr, nur das tiefe Gefühl von Verlorenheit und Einsamkeit. Ich ruhte an einem vollkommen dunklen und kalten Ort, befand mich in einem Dämmerzustand, gelähmt an allen Gliedern, die Atmung war flach, und mein Puls tickte wie eine Uhr kurz vor ihrem letzten Schlag. Den Tod, so dachte ich, stirbt man. Ich erlebte ihn.

Diese Diagnose konnte nur aus dem Jenseits kommen, von einem, der seinen Fuß bereits auf die Schwelle gesetzt hat und noch einmal zurückblickt. Doch plötzlich war Stillstand, ich war nicht mehr lebendig, aber noch nicht tot. Wie lange meine Verbannung in dieses Zwischenreich anhielt, befand sich außerhalb meiner Vorstellung. Das Schicksal, langsam zu verlöschen, war mir eigentlich vorgezeichnet, dann aber beschloss eine höhere Macht, mich wieder zurückzuholen. Gevatter Tod verabschiedete sich denkbar grob und ließ mich hinauswerfen wie einen ungebetenen Gast.

Ich wurde angehoben, flog durch die Luft und krachte auf den Boden. Eine Tür wurde verriegelt, und eine wilde Fahrt begann. Rücklings lag ich auf einem Brett, das die Schläge und Stöße, die von unten kamen, nicht abfederte.

Oder war ich im Fegefeuer?

Nein, so empfand kein Geistwesen. Die Welt mit ihren harten Oberflächen und scharfen Kanten war wieder da. Ich konnte sie wahrnehmen, auch wenn um mich herum alles dunkel war. Ich tastete Bretter und fühlte rauhes Holz. Unter und über mir, sogar an den Seiten.

Ratlosigkeit überkam mich. Ich überlegte und prüfte, das Ergebnis war niederschmetternd, aber klar: Ich war in eine Kiste eingeschlossen. Was heißt *ich?* Mit wem hatte ich es denn zu tun? Zutreffender wäre, von mir nur in der dritten Person zu sprechen, denn mehr, als dass ich eingesperrt war, wusste ich nicht von mir.

Neue Eindrücke von außen drangen auf mich ein. Offenbar wurde ich in einem Wagen transportiert. Die Kiste, in der ich lag, polterte bei Unebenheiten auf und ab, schlingerte in Kurven, auch das Brummen eines Motors konnte ich deutlich ausmachen. Und es war heiß und stickig geworden, zumal in diesem Holzgehäuse.

Ich hob die Hände und zog die Beine an, meine Gliedmaßen gehorchten mir wieder. So stemmte ich mich gegen den Deckel. Er war nicht massiv und bestand nur aus zwei Fichtenbrettern, die sich durchbogen, aber ich benötigte doch einige Versuche, bis die Nägel endlich nachgaben und die Abdeckung zur Seite fiel.

Mühsam richtete ich mich auf. Ich befand mich im Laderaum eines Lieferwagens, der mit großer Geschwindigkeit unterwegs war. Aus der Kiste auszusteigen, war schwierig, man wurde hin- und hergeworfen, Halt fand ich an den Seitenwänden, wo Gärtnerwerkzeuge wie Spaten und Rechen mit Gurten befestigt waren.

Im Laderaum befanden sich zwei weitere Kisten derselben Art. Jetzt, wo ich sie so von außen sah, verstand ich, dass es Särge waren, aber billig zusammengenagelt, gerade so, um den Anschein wahren zu können.

Es stank fürchterlich, kaum erträglich, vor allem aus der Ecke, in der blaue Müllsäcke aufgehäuft lagen. Mit dem Stiel des Rechens hob ich von einem das offene Ende an, um hineinsehen zu können. Am braunen Fell erkannte ich einen Dackel, steif und tot, bereits in Verwesung übergehend.

Wie um Himmels willen war ich hierhergeraten?

死

Ich hatte mich nahe der Hecktür in die Ecke gekauert. Von außen strömte ein wenig Luft herein, so war ich nicht vollständig diesem Fäulnisgeruch ausgesetzt. Solange es auszuhalten war, hatte ich mich umgesehen. Ich saß in dem Fahrzeug einer Firma *Grienbeck GmbH*. Wir fuhren, der Geschwindigkeit nach zu urteilen, auf einer Landstraße oder Autobahn und waren, so folgerte ich, unterwegs zu einer Kadaverbeseitigungsanstalt, im besten Fall zu einem Krematorium. Kannte ich meine Leidensgenossen? Auf allen vieren kroch ich zu den anderen Särgen, um sie zu begutachten. Obenauf, wie auf einer Frachtkiste, klebten Identitätsnummern und Namen. Die zu einem Bündel verschnürten nachgelassenen Papiere lagen am Kopfende, alles, was eben an behördlicherseits wichtigem Material von einem Menschen übrig bleibt. Rita Blümel und Leopold Perl, diese Namen hatte ich noch nie gehört, sie waren mir so fremd wie Waldi und seine Kumpane. Als ich die abgesprengten Bretter wieder zusammenklaubte, sah ich, dass es bei mir nichts dergleichen gab, ich gehörte der Kategorie o. I. an, wie man es auf meinem Sarg vermerkt hatte: Person ohne Identität. Ich prüfte mich, ich schämte mich, schließlich packte mich Verzweiflung, aber zur Lösung dieses Rätsels konnte ich nichts beitragen.

Wenn ich an mir herunterblickte, erkannte ich wohl, dass dieser Körper schon immer zu mir gehört hatte. Er war mir vertraut, auch wenn ich in Boxershorts steckte, die mit albernen blaurosa Delphinen bedruckt waren. Das Begräbnisinstitut stattete seine Kunden gerade mit so viel aus, dass sie, ohne Anstoß zu erregen, ins Feuerloch zu schieben waren, denn schließlich hatte das Landratsamt von Deixelwang, so die Quittung in Leopold Perls Papieren, nicht mehr als knapp tausend Euro für uns verausgabt, um uns einem Armenbegräbnis zuzuführen. Unsere Särge waren billiges Brennholz, blicksicher verpackt waren wir darin, und mehr als den Transport zum Krematorium musste diese Leichenkiste nicht überstehen. Trotz der offensichtlichen Schäbigkeit ging die Rechnung offenbar nur dann auf, wenn man uns tote Hunde und Katzen beipackte, für deren Beseitigung sicher auch bezahlt worden war. Aber wen kümmerte es schon, wenn sich unsere Asche mit der von Waldi oder Maunzerle vermischte? Mensch, Katze und Dackel waren Staub, wurden wieder dazu und lagen schließlich friedlich vereint in einer Bio-Urne, deren Wände aus Brotteig sich schon beim ersten Feuchtigkeitsandrang aufzulösen begannen, um rasch Platz für Nachrücker freizugeben. Die Grabstätte jedenfalls war für ein halbes Jahr gebucht, dann war man buchstäblich vom Erdboden verschluckt.

Rita Blümel und Leopold Perl hatten zwar einen Namen, aber offenkundig weder Geld noch Verwandtschaft, die ihnen eine Träne nachgeweint hätte. In meinem Sarg war nur ein mit Sägespänen gefülltes Kissen, aber nichts, was mir hätte weiterhelfen können, mehr über mich zu erfahren.

Immerhin hielt man mich für tot. Hatte ich einen eingeschlagenen Schädel oder ein Geschwür? Vielleicht fehlten Gliedmaßen, oder hatte ich Beulen und sonstige Wucherungen? Irgendwelche Merkmale von Krankheit oder Hinfälligkeit? An meinem Hinterkopf tastete ich einen aufgeworfenen Striemen. Zwei meiner Zehen waren blaurot und schmerzten wie nach einer Erfrierung, aber alles andere schien intakt, offensichtlich normal, wäre nicht diese Gedächtnisschwäche gewesen, die mich hatte vergessen lassen, wer ich war. Ich fühlte mich wie nach einem tagelangen Schlaf, nein, doch eher wie nach einer Narkose oder einer durch sonstige Mittel verursachten Absenz, ansonsten aber wohlauf.

Immer wieder blickte ich auf meine Hände, als könnte ich in oder an ihnen etwas entziffern. Wenn ich zurückdachte, war es, als stieße ich gegen eine dunkle Wand. Ich fühlte deutlich, hinter mir lag etwas Furchtbares. Ich konnte es nicht bezeichnen, aber es war ein Ereignis, das unheilvolle Schatten warf. Mir war etwas widerfahren, was diese psychische Verheerung ausgelöst hatte. Die Frage war allerdings: Hatte ich etwas Schlimmes getan, oder war es mir nur zugefügt worden?

死

Alles im Leben hat einen Sinn, es kommt nur darauf an, aus welcher Perspektive man die Angelegenheit betrachtet.

War das von mir, oder hatte mir das früher einmal jemand gesagt? Ständig gingen mir Gedanken durch den Kopf, die mich selbst erstaunten. Ich denke, das sagt sich so einfach, weil man sich normalerweise dem, was da oben abläuft, zugehörig fühlt: mein Kopf, meine Gedanken, meine Phantasie. Bei mir war das anders. Was mir so in den Sinn kam, schien von Stimmen herzurühren, mit denen ich nichts zu tun hatte. Ich dachte nicht, sondern hörte nur zu!

In irgendeinem Plan musste es immer schon vorgesehen gewesen sein, dass ich wieder ins Leben zurückfand. Geschenkt bekommt man nichts, diese Gunst war zweifellos mit einem Auftrag verbunden. Dass ich mich aber einem wie eine gesengte Sau fahrenden Leichenchauffeur offenbarte – Hallo, ich bin wieder da! – und mich anschließend zur nächsten Polizeidienststelle bringen ließ, um herauszubekommen, wer ich war, konnte so nicht gemeint sein. Das Geheimnis um mich zu lüften und mich allen daraus entspringenden Konsequenzen zu stellen, war meine Aufgabe. Nur deshalb war ich eines Gnadenerweises würdig, den auch der liebe Gott seit Lazarus nur in seltenen Fällen gewährt.

Interessant, dachte ich, so konnte man das freilich auch sehen!

Diese innere Zwiesprache irritierte mich nicht. Im Gegenteil, ich war dankbar, dass sich jemand um Ordnung in diesem Wirrwarr bemühte. Und eines war vollkommen klar: Wenn du nicht weißt, wo du herkommst, dann weißt du auch nicht, wer du bist. Insofern war ich gut beraten, auf diesen Konvent von Stimmen in meinem Schädel zu hören. Nach einer Weile begriff ich, dass es zwei waren, eine abwägend, bedächtig und klug, die Stimme eines alten Mannes. Irgendetwas drängte mich, ihm den Namen Erlacher zu geben. Die andere quecksilbrig frech und piesackend. Sie gehörte einem Beißer, den ich, ohne lange zu überlegen, Wolfsgruber nannte. Vielleicht war ich den beiden früher einmal begegnet, vielleicht waren sie sogar Freunde oder Bekannte – ich wusste es nicht. Jedenfalls waren sie bei mir geblieben, hausten in meinem Kopf und konnten mir helfen, meine Herkunft zu ergründen.

Der Wagen war deutlich langsamer geworden. Immer wieder hielten wir an, und es war nicht schwer zu erraten, dass wir uns innerhalb einer Ortschaft befanden. Ich packte drei von Waldis Freunden in meine Kiste, legte den Deckel darauf und klopfte die Nägel mit dem Spaten in das Holz zurück. Leopold Perls Papiere nahm ich auf Anraten von Wolfsgruber an mich und lugte durch den Türspalt nach draußen. Wieder drosselte der Sprinter das Tempo und fuhr durch eine langgezogene Kurve. Schließlich hielt er. Da der Motor noch lief, war ich sicher, dass wir an einer Ampel standen. Ich öffnete die Hecktür ein Stück weit und sah, dass eine Grünanlage an die Straße grenzte. Die Gelegenheit war günstig. Ab die Post, drängte Wolfsgruber. Ich sprang heraus, kam vor dem Sportwagen einer älteren Dame zum Stehen, die mich teils erschrocken, teils schockiert musterte. Ich drückte die Tür wieder zu und rannte in die Grünanlage, die in eine steile Böschung überging.

Die Autos oben fuhren wieder an, ich hörte kein Lärmen oder Rufen, offenbar war mir die Flucht gelungen. Nun musste ich vorsichtig sein. Ich trug nur Boxershorts und würde sehr schnell auffällig werden. Von Busch zu Busch arbeitete ich mich vorwärts, weiter hinten rauschte Wasser, vielleicht konnte ich mich da vorläufig niederlassen. Heiß genug, um zu baden, war es schließlich.

»Grüß Gott!«

Ich fuhr herum. Hinter mir stand ein weißhaariger älterer Herr, Typ Rentner, von der Sommersonne ledrig durchgebräunt. Er streckte eine stattliche Apfelwampe nach vorne, aber selbst die konnte nicht verbergen, dass er nackt war. Ohne auf die Erwiderung meines Grußes zu warten, stakste er durch das Gehölz und legte sich in Ufernähe auf eine Klappliege. Jetzt sah ich, dass auch einige andere, die es sich auf der Wiese mit Handtuch oder Decke bequem gemacht hatten, nackt waren.

Hier sind wir richtig, meinte Wolfsgruber.

死

Ich stieg ins Wasser, um ein Bad zu nehmen. Nach Schwimmen war mir nicht zumute, mehr nach Reinigung, um den Leichen- und Verwesungsgeruch abzuwaschen. Die Sonne stand noch hoch am Himmel, es mochte früher Nachmittag sein. Schnell trocknete ich. Dann beschäftigte ich mich mit mir, man musste sich ja wieder kennenlernen. Meine Beine waren behaart, ebenso die Brust, auf der meine Wolle schon grau zu werden begann. Meine Muskulatur war gut ausgebildet. Ich fand mich etwas mager, aber das konnte sich ändern, ich wusste ja nicht, wie lange ich scheintot gelegen hatte. Ich schätzte mich auf etwa fünfzig Jahre. Offenbar wirkte ich durchaus noch ansehnlich, jedenfalls widmeten mir die Frauen, die in der Nähe lagen, deutlich mehr Blicke als dem Rentner.

Baut der Kopf den Körper oder der Körper den Kopf? Darauf wusste selbst Erlacher nichts zu antworten.

Ich lag am Ufer des Flüsschens, steckte den Arm hinein und hielt mein Gesicht über das vorbeifließende Wasser, um auf der Oberfläche einen Blick zu erhaschen. Das undeutliche Abbild schwankte, es näherte und entfernte sich mit den Wellenbögen. Kennen Sie diesen Mann? Es war, als ob ich eine Vermisstenanzeige betrachtete. Ja, ich kannte diesen Mann, aber er war mir dennoch schmerzhaft fremd. Manche Personen, so hörte man, verließen das Haus unter einem Vorwand und blieben verschwunden. Nach Jahren kamen sie auf demselben Weg zurück, gezeichnet von dem, was sie erlebt hatten, deutlich anders, aber immer noch sie selbst.

Warum eigentlich? Was hat ein Erwachsener noch mit dem kleinen Kerl zu tun, der die Windeln genässt hat? Mit dem, der auf Bäume geklettert ist und schließlich Zeugnisse ausgestellt bekam? Warum haben wir uns angewöhnt, von diesen vielen als einer Person zu sprechen?

Weil du ohne Gedächtnis und Erinnerung jeden Tag neu denselben Blödsinn machen müsstest, ohne je daraus lernen zu können, mahnte Erlacher. Und endlich stellten sich zu den Gefühlen, die mich bewegten, Bilder ein. Ich war ein kleiner Junge und schlich mich in das Schlafzimmer meiner Mutter. Auch in meinen Erinnerungen konnte ich sie nicht sehen, nur riechen: eine Mischung aus Creme, Puder, Parfüm und Haarspray, Düfte aus all den Dosen und Behältern, die dort auf der Frisierkommode aufgebaut waren und die sich erst an ihr zu einem neuen Ganzen verbanden. Der Spiegel auf ihrer Kommode hatte zwei Flügel. Als ich mich auf ihren Hocker setzte, konnte ich mich von allen Seiten begutachten. Ich dachte nicht etwa, das bin also ich; ich dachte, das bist du. Ich war mir nicht fremd, aber die Verbindung zwischen Ich und Du war lose, eher zufällig, sie hätte sich jederzeit wieder auflösen können, und dann hätte ein anderer vor der Frisierkommode meiner Mutter gesessen. Als ich schließlich einen Handspiegel nahm, um meinen Hinterkopf anzusehen, sagte eine Stimme in mir: Er betrachtet seinen Hinterkopf in einem Spiegel. Damit waren wir zu dritt.

Ich, du, er? Wenn solche Verbindungen erst einmal zerbrochen sind, versteht man, dass sie früher durch Gewohnheit und tägliche Einübung aufrechterhalten werden mussten. Wenn dir niemand mehr sagt, wer du bist und wie du heißt, verflüchtigt sich deine ganze Person wie Wasserdampf in der Atmosphäre.

Ich rollte mich zur Seite und schaute nach oben. Wolkentupfer auf klarem blauem Grund, dazu eine weißgelb strahlende Sonne. Das Gemeinsame an diesem Verwirrspiel und allen seinen Wendungen war, dass sie unter demselben Himmel stattfanden. Mit diesem letzten Gedanken schlief ich ein.

死

Die Hitze weckte mich bald wieder. Dennoch fühlte ich mich gekräftigt. Ich setzte mich unter einen Baum in den Schatten. Im leisen Rauschen der mächtigen Äste hörte ich das Knattern einer Fahne. Stück für Stück suchte ich die Krone mit den Augen ab. Da oben hing ein Hemd. Ein Scherz, böse Absicht? Egal, genau das brauchte ich! Nach ein paar Anläufen bekam ich den untersten Ast zu fassen und schwang mich auf. Der Rest war ganz einfach. Als ich wieder auf dem Boden stand, trug ich ein Buschhemd. Farblich eine Ohrfeige, es war in Tiefblau und Grellorange gehalten, und motivisch eine Peinlichkeit, auf der Rückseite war ein lächelnder, rundlicher Wal abgebildet, der eine Fontäne spie.

Der Rentner lag in seiner Klappliege, und auf der Kühltasche neben ihm stand ein Dosenbier. Aus einer Tube, die Lichtschutzfaktor 100 versprach, drückte er Sonnencreme. Als er absetzte, hinterließ er eine weiße Raupe, die Richtung Nabel zu kriechen schien. Dann sah er mich und rückte seine Brille zurecht. Meine alberne Erscheinung nötigte ihm ein Grinsen ab, aber auch ich konnte mir diese Regung nicht verkneifen, denn es war, als stünden wir vor unserem Spiegelbild.

So eine Witzfigur, meinte Wolfsgruber. Weit daneben, sagte Erlacher, denn sollte je einer von uns versuchen, den Sinn oder Unsinn unserer Existenz zu begründen, so könnte diese Erklärung gar nicht anders beginnen, als dass ein Mann in einem grellfarbigen, albernen Buschhemd vor einem Alten steht, der seinen Bauch mit Lichtschutzfaktor 100 eincremt. Das Schöne ist, dass der Mensch nicht bloß ein geworfenes Wesen ist, das an der Absurdität seiner Existenz verzweifeln müsste, denn hin und wieder begegnet man Gleichartigen, in denen man sich schlagartig wiedererkennt. Plötzlich geht durch die Oberfläche dieser kompakten und glatten Welt ein Riss, durch den wir uns in einem anderen sehen können und erkennen, wie wir wirklich sind. In diesem kurzen Moment sind wir uns ganz nahe.

»Hättest du vielleicht ein Stück Brot für mich?«, fragte ich und deutete auf seine Kühltasche.

»Freilich.«

Er öffnete den Deckel. Drinnen lagen sauber in Butterbrotpapier verpackt und nebeneinander aufgereiht Schnitten.

»Leberkäs, Schinken, Mortadella und Streichkäs mit Salami. Was magst denn?«

»Streichkäs und Schinken. Geht das?«

»Logisch.«

Ich nahm die Päckchen in Empfang, bedankte mich und ging.

死

Der Anblick der mit Streichkäse bestrichenen Brot-schnitte rührte mich. Am liebsten hätte ich sie sofort jemand anderem gezeigt, um sie angemessen würdigen zu können. Alles war perfekt. Die gesamte Fläche war sauber und gleichmäßig bestrichen, da gab es keine Hügel oder Ver-dickungen, auch an den Rändern war kein Nachlassen zu bemerken. Das Brot war mit einem scharfen Messer in zwei Hälften geteilt worden, ohne dass Brot oder Käsemasse zer-drückt worden wären. Klar definiert wie geologische For-mationen standen die Schichten übereinander. Auch verpackungstechnisch ließ sich mit den zwei übereinanderliegenden Hälften besser arbeiten als mit dem ungeteilten Ganzen. Ich aß die Brote mit gutem Appetit.

»Hey, Mr. Fisherman!«

Erst nach einer Weile begriff Wolfsgruber, dass wir ge-meint waren.

»Hey, come on, Mr. Fisherman!«

Ich drehte mich um. Am Ufer des Flusses saßen zwei Schwarze, die mir heftig zuwinkten. Intuitiv verstand ich, warum. Ihre Hemden waren ebenso grellfarbig wie meines. Wir gehörten dem Stamm der Bunthemden an.

»What's your name?«

Ich hatte mich nun schon eine ganze Zeitlang mit dieser Frage beschäftigt, ohne eine Antwort gefunden zu haben.

»Leo«, sagte ich, denn schließlich trug ich noch die Mappe meines verstorbenen Kollegen unter dem Arm, und eine an-dere Idee hatte ich nicht.

»Leo, perfect! Me Jacko, he Zaco.«

Beide amüsierten sich. Ich mochte ihr Lachen, das wie Glasperlen aus ihrem Mund kullerte, auf Anhieb. Ihre breiten, ausdrucksvollen Lippen waren klar gezeichnet und ihre Zähne weiß.

»Some smoke?«

Ohne meine Antwort abzuwarten, reichten sie mir eine dicke Tüte. Schon nach ein paar Zügen hatte ich das Gefühl, vollkommen umgenietet zu werden, aber ich ergab mich von vorneherein allem, was da kommen würde, denn für einen, der so viele Fragen an sich und die Welt hatte, war das nicht der schlechteste Weg. Erleuchtung wurde mir jedoch nicht zuteil; im Gegenteil, ich rutschte auf einer schiefen Ebene immer weiter hinab. Gegen alle Logik, die ich mir zumindest eingebildet hatte, kam ich trotz dieses beständigen Hinabgleitens nicht an einem absoluten Tiefpunkt an, an dem ich hätte ausruhen können oder von dem aus es wieder aufwärtsgegangen wäre. Ich verlor den letzten Halt, hielt meine Oberschenkel an die Brust gepresst und vergrub mein Gesicht in den Armen.

»Problems, Massa?«, fragte Jacko.

Ich blickte kurz auf. Jacko und Zaco holten zwei Trommeln hervor, die unter einem Berg von Decken begraben lagen. Sie waren von unterschiedlicher Größe, die eine schmal und die andere ausladend.

»We call it Djembé! Listen to the drums! They talk to you.«

Sie begannen zu spielen. Für mich klang es fürchterlich, denn sie stimmten sich nicht aufeinander ab, vielmehr hielt jeder seinen eigenen Rhythmus. Das anhören zu müssen, war eine Qual, die mich noch mehr zerriss. Ich war so neben der Welt wie die beiden neben sich. Ich hätte schreien mögen, unterdrückte das, musste sie aber wenigstens bitten aufzuhören. Die beiden arbeiteten hochkonzentriert. Zaco blickte kurz auf, legte den Zeigefinger an sein Ohr und nickte mir aufmunternd zu. Und plötzlich begriff ich. Zu meinem Erstaunen stellte ich fest, dass ich die Musik zu lesen imstande war. Ich war zwar nicht ganz sicher, ob ich alles richtig auffasste, aber nach meinem Musikverstand schlug Jacko auf der fülligen Trommel einen Zweiviertel- und Zaco auf der schmalen einen Dreivierteltakt. Sie schichteten die unterschiedliche Rhythmik kunstvoll übereinander. Bei oberflächlichem Hinhören klang es wie Zerwürfnis, Streit oder Krieg. Vertiefte ich mich, fanden die beiden Linien immer wieder zu beglückender Harmonie zusammen.

Mir kamen die Tränen. Das waren wir, ich und die Welt, ein kurz aufscheinender Gleichklang in der Zerrissenheit. Erlacher hatte es auf den Punkt gebracht.

死

Deutlich erleichtert, fast ein wenig beschwingt, spazierte ich später auf einem breiten, unbefestigten Weg. Ich befand mich in einem weitläufigen Park. Die Leute lagerten überall auf den Wiesen, sonnten sich, spielten Ball oder Frisbee. Endlich kam ich an eine Tafel mit einem Übersichtsplan: *Englischer Garten München – Nordteil.*

München! Zum ersten Mal begriff ich, wo ich gelandet war. Ich kannte München, mir war aber klar, dass ich nicht von hier stammte. Die Stadt war mir vertraut wie eine freundliche, entfernte Bekannte.

Mathäser! Ein Gemurmel hob in mir an, es steigerte sich, wurde zu einer dichten Klangwolke aus Stimmen, Gelächter und Rufen, dazu klapperte Geschirr, klirrten Gläser, und immer wieder war das dumpfe Klacken von irdenen Krügen zu hören, mit denen angestoßen wurde. Ineinandergeschachtelte Räume, ein weitläufiger Saal, hoch oben von der Decke hingen wagenradgroße hölzerne Gerüste, auf denen Lampen wie dicke Kerzen befestigt waren, Säulengewölbe und dazwischen immer wieder kreuzförmig angeordnete Verschläge aus dunklem schweren Holz, mit denen man Séparées geschaffen hatte. Genau: Mathäser, das war ein Ansatzpunkt, vielleicht kannte ich dort jemanden.

Der Karte zufolge floss neben mir der Schwabinger Bach, mein Standort war unweit der Schwabinger Bucht. Nach einer Weile langte ich auf diesem Weg in einem Biergarten an. Offenbar war Werktag, trotz des schönen Wetters war der Andrang überschaubar. Ich schaute an mir hinunter. In meinen Delphinshorts und dem Buschhemd wirkte ich wie ein Fremdkörper. Die anderen Gäste waren besser gekleidet, und ich schämte mich, in diesem grellen Aufzug herumlaufen zu müssen. Neben einem der Tische standen ein Wagen voller leerer Bierkrüge und Plastikboxen mit benutztem Besteck. Zwischen die Boxen war eine grüne Schürze gestopft. Ich zog sie hervor und band sie mir um. So fühlte ich mich den Blicken der anderen wenigstens nicht mehr schutzlos ausgesetzt. Ich strich den hüttenartigen Bau entlang, in dem Selbstbedienungstheken für Speisen und Getränke untergebracht waren.

War ich Biologe? Ich verwarf diesen Geistesblitz sofort wieder, aber das Bild eines zotteligen Tiers, das mit gesenktem Kopf einen Waldweg entlangtrabt, tauchte vor mir auf. Ein Wolf in der Fotofalle. Wahrscheinlich hatte ich einen Artikel in einem Magazin gelesen. Ressort Wissenschaft. Wir können fremde Wesen sehen, verstehen und ihr Verhalten beschreiben. Was uns aber unwiderruflich von ihnen trennt, so hieß es, ist, dass wir die Welt nie aus ihrem Kopf heraus begreifen werden, weil wir uns nicht in ihr Inneres hineinversetzen können. Das war falsch! Ich wusste, was im Kopf eines solchen hungrigen Tiers vorging, nämlich genau das, was in mir rumorte. Ich würde dem Nächstbesten, der die Kasse passiert hatte, das gut gefüllte Tablett aus der Hand reißen und mich darüber hermachen. Sollte es jemand wagen, mich zu stören, würde ich meine Hauer zeigen und knurren.

Vor mir wurde eine Tür aufgestoßen. Ein verschwitzter Koch mit fleckiger weißer Jacke stand vor mir.

»Endlich!«

Ich wartete ab.

»Du kommst doch für den Fritz?«

Wolfsgruber gab mir einen Schubs.

»Ja.«

Ich hatte nicht viele Chancen, mit einem Nein wäre ich aus dem Spiel gewesen. Er sah mich an. Vermutlich wirkte ich mager und verfallen in meiner grünen Schürze.

»Hast schon was gegessen?«

»Nein.«

»Dann komm mit!«

Ich ging hinter ihm her in die Küche. Im Gehen nahm er einen Teller vom Stapel und eine Kelle von der Stange, durchmaß mit energischem Schritt Wasserdampf und Fettschwaden, klatschte Kartoffelsalat aus einem Bottich darauf, legte das dicke, braungeschmurgelte Endstück eines Leberkäs darauf, das unter der Infrarotlampe lag, packte zwei Semmeln dazu und komplimentierte mich wieder zur Tür hinaus.

»Viertelstunde, dann geht's los! Alles klar?«

Ich nickte und widmete mich ganz der gewaltigen Portion, die er mir aufgetan hatte.

死

Vor ein paar Stunden war ich wiedergeboren worden, jetzt saß ich da und starrte den Leberkäs samt Kartoffelsalat mit demselben Erstaunen an, mit dem ich mich vor der Frisierkommode meiner Mutter gemustert hatte. Erinnerungen sind nicht nur in unserem Hirn abgelegt, sie ergreifen auch von unseren Gliedmaßen Besitz. Ich, und damit meine ich den Teil von mir, mit dem ich mich eins fühlen durfte, ohne Fragen stellen zu müssen, ich wusste genau, wie man Besteck in die Hand nahm, das große Stück zerkleinerte, aufspießte und dazu Kartoffelsalat auf die Gabel schob. Dieses Gedächtnis war intakt, trotzdem gab es einen anderen Teil meiner Person, der mich drängte, das alles in Frage zu stellen. Leberkäs, allein der Name schon, was ist denn das? Kann man denn dieses rotbraune, schwammartige Gebilde wirklich essen? Und zu guter Letzt schwebte über mir eine Art Aufzeichnungsapparat, der in diesem Moment festhielt, dass diese Person da unten an einem Tisch sitze und gleich Leberkäs mit Kartoffelsalat verzehren werde. Ich blickte um mich. Womöglich bemerkten andere meine Verwirrung, stellten fest, dass bei mir etwas nicht normal war, und ließen mich abholen.

Ich kniff mich in den Oberschenkel. Schmerzen empfindet man doch immer als real, vielleicht wurde mir von dort aus die richtige Perspektive gewiesen. Erlacher machte sich mit einem Räuspern bemerkbar. Die Welt besteht, sagte er, immer aus deinen Erfahrungen, dem Tatsächlichen und dem Möglichen. Vergangenheit, Gegenwart und Zukunft. Schon – aber was war dann mit dem Eigentlichen, der Lösung des Rätsels, wer ich war, warum ich hier saß und Essen anstelle eines Unbekannten ergattert hatte, der einen Mann namens

Fritz hätte ersetzen sollen? Wie kam es, dass ich mich verloren hatte und als Ersatzmann für einen Ersatzmann dasaß?

Erlacher überraschte mich erneut mit seinem Tiefsinn. Dass wir für einen anderen einspringen, macht unser Leben aus. Es ist unsere Bestimmung. Schau dir den Hageren da drüben an! Natürlich steckt in seiner Hosentasche ein Pass mit seinem Geburtstag und seinem Namen. Aber was wäre gewesen, wenn sich seine Eltern früher, später oder vielleicht gar nicht kennengelernt hätten? Er ist der Ersatzmann für alle diejenigen, die durch diese leichte Verschiebung an seiner statt da sitzen könnten. Und so hat irgendjemand für dich, der du so unerwartet ins Leben zurückkehren durftest, den Platz geräumt.

War das jetzt messerscharfe Logik oder brüllender Wahnsinn?

Vor meinem inneren Auge tat sich ein großer Saal auf, in dem unzählige Flämmchen flackerten, wenn auch jedes für sich so unscheinbar, so kurz vor dem Verlöschen, dass sie kein Licht mehr spendeten. Das waren die armen Seelen derer, die fast auf die Welt gekommen wären. Dann aber war das Kondom wider alle Wahrscheinlichkeit doch nicht gerissen, das Paar war gestört worden, die Schwangere erlag einem Unfall, oder das Rendezvous musste verschoben werden. Mich schwindelte.

Ein folgerichtiger Gedanke, sagte Erlacher, es kann nur eine begrenzte Anzahl von Mitspielern geben! Indem du den Platz einnimmst, den man dir zuweist, schließt du andere aus. Du bist ihnen zuvorgekommen, oder man hat dich vorgezogen – dieser Schuld musst du dir stets bewusst bleiben. Nichts von dem, was dir widerfährt, war ausschließlich dir zugedacht. Große wie kleine Ereignisse sind wie Sternschnuppen, wenn sie vom Himmel herunterfallen, ziehen sie einen Schweif von Möglichkeiten hinter sich her.

Wolfsgruber knurrte wie ein Hund. Der Hagere schaute unter den Tisch, auch ich erschrak. Überflüssiges Gewese, sagte Wolfsgruber, fürs Erste kommt man weit genug, wenn man den Erwartungen der anderen entspricht. Was Erlacher dir da einflüstert, behältst du lieber für dich. Entscheidend ist, dass man zur rechten Zeit am rechten Ort ist und nie vergisst, den Finger zu heben! Also, iss jetzt endlich! Ich gehorchte, schon um diesen Träumereien, die ständig durch meinen Kopf hindurchsickerten, Einhalt zu gebieten.

Anschließend fuhr ich, wie mir der Koch anwies, mit dem Wagen herum, sammelte Krüge, Geschirr und Besteck ein und lieferte sie an der Spülanlage ab. Immerhin hatte ich ein Essen erhalten, und gegen Abend, als der erwähnte Fritz dann eintraf, steckte mir der Koch einen Fünfzig-Euro-Schein zu. Darüber konnte ich mich nicht beklagen. Zumindest war damit ein Grundstein für meine Rückkehr in das Leben gelegt.

Es war dunkel geworden. Unter den ausladenden Bäumen des Wirtsgartens war eine kleine Bühne aufgebaut, erleuchtet von einer Kette aus bunten Lampen. Die Musiker standen bereits auf der Bühne. Das Klatschen und Rufen der Leute hatte etwas Forderndes bekommen. Es tue ihm leid, sagte der Gitarrist endlich, nachdem er sich mit seinen Kollegen beraten hatte, aber die Band müsse heute Abend leider unvollständig bleiben. Der Schlagzeuger sei auf dem Weg hierher in einen Unfall verwickelt worden. Sie gäben aber trotzdem ihr Bestes. Pfiffe ertönten.

»Oder einer von euch kommt zu uns herauf und spielt mit?«

Zwar gab es Gelächter aus dem Publikum, aber Wolfsgruber wusste sofort, dass diese Aufforderung mir galt, und schob an. Ohne zu zögern, erklomm ich die Bühne.

»Wer bist denn du?«

»Der Leo.«

»Hast du auch einen Nachnamen?«

»Leo Perl!«

Von dem Publikum dort unten bekam ich nichts mit. Ich war ganz bei mir. Dann aber, als wäre auf die graue Menge ein Spot gerichtet worden, streifte mich eine kurze, heftige Wahrnehmung. Nach der Nennung meines Namens riss ein Mann hinten, an einem der Tische, an denen bedient wurde, den Kopf herum. Ganz plötzlich war aus dem Bild ein Detail herausvergrößert worden. Irritiert versuchte ich, es festzuhalten, aber es war sofort wieder verschwunden. Hatte ich Visionen?

Ich setzte mich hinter das Schlagzeug und packte die Trommelstöcke. Sie fühlten sich gut an. Meine Zuversicht war groß, ich konnte das.

»Zum Anfang spielen wir immer einen Zwiefachen«, flüsterte der Gitarrist.

»Was ist denn das?«

Er verzog sein Gesicht.

»Oje. Zweimal Dreiviertel-, dann zweimal Zweivierteltakt.«

Zum zweiten Mal an diesem Tag sprach die Trommel zu mir. Die wirklich große Aufgabe war zweifellos, das Widersprüchliche und Zerreißende miteinander in Einklang zu bringen, so wie es Jacko und Zaco fertiggebracht hatten. Für mich genügte es im Moment jedoch vollauf, wenn ich eines hinter das andere schichtete.

»Auf geht's!«

Beim Spielen merkte ich, dass ich kein routinierter Schlagzeuger war. Den Rhythmus allerdings beherrschte ich, er lief in mir ab wie ein Uhrwerk, und ich wusste jederzeit, wo die Eins zu Beginn eines Takts war. Mit dieser Gewissheit im Hintergrund konnte ich nicht mehr viel falsch machen. Nach zwei Stunden stand ich auf, erhielt freundlichen Beifall und bekam von dem Gitarristen einen Schein zugesteckt.

»Wenn du willst, kannst du morgen wiederkommen?«

Ich sagte weder ja noch nein. Einen Plan hatte ich nicht, ich wollte endlich weg aus dem Trubel. Das Geschrei hatte zugenommen, die Stimmen waren zänkischer geworden, das Aufeinanderstoßen der Krüge klang bedrohlich. Ich hatte heute mehr erlebt, als ich aushalten und verarbeiten konnte. Ich wollte allein sein. Mach es wie die Lilien auf dem Felde, sagte Erlacher, sie säen nicht, sie ernten nicht. Zum ersten Mal kam mir der Verdacht, dass dies die Stimme eines Pfarrers war. Jedenfalls kam der Hinweis wie von der Kanzel herab. Sorgen machte ich mir auch keine, die Luft war noch mild, irgendwo würde ich eine Schlafstelle finden. Die weitläufigen Wiesen waren von Bäumen gesäumt, und dort fand ich, was ich gesucht hatte: Zwischen zweien war eine Hängematte aufgespannt. Ich lag eine Weile, schaukelte hin und her und blickte hinüber zur Stadt, von der nur eine Wolke aus Licht wahrzunehmen war, die über den Bäumen lag und den Himmel erleuchtete.

死

Früh wachte ich auf. Mein letzter Traum war, dass ich mich schlafend stellte. Eine Stimme würde mich wecken, sie riefe meinen Namen, und meine Erinnerung würde zurückkehren. Ich hörte das Tappen von nackten Fußsohlen auf einem gefliesten Boden, eine Tür öffnete sich, und ich schlug die Augen auf. Aber die Welt war so, wie ich sie gestern Abend verlassen hatte, wenn auch morgendlich frisch. Die Sonne stieg langsam aus den Bäumen hervor und erklomm den Himmel. Die Vögel zwitscherten, und meine Hängematte war ein wenig feucht vom Morgentau. Ich horchte in mich hinein und stellte fest, dass ich mich gut fühlte. Allerdings hatte ich Hunger. Zunächst jedoch badete ich in der Isar und wusch mich. Dann machte ich mich in südlicher Richtung auf. Ich war bänglich und spürte ganz deutlich, dass ich mich in meiner gegenwärtigen Verfassung nicht in die Stadt wagen konnte. Nur in meiner Naturenklave fühlte ich mich sicher. Ich hatte keinen Stand mehr in dem Leben da draußen.

Ein vertrauter Geruch von Kaffee wehte heran. Hinter den Büschen entdeckte ich einen Kiosk. Geld hatte ich ja, also ging ich hinüber. Der Kiosk war auch innerhalb des Englischen Gartens eine grüne Idylle: Blumenkästen und -kübel umgaben ihn, eine von Rankgewächsen überwucherte Pergola war angebaut, und auch das Dach war bepflanzt, wie Kissen hingen blaue Stauden herab. Ich bestellte einen Kaffee und ein Hörnchen dazu. Ein großer schlaksiger Mann mit schütteren, graublonden Haaren streckte seinen Kopf durch die Luke. Er wirkte ein wenig bucklig, aber das mochte von dem niedrigen Kiosk und dem für ihn zu tief angesetzten Fenster kommen.

»Milch, Zucker?«

Die Frage traf mich unvorbereitet. Der Alltag steckte voller Entscheidungen, die ich nun alle wieder neu aufrollen musste. Die Zeit, die eigenen Vorlieben in Ruhe abzuwägen, hat man jedoch nicht. Der Einfachheit halber nahm ich Zucker. Der lange Kerl schlurfte nach hinten und holte eine Schachtel mit Zuckertütchen, die er zur Selbstbedienung nach draußen schob. Dabei fiel mein Blick auf das Schild, das er innen aufgehängt hatte: *Aushilfe gesucht.*

»Haben Sie schon jemand?«

Er nahm mich zunächst einmal in Augenschein.

»Nein. Wäre für ein paar Tage.«

Dann verschwand sein Kopf im nicht mehr einsehbaren Bereich, und ich hatte nur noch das mit einem Löwenkopf bedruckte T-Shirt vor Augen. Das Raubtier riss sein mächtiges Maul auf, zeigte furchterregende Zähne und war von einer Mähne umgeben, die so hellgelb wie Flammen um sein Haupt züngelte.

»Und nur schwarz«, sagte er von oben.

Urplötzlich wurde mir schwindlig, ich wusste nicht mehr, worüber wir sprachen. Wieder bekam ich Angst, man könnte mich als Verrückten namhaft machen. Ständig musste ich mich konzentrieren, um keine Fehler zu begehen. Ich versuchte, meinen Kopf durch die Luke zu schieben, um wieder Blickkontakt mit ihm aufnehmen zu können. Ich sah sein Pokerface und verstand, dass wir über Sozialversicherungsbetrug und nicht den Kaffee sprachen.

»Ich mache es!«

Jetzt beugte er sich doch wieder herab zu mir.

»Sauber! Obwohl du nicht weißt, was ich zahle?«

»Wird schon passen.«

»Allerdings!«, sagte er in einem Ton, als wäre ich ihm zu nahe getreten.

Er legte den Kopf schräg, so dass seine ausgedünnte Tolle

zur Seite fiel. Von wegen Löwe, meinte Wolfsgruber, der sieht aus wie ein Kakadu. Tatsächlich sprang seine Nase wie ein gebogener Schnabel aus dem Gesicht, und sein Resthaar stand in der Mitte hoch wie eine räudige Federhaube.

»Ein Zehner pro Stunde. Es reicht, wenn du um acht Uhr aufmachst und bei Dunkelheit wieder zu. Sagen wir, hundertzwanzig Euro am Tag?«

Ich schlug ein. Meinen Geldschein schob er wieder zurück.

»Der Kaffee geht aufs Haus. Ich habe jetzt noch einiges an der Backe. Setz dich da draußen auf die Bank, schnapp dir eine Zeitung und trink in Ruhe aus! Dann zeige ich dir, was du zu tun hast.«

Ich tat, wie er mir geheißen hatte. Als ich auf der Bank saß und die Zeitung entfaltete, sah ich, dass über der Publikumsluke in weißer Schrift aufgepinselt stand: *Inh. Gabriel von Lanzinger.* Auch ein Schicksal, gab Erlacher zu bedenken.

Ziellos blätterte ich die Tageszeitungen durch. Mit dem, was da verhandelt wurde, hatte ich nichts zu tun. Dann aber, in meiner wunden Verfassung glaubt man nicht mehr an Zufälle, wurde ich auf den Hinweis im *Merkur* aufmerksam, dass heute Nachmittag im Ostfriedhof die Urnenbeisetzung von Rita Blümel und Leopold Perl stattfinde. Von mir war keine Rede, wie denn auch, ich war ja niemand! Ich erschrak wie vor einer Prüfung, auf die ich nicht vorbereitet war. Mir war klar, dass ich meine Angst vor der Stadt überwinden und daran teilnehmen musste.

Nach einer halben Stunde rief mich Gabriel und wies mich ein. Der Kiosk hatte einen verschließbaren Rückraum, in dem alle erdenklichen Süßigkeiten wie Gummischlangen, Marshmallows und Vollkornkekse bis unter die Decke gestapelt waren. Im Kiosk selbst befanden sich große Kühlschränke, in denen Getränke gehalten wurden, dazwischen die Gefriertruhe für das Eis. In der Ecke der Kaffeeautomat, die Wärmeplatte für heiße Würstchen und am Boden eine Klappe zu einem Kellerschacht, in dem weitere Getränkekisten gelagert wurden. Jedes verbliebene Fleckchen war genutzt, mit dem verbliebenen Spielraum hatte man nicht mehr Platz um sich herum als eine Walnuss in ihrer Schale.

»Frische Ware, wie Zeitungen und Gebäck, werden morgens angeliefert.«

Anschließend half ich Gabriel, Sandwiches und Wurstsemmeln zuzubereiten. Ich stellte fest, wie wohltuend es war, sich betätigen zu können. Zudem ging mir das Schneiden der Semmeln und des Baguettes gut von der Hand, und ich dekorierte ansprechend. Er klopfte mir auf die Schulter.

»Geht doch. Da kriegen wir keine Probleme. Und mit den Vorräten müsste eigentlich alles so weit hinkommen. Eis wird auch täglich geliefert, wenn du was Spezielles brauchst, rufst du den Service an.«

»Wie?«

Er kratzte sich am Schädel.

»Dass du nicht einmal ein Handy hast. Hier!«

Er legte sein Handy in die Kassenschublade.

»Nur für Lieferungen!«

»Geht in Ordnung.«

»Und für Notfälle natürlich. Aber ich bin ja nur drei Tage weg.«

Er fuhr sich durch das Haar und legte es, so weit wie möglich, wieder nach hinten.

»Verwandtschaftsangelegenheiten! Alles klar mit uns?«

Ich nickte.

»Kommst heute Abend und holst dir den Schlüssel. Und was ist damit?«

Er deutete auf meine Delphinshorts und das Buschhemd.

»Bleibt das so?«

Ratlos hob ich die Schultern. Er griff hinter sich und reichte mir einen blauen Overall, der am Haken hing. Ich schlüpfte hinein, krempelte die Beine hoch und machte mich auf den Weg. In einem Abfallkorb steckten ausgelatschte Flipflops. Ein Handwerker in Badelatschen, höhnte Wolfsgruber. Mir war es gleichgültig. Mein Aufzug war seltsam, aber nicht so auffällig, dass man mich hätte festsetzen müssen. Und gegenüber einem windigen Holzsarg ein großer Fortschritt.

死

Nun musste ich in die Stadt. Ich setzte mich auf die Bank und überlegte, wie ich das anpacken könnte. Einige Spaziergänger schlenderten an mir vorbei, endlich bemerkte ich einen weißhaarigen Herrn im hellen Anzug, der mich anlächelte, so dass ich mich ermutigt fühlte, ihn anzusprechen und nach dem Weg zu fragen. Er nahm mich mit zur Straßenbahnhaltestelle und sagte, ich solle Richtung Innenstadt fahren. Der Schaffner könne mir sicher weiterhelfen. Ich ließ einige Trams passieren und beobachtete, wie andere Mitfahrer sich ein Ticket beschafften, ohne dass ich das System verstanden hätte. Eine Frage lohnt sich meist nur dann, wenn einem zum Großen und Ganzen nur Details fehlen. Alles andere mündet eher in existenzielle Zweifel, mit denen sich niemand befassen möchte. Endlich kam ein kleiner Junge in das Wartehäuschen. Auf den Schultern trug er einen großen Schulranzen, dessen Riemen heruntergerutscht waren und fast auf den Oberarmen aufsaßen.

»Fährst du schon allein Tram?«

»Freilich. Jeden Tag zur Oma.«

»Weißt du vielleicht, was für eine Karte ich bis zum Ostfriedhof brauche?«

»Streifenkarte. In der Stadt immer zwei abstempeln.«

»Würdest du mir helfen? Ich bin nicht von hier.«

Er nickte so selbstbewusst wie einer, der es ungewöhnlich fand, dass ihn bislang noch niemand danach gefragt hatte. Er trat an die Maschine, tippte auf das Display und wies auf den Schlitz.

»Da steckst du jetzt Geld hinein.«

Ich schob einen Schein in die Öffnung. Er wurde prüfend hineingezogen und wieder ausgefahren, als wolle uns der

Automat noch einmal die Zunge zeigen, dann klapperte es im Schacht, und ich hatte Fahrkarte und Wechselgeld. Eine Straßenbahn bog um die Kurve.

»Die nehmen wir.«

Drinnen knickte er meine Karte, um zwei Streifen abzustempeln, dann setzten wir uns. Ich fühlte mich in seiner Gesellschaft wohl, nichts von dem, was er für mich tat, war von Misstrauen getrübt. Gern hätte ich ihn umarmt.

»Ich muss jetzt raus. Fragst am besten den Herrn da, wie es weitergeht. Ich glaube, der kennt sich aus.«

Ich winkte ihm. Der Angesprochene wandte sich mir zu, und bald darauf wusste ich, wo ich umzusteigen hatte.

死

So langte ich schließlich am Ostfriedhof an. In der Nähe der Trauerhalle setzte ich mich auf eine Bank und wartete. Nirgendwo gehen Natur und Mensch eine so innige Verbindung ein wie auf einem Friedhof. Jeder Luftzug weht die Geister der Verstorbenen heran, jede Pflanze hat die Toten in sich aufgenommen, die dort unter der Erde liegen, sagte Erlacher. Könnte es sein, dass du Pfarrer bist?, fragte ich. Er schwieg. Antworten bekam ich nie, nur Einmischungen. Viele davon waren allerdings hilfreich.

Ältere Frauen saßen in getupften Sommerkleidern im Schatten und strickten. Bald würden sie weiter unten zum Liegen kommen. Auch Jogger und Radfahrer waren unterwegs. Sie fühlten sich noch stark genug, den Tod zu bekämpfen, statt das vertraute Gespräch mit ihm zu suchen.

Nackt bin ich aus dem Leib meiner Mutter gekommen, nackt gehe ich wieder dahin. Der Herr hat es gegeben und wieder genommen.

Woher kamen solche Sentenzen? Endlich bemerkte ich, dass ich in einem Film steckte. Mir wurden Bilder zugespielt. Ein Brocken wie ein Gedenkstein tauchte vor meinem inneren Auge auf, verwittert, er steckte tief im Schnee.

Dann riss der Bilderstrom ab, Wasser plätscherte, und ich schrak hoch. Neben mir füllte eine Frau ihre Gießkanne. Ich dachte nun an Leo, meinen verstorbenen Kollegen, und bat ihn, das benutzen zu dürfen, was von seiner Identität übrig geblieben war. Vergiss es, sagte Wolfsgruber, von dem erfährst du nichts mehr. Andere lebten mit fremden Organen oder sogar Gesichtern, ich mit der bürgerlichen Hülle eines Toten.

Das größte Geschenk, das mir Leo gemacht hatte, war sein

Personalausweis. Er war noch einige Jahre gültig. Leo gehörte offenbar zu den Menschen, von denen kein Foto gelingt. Das Gestellte an seinem Porträt war augenfällig, aber sicher auch verfälschend. Dazu ein Allerweltsgesicht, bei dem die Kamera alles markant Persönliche ausradiert hatte. Außerdem war sein Haar schwarz wie meines. Warum sollte ich nicht der Abgebildete sein, zumal auch sein Alter mit dem von mir geschätzten übereinstimmte?

Ein in braune Cordhosen und Windjacke gekleideter Mann kam den Weg entlang. Suchend schaute er um sich. Interessiert sah ich zu, wohin er sich wenden würde. Dann blieb sein Blick an mir haften. Er wirkte sofort zugewandt und freundlich, schien mich zu erkennen, winkte und lächelte mir zu. Vielleicht war genau das der Zufall, den ich in meiner Lage brauchte?

»Hätten Sie vielleicht ein bisschen Kleingeld für mich, ich bin gerade in einer saublöden Verlegenheit?«

Ich holte etwas von dem Wechselgeld aus der Tasche und reichte es ihm. Wenigstens lernte ich, dass ein Friedhof der ideale Ort war, um betteln zu gehen. Außerdem hatte ich eine Auskunft gut.

»Der Mathäser – wo ist denn der?«

»Die Kinos?«

»Nein, die Bierstadt meine ich.«

»Wann waren Sie denn das letzte Mal in München?«

»Lange her.«

»Die Bierstadt gibt es schon seit mehr als einem Jahrzehnt nicht mehr. Da haben sie jetzt neue Kinos, Geschäfte und Spielsalons hingebaut.«

Damit hatte sich diese Spur als Sackgasse erwiesen.

Eine Trauerfeier war nicht angesetzt worden, auch sonst sah ich niemand, der sich für die Urnenbeisetzung interessiert hätte. Pünktlich um fünfzehn Uhr kam ein livrierter

Friedhofsangestellter aus dem Gebäude und schob einen schwarz eingeschlagenen Wagen, auf dem drei Urnen standen. Ich folgte ihm. Ohne sich umzuwenden oder sonst wie ablenken zu lassen, fuhr er zu einem offenen Grab. Das Loch war von einer grauen Manschette eingefasst. Erst nach einer Weile begriff ich, dass eine PVC-Röhre in das Erdreich hinunterführte. Eine Postverbindung in die Unterwelt, um auf kleinstem Raum die maximale Kapazität für Aschebehälter bereitstellen zu können. Ohne Gebet, Kreuzzeichen oder auch nur eine Pietätspause versenkte der Friedhofsdiener die drei Urnen. Es sah aus, als würden sie in der Kanalisation verschwinden. Das Grab wurde umgehend wieder zugeschaufelt und eine Holztafel in die frische Erde gesteckt. *Rita Blümel, Leopold Perl, o. I. † 2017.*

Das also wäre meine Beerdigung gewesen! Eigentlich sollte ich mich angesichts dieser schmucklosen Zeremonie glücklich schätzen, davongekommen zu sein. Aber seltsamerweise macht uns die eigene Bestattung auch dann traurig, wenn sie nur Theater ist. Die Möglichkeit des eigenen Todes tritt uns näher und erhält Gestalt.

Ich konnte mich von dem Ort noch nicht lösen. Hier drinnen im Friedhof war es schattig und kühl, und ich fühlte mich von der Atmosphäre der Ruhe und Besinnung angenehm umfangen. Hinter einem Grabstein sah ich einen Klapphocker stehen, den Angehörige wohl für ein Zwiegespräch mit ihren Toten nutzten, die dort lagen. Ich setzte mich.

Eine Weile lang versenkte ich mich in die kleine Welt, die sich vor mir auf dem Boden auftat. Ein Strom von Ameisen wand sich S-förmig durch das Gras, ein Exodus offenbar, denn sie schleppten weiße Larven mit sich. Dann spürte ich ein Ziehen im Leib, das ich als Warnung begriff. Drüben an der Grabstelle stand eine elegante Frau. Auf die Entfernung war ihr Alter nicht auszumachen, zumal sie eine breit über das Gesicht laufende Sonnenbrille aufhatte. Sie war schlank und trug ein ärmelloses Sommerkleid mit breitem Gürtel. Ihr Anblick versetzte mir einen Stich ins Herz, am liebsten hätte ich aufspringen und zu ihr laufen mögen. Aber es gab eine starke Kraft, die mich zurückhielt. Schlampe, zischte Wolfsgruber. Gebannt sah ich zu, wie sie eine rote Rose in den frischen Grabhügel steckte und ein Gebet sprach. Dann ging sie.

Ich hatte Mühe, meine Kurzatmigkeit wieder unter Kontrolle zu bekommen. Große Unruhe packte mich. Kannte ich diese Frau? Aber warum hatte ich es nicht gewagt, sie anzusprechen? Wovor fürchtete ich mich?

Erneut wurde ich hellhörig. Jemand näherte sich mit energischem Schritt. Ein gedrungener, muskulöser Mann, den ich sofort als Italiener taxierte. Seine Arme pendelten vor und zurück, Steine, die ihm vor die Fußspitze gerieten, kickte er weg. Woher kannte ich ihn? Mein innerer Konvent schwieg. Wegen des scharfen Tempos langte der Italiener schnaufend an der Grabstelle an, zog ein Smartphone aus der Tasche und fotografierte die Grabtafel. Dann verschwand er wieder. Ich hatte mich unwillkürlich hinter dem Grabstein versteckt. Dieser Mann war mein Feind, ich spürte es ganz deutlich.

Ich blieb noch eine Weile sitzen und versuchte, das Erlebte auf mich wirken zu lassen. Freilich, es bewegte mich, aber die Stränge, die bis vor kurzem mein Leben durchzogen haben mochten, waren gekappt. Ich hielt nur lose Enden in der Hand.

死

Abends war ich am Kiosk zurück. Gabriel hatte alles schon zusammengeräumt und war dabei, sein Geschäft zu schließen. Er holte noch ein Bier, und wir setzten uns auf eine Bank in seiner grünen Idylle.

»Was machst du denn sonst?«, fragte er mich.

»Was sich so ergibt: Hilfskellner, Musiker. Man muss es nehmen, wie es kommt.«

Zweifelnd sah er mich an.

»Wenn alles gut hinhaut, kannst du hier öfter mal als Vertretung arbeiten.«

Ich nickte. Immerhin hatte ich nun schon drei Jobs.

»Wie bist du hierhergekommen?«

»Lange Geschichte. Von Haus aus bin ich Techniker, Ingenieur …«

Tatsächlich waren alle Auf- und Anbauten am Kiosk fachmännisch erledigt. Da gab es nichts, was provisorisch angenagelt worden wäre. Alles solide verfugt und verschraubt.

»… war bei einer Straßenbaufirma. Leg dich mal auf eine Landstraße und schau dir an, wie viel Kleingetier da plattgemacht wird, wie diese Teerbahn mitten durch ein Ökosystem läuft, das nun unwiderruflich verloren ist.«

Er nahm einen Schluck aus der Flasche.

»Irgendwann habe ich kapiert, dass meine Berufung nicht die Zerstörung, sondern die Schönheit ist.«

Ruckartig zuckte sein Kakadukopf vor und zurück. Dieser Anspruch klang seltsam, aber man musste einräumen, dass sein Kiosk tatsächlich ein kleines Naturkunstwerk war.

»Dein Kiosk?«

Er winkte ab.

»Wenn es nur das wäre! Nein, nein, ich gehe oft auf die

Pirsch, suche die hässlichen Flecken in der Stadt auf und überlege, wie man das besser machen könnte.«

»Und dann?«

»Bin Guerilla-Gärtner. Fahre mit meinem Rad dahin, Lastenfahrrad, lege ein bisschen Humus auf, bringe Sämereien aus und pflanze Setzlinge.«

Er wandte mir sein Gesicht zu und grinste.

»Na ja, ein bisschen ein Anarchist bin ich schon auch!«

»Was heißt das?«

Er wurde ganz ernst.

»Hässlichkeit aktiv bekämpfen, wo sie dir begegnet, verstehst du?«

Ich schüttelte den Kopf.

»Im Großen wie im Kleinen. Nur mal als Beispiel: Ein Fluss trocknet aus, weil sie viel zu viel zur Stromerzeugung abzweigen. Ich weiß, welche Kurbel man da drehen muss, und mit Software kenne ich mich auch aus! Oder ich stelle fest, dass immer wieder Viecher im Wald umgefahren werden, weil die Leute zu schnell unterwegs sind. Dann baue ich eben ein Verkehrsschild mit Geschwindigkeitsbegrenzung hin. Oder wenn mich einer nervt, weil er seinen Garten mit Zwergen oder sonst einem Schmarren verschandelt: kleiner Böller rein, lange Lunte, zack, weg ist das Ding! Für massivere Scheußlichkeiten brauchst du aber schon was Stärkeres.«

»Donarit?«

Erstaunt beugte er sich vor.

»Aha! Kennst du dich mit Sprengungen aus?«

Ich erschrak. Das Wort war mir zugeflogen, ich wusste nicht, woher, und verband nichts damit.

»Gar nicht. Könnte sein, dass ich mal was darüber gelesen habe. Was genau ist denn Donarit?«

»Stein, Beton und dergleichen wegmachen.«

Ich betrachtete Gabriel mit Respekt. Der Mann war interessant, ein grüner Anarchist.

»Und wenn sie dich erwischen?«

»Risiko, logisch! Ein paar Mal haben sie mich gekriegt. Meine Güte, dann zahle ich halt wieder wegen Sachbeschädigung. Für ein paar Delikte muss ich heute noch löhnen.«

Wir stießen an, kurze Zeit später verabschiedete er sich. Darauf hatte ich gewartet. Ich blieb noch ein wenig am Kiosk sitzen, der nun meiner war, holte mir ein Bier und betrachtete, gegen die Mauer gelehnt, das Treiben um mich herum, Radfahrer, Paare und späte Spaziergänger. Es war schön, an einem Ort zu sein, zu dem man gehörte. Später baute ich mir dann aus zwei Bänken ein Lager, auf das ich mich betten konnte. Zu meinem Hygieneset gehörten inzwischen auch Rasierzeug, Zahnbürste, Seife und Handtuch, und zu meinem Besitzstand eine Packung Unterhosen und Strümpfe aus dem Kleidungsmarkt.

Viel zu früh wachte ich am anderen Morgen auf, ich wollte nichts falsch machen und war daher etwas nervös. Ich goss alle Pflanzen, richtete die Stühle und Bänke her und spannte die Sonnenschirme auf. Um sieben Uhr kam der Fahrradkurier mit den Zeitungen und dem frischen Gebäck. Ich drapierte alles appetitlich, setzte Kaffee auf und wartete in meiner bunten Oase auf die Kundschaft.

Hinten im Kiosk hing ein schon etwas blind gewordener Rasierspiegel. Ich sagte: Guten Morgen! Darf es sonst noch etwas sein? Das macht dann drei fünfzig. Anschließend schnitt ich Grimassen, um meine Gesichtsmuskulatur zu lockern. Meine linke Wange fühlte sich an, als sei sie verödet worden. Dann versuchte ich, mich anzulächeln. Als ich mich schließlich auf dem Hocker hinter dem Tresen niederließ, kam ich mir vor wie ein Schauspieler vor seinem Bühnenauftritt.

Zuerst kamen die Jogger, dann die Genießer. Am späten Vormittag wurde es druckvoll. Ich kam mit dem Aufwärmen von Wienern und dem Belegen von Semmeln kaum nach. Nachmittags musste man aufpassen, dass der Kaffee nicht ausging und genügend kalte Getränke vorrätig waren. Eis für die Kinder hatte ich ausreichend in der Truhe. Gegen Abend verkaufte ich hauptsächlich Bier.

Alles lief so weit glatt, nichts Unvorhergesehenes passierte. Nur am Nachmittag, als ich eine Weile lang kaum Publikumsverkehr hatte, trat ein gutgekleideter, junger Mann an das Fenster, graue Hose, weißes Hemd, gut polierte Schuhe und gegeltes schwarzes Haar, er musste wohl aus einem der angrenzenden Bürohäuser gekommen sein, und fragte, ob ich für ihn auch etwas unter der Theke hätte. Ich beugte mich hinunter, um nachzusehen. Dann aber musste ich mir eingestehen, dass ich überhaupt nicht verstand, wovon er sprach. Er reagierte sofort, winkte ab, sagte, ich solle seine Frage vergessen, und verschwand.

Als es endlich dunkel wurde, fühlte ich mich vollkommen ausgelaugt. Natürlich machte ich zu viele unnötige Handgriffe und Gänge, ich hatte den Job eben noch nicht im Griff. Aber das Schöne war, dass ich ganz bei mir war, nur ich, ohne die Stimmen meiner Kopfinsassen, die jeden Gedanken und jede Verrichtung begleiteten, ohne diese zermürbenden Selbstbefragungen, eine Weile lang frei von Zweifeln und ganz eins mit meinem Tun. Im Topf schwammen noch einige Wiener, zwei Semmeln waren übrig geblieben und ich stellte mir damit ein Abendessen zusammen. Großer Friede kehrte bei mir ein, als ich draußen vor meinem Kiosk saß. Anschließend räumte ich die Bude auf, wischte vor allem die Ablagen rundum, damit nichts klebte, und fegte die Kippen zusammen.

Da spürte ich plötzlich wieder das seltsame Ziehen im

Leib, ein Schmerz in den Eingeweiden, und ich wusste, dass gleich etwas passieren würde. Versteck dich, befahl Wolfsgruber. Eine Gestalt war draußen vor dem Kiosk aufgetaucht, undeutlich grau in der fortgeschrittenen Dämmerung. Ein gedrungener, muskulöser Leib, schließlich ein keuchendes Schnaufen, das mir bekannt vorkam. Er streckte seine Hand durch die Luke in das Innere des Kiosks. Aus der Schrecksekunde wurde eine Minute, dann kapierte ich, dass eine Pistole auf mich gerichtet war.

»Nimm die Hände nach oben und komm schön langsam her zu mir, damit ich dein Gesicht sehen kann, du falscher Fuffziger.«

Ich gehorchte und ging zum Fenster hin. Blitzartig und schmerzhaft fuhr mir das Wiedererkennen in den Kopf: der Italiener, den ich auf dem Friedhof gesehen hatte, derselbe, der beim Musikmachen aus der Menge herausgestochen war.

»Schau mir in die Augen, *stronzo!*«

Ich sträubte mich, was sollte daraus werden? Wollte er mir ein Loch zwischen die Augen schießen? Den Haken lösen, drängte Wolfsgruber. Was für ein Blödsinn, dachte ich. Den Haken von der Luke! Wolfsgruber gab nicht auf, bis ich endlich verstand, was er meinte. Ich sprang zur Seite, um in Deckung zu gehen, und löste dabei den Haken, der das Fenster oben arretiert hielt. Der Italiener sah mich aus seinem Blickfeld verschwinden und streckte seinen Kopf durch die Öffnung. Das schwere Teil rasselte jedoch bereits wie ein Fallbeil herunter und schlug in seinen Schädel ein. Er schrie wild und ungebärdig wie ein verletzter Stier, ein Schuss löste sich aus seiner Pistole und durchlöcherte die äußere Schicht des großen Kühlschranks. Er konnte sie nicht länger festhalten, polternd fiel sie mir vor die Füße.

Nimm das Ding an dich, sagte Wolfsgruber. Ich bückte mich und hatte nun das Gesicht des Angreifers vor mir. Auch im Dämmerlicht erkannte ich sofort, dass seine Augen gebrochen waren. Sein Hals ist erstarrt, sein Blick verharscht, sagte Erlacher. Das Herz schlug mir bis zum Hals, mir wurde schwindlig, und ich fürchtete, das Bewusstsein zu verlieren. Nach einer Weile hatte ich meine Fassung zurückgewonnen und knipste die Innenbeleuchtung an. Mit zerschmettertem Schädel lag der Mann vor mir auf der Kiosktheke. Etwas wie blutiger Schleim rann von der Ablage herunter, als habe man mit einem Prügel auf Tomaten gehauen.

Ich sank in die Knie und blieb am Boden liegen. Als ich wieder aufwachte, war alles um mich herum ruhig. Innig hoffte ich, dass nicht wahr sei, was ich vermeintlich erlebt hatte. Ich rappelte mich hoch, aber es war unabweisbar, dass zu einem kleinen Teil in der Bude, zum größten Teil außerhalb ein Toter hing. Rasch löschte ich das Licht wieder.

Was nun?

Ich spürte, dass Erlacher drauf und dran war, noch eine seiner Vanitas-Sentenzen herauszuhauen.

»Halt jetzt bloß die Schnauze«, schrie ich.

Ich schnappte mir einen Magenbitter und kippte ihn hinunter. Dann erst wagte ich mich nach draußen.

死

Kurz, eigentlich mehr, weil man es so machte, fasste ich nach seiner Hand, um den Puls zu fühlen. Von geköpften Hähnen hieß es ja, dass sie oft noch eine Weile lang unterwegs waren, aber bei einem Menschen, dem das Fenster fast den halben Schädel weggeschlagen hatte, konnte davon keine Rede sein. Auf seinem Unterarm war ein Kelch tätowiert, der von einer Rose umrankt wurde. Ich konnte kein Lebenszeichen mehr tasten und legte die Hand auf die Ablage zurück. Immer wieder lief ich hin und her, aber wenn ich im Kiosk stand, wusste ich nicht mehr, was ich eigentlich wollte, und ging wieder hinaus.

In diesem sinnlosen und blinden Gerenne fand ich endlich einen Handlungsstrang, den ich weiter verfolgen konnte: Die Bude sauber zu machen. Es ging mir darum, den Vorfall ungeschehen zu machen, ihn vollständig zu löschen. Zudem hatte ich mich den ganzen Tag bemüht, mit dem Kiosk eine gute Figur abzugeben, und nun stand ich vor einer Riesensauerei. Alles sollte wieder so sein wie vorher. Mein zweiter Gedanke galt Gabriel. Wie konnte ich ihm erklären, was hier passiert war? Ist nicht deine Schuld, sagte Wolfsgruber. Spielt das eine Rolle?, erwiderte Erlacher.

Was sollte ich denn jetzt tun? Die Polizei rufen? Ihnen eine Geschichte erzählen, von einem Mann ohne Erinnerung und Namen, der im Sarg lag, ausbrach und sich im Englischen Garten mit Gelegenheitsjobs durchschlug? Ich hatte nicht nur schlechte Karten, sondern genau genommen überhaupt keine in der Hand. Aufräumen, wiederholte Wolfsgruber, was sonst?

Ich fing an, Theke und Mauer zu säubern. Nach einer Stunde war alles wieder in einem passablen Zustand, wäre da nicht der Tote mit dem halben Schädel gewesen. Am liebsten hätte ich ihn in die Büsche geschleppt oder in die Isar geworfen, einfach, um ihn aus den Augen zu haben, aber ich wusste, dass das Blödsinn war. Schnell würde man ihn finden, die Umgebung absuchen, und bald hätte man mich am Wickel. Auf Erlacher war in dieser bedrängenden Situation überhaupt nicht zu zählen, er schwieg vornehm, als gehe ihn die ganze Zwangslage nichts an. Wolfsgruber meinte, ich solle ihn mitsamt der Putzlappen und Papiertücher, die ich verwendet hatte, in die großen Mülltüten packen und verschnüren.

»Und dann?«

Die Antwort gab ich mir selbst. Ich musste ihn bis auf weiteres im Kellerschacht des Kiosks verstecken, bis ich eine Idee hatte, wie ich ihn loswerden könnte. Ich verfrachtete den Kerl in die großen grauen Müllsäcke, stopfte alles dazu, was mit seiner DNA kontaminiert war, verschnürte ihn wie einen Pharao und schob ihn in den Schacht. Wir werden Eis brauchen, gab endlich Erlacher zu bedenken. Er hatte recht, sonst würde es in meiner Bude schon bald stinken wie in dem Lieferwagen, der mich nach München gebracht hatte. Für diese Zwecke benutzte ich das Handy, das mir Gabriel überlassen hatte. Ich rief unseren Eisservice an und sprach auf das Band, man möge uns morgen mit der Speiseeislieferung auch eine große Box mit Eiswürfeln vorbeifahren. Endlich traust du dich was, bemerkte Wolfsgruber. Ich registrierte genau, dass er sein kumpelhaftes Wir aufgegeben hatte. Er redete mich an wie ein Offizier den Schützen Arsch, aber das war mir jetzt, wie so vieles andere auch, völlig egal.

死

Der Service brachte eine Styroporbox mit Eiswürfeln vorbei, die praktischerweise in Plastik verpackt waren. Ich konnte den Toten damit zudecken, ohne befürchten zu müssen, dass der Kellerschacht durchnässt würde. Vorsichtshalber orderte ich für den nächsten Tag eine weitere Box, bei diesen Temperaturen würde ich sie brauchen. Ich stand den ganzen Tag gehörig unter Stress, hatte einen roten Kopf, schwitzte, und mein Blutdruck war mit Sicherheit weit über der Norm. Den Kunden gegenüber gab ich mich besonders freundlich und zuvorkommend, ein seltsamer Reflex, an ihnen etwas gutmachen zu wollen, was an einem anderen verschuldet worden war. Wie ein Hund schnupperte ich umher, um festzustellen, ob die Leiche schon auffällig wurde, und ging dazu immer wieder in die Knie, um an der Ritze des Schachts die Ausdünstungen zu überprüfen. Ein etwas modrig fauliger Dunst zog von unten herauf, der mir jedoch hinnehmbar schien. Ich ging auch öfter einmal aus dem Kiosk nach draußen, um mit neu geschärfter Wahrnehmung zu kontrollieren. Geschichten von Menschen, die sich mit einem verwesenden Toten tagelang in ihrer Wohnung aufhielten, gab es genug. Sie hatten sich mit dem Gestank arrangiert.

Abends sprang ich in die Isar, um meine innere Hitze herabzukühlen. Dann brauchte ich zwei Bier, um mich ruhiger zu machen und schlafen zu können. Weit her war es damit nicht, denn ich musste befürchten, dass der Italiener Komplizen hatte und man nach ihm forschte. Also zog ich mich in den Kiosk zurück, lag mit eingezogenen Beinen eine Etage höher als die Leiche und legte die Pistole in Reichweite.

Das Schicksal hat es darauf abgesehen, dich immer wieder in die Nähe von Toten zu bringen, meinte Erlacher. Schon, aber was bedeutete das? Ich verkniff mir die Frage, weil ich Erlacher nun gut genug kannte, um zu wissen, wie die Antwort ausgefallen wäre: Leben bedeutet sterben lernen. Hör zu, Erlacher, überleben wollen heißt, gegen das Sterben anzugehen! Das ist Kampf! Genau, bis zum letzten Atemzug, so mischte sich Wolfsgruber ein. Dieser Wolfsgruber war ein Krieger, wenn es etwas auszufechten gab, wurde er munter. Heute kannst du dir auch mal ein drittes Bier genehmigen, fügte er versöhnlich an. Das war ein guter Vorschlag, Saufen, um vergessen zu können, half zumindest für den Moment.

死

Am nächsten Abend war es dann so weit: Es stank bestialisch aus dem Schacht. Ein Kunde hatte noch Würstchen geordert, die Bestellung aber dann storniert, als er näher ans Fenster heranrückte. Es gab gar keine andere Möglichkeit, als den Kiosk früher zu schließen. Ich räumte alles besonders gründlich auf, um Gabriel wenigstens in dieser Hinsicht angenehm zu überraschen. Er sollte das Urteil fällen, wie wir weiterverfahren würden. Ich war nun bis zu dem Punkt gekommen, den zu erreichen ich mir vorgenommen hatte.

»Leck mich am Arsch, was ist denn hier los? Gammeln da tote Ratten im Laden?«

Plötzlich stand er neben mir. Er trug ein grünes T-Shirt mit einem mächtigen Hirsch auf der Brust.

»Setz dich«, sagte ich, »ich muss dir was erzählen!«

Ich schilderte ihm, was vorgefallen war. Er schlug sich mit der flachen Hand auf den Oberschenkel.

»Ich hätte dich warnen müssen! Aber dass ausgerechnet während der drei Tage etwas passieren würde, war nicht vorauszusehen.«

Verblüfft sah ich ihn an. Diese Reaktion, weit von jedem Vorwurf an mich entfernt, hatte ich nicht erwartet.

»Kurz und gut: Bis vor einem halben Jahr hatte ich einen Kompagnon. Erst zu spät habe ich gemerkt, dass er aus dem Kiosk eine Drogenapotheke gemacht hatte. Der Kerl hat gedealt wie die Sau!«

»Etwas unter der Theke für Spezialkunden?«

»Genau. War da was?«

»Einer, ein junger geschniegelter Kerl hat mich darauf angesprochen.«

»Logisch, dass mein Kiosk in Gefahr war. Habe den Kerl rausgeschmissen. Aber im Englischen Garten wird ja sowieso viel gedealt. Beim Koks hat eine Italienertruppe das Monopol. Die wollten hier eine halboffizielle Anlaufstelle haben, damit hat sich dieser Depp kaufen lassen. Was für eine saudumme Idee! Dann sind aber die Tschechen in das Gebiet vorgedrungen, Prügelmannsbilder, und haben ihr Crystal angeboten. Ist ja auch wesentlich billiger, bringt dich aber stimmungs- und performancemäßig genauso nach oben. Seit der Zeit haben wir Krieg hier. Vor einem halben Jahr hat es dann eine erste Schießerei gegeben.«

»Aber?«

»Was aber? Ärger habe ich seither andauernd! Die Tschechen denken, ich halte zu den Italienern, die glauben, ich bin mit den Tschechen. Diese Gangster haben mir schon den ganzen Kiosk auf den Kopf gestellt. Alle nasenlang kommt einer wegen Schutzgeld.«

»Und was machen wir jetzt?«

»Dass du da überhaupt fragst: Der Kerl muss weg, und zwar schleunigst! Heute Nacht noch. Der Mann ist tot, und du kannst nichts dafür. Dafür interessiert sich höchstens die Polizei. Schuld oder nicht schuld, den Ganoven ist das wurscht, wenn es nach denen geht, hättest du dich erschießen lassen müssen.«

Gabriel stand auf und sah auf seine Uhr.

»In einer halben Stunde bin ich wieder da.«

Schneidig, sagte Wolfsgruber. Erlacher schien sich von mir zurückgezogen zu haben. Kein Wunder! Zwar war fast alles, was ich anstellte, auch für mich, der ich mich nicht kannte, überraschend, diese Seite an mir war jedoch mindestens befremdlich.

死

Gabriel kam auf einem Fahrrad zurück, das mit einem Lastenanhänger ausgestattet war. Er trug eine grüne Gärtner-Latzhose. Um uns herum war nichts zu hören, also gingen wir zusammen in den Kiosk. Ich öffnete die Klappe zum Schacht.

»Pfui Teufel!«

Wir zerrten das immer noch gut verschnürte Paket aus dem Keller.

»Höchste Zeit«, sagte Gabriel. »Wenn sich so ein Gestank in der Bude festgesetzt hat, kannst du sie abfackeln.«

Wir legten die Leiche auf den Anhänger und befestigten sie mit Gurten.

»Wohin?«, fragte ich. »In die Isar?«

»Unmöglich! Der schwimmt nur bis zum Föhringer Stauwehr. Dort finden sie ihn dann. Wir schmeißen ihn dahinter in den Isarkanal, der hat genug Wasser. Wenn wir Glück haben, verschwindet der Tote dann im Speichersee.«

Er legte noch eine Plane über den Anhänger und packte ihn an der Deichsel. So marschierten wir los. Wir hielten uns auf abgelegenen Wegen, wenn uns ein Radfahrer oder Spaziergänger entgegenkam, wichen wir aus. So erreichten wir schließlich das Stauwehr. Zum Glück bietet das Wehr eine Auffahrt für Radfahrer, so dass wir keine Stufen zu überwinden hatten. Gabriel überprüfte noch einmal die Umgegend, dann wuchteten wir den Toten hoch und kippten ihn kopfüber in den Isarkanal. Zügig schwamm das graue Paket Richtung Norden.

死

Am Kiosk verabschiedeten wir uns. Gabriel umarmte mich.

»Mein lieber Schwan, du ziehst das Unglück ja an! Pass auf dich auf!«

Stimmte leider. Ich trottete in Gedanken versunken davon. Bis dahin hatte mich der Stress dieser Ausnahmesituation in Trab gehalten, Abwägen oder Nachdenken gab es nicht. Ständig handelte ich, ohne mir darüber Rechenschaft abzulegen. Immerhin war ein Mensch durch mich zu Tode gekommen, und gerade eben hatte ich die Leiche in den Kanal geworfen. War das vor dem Nullpunkt meines aktuellen Erinnerungsvermögens auch schon so? Alles quoll in mir hoch; ich hätte es bitter nötig gehabt, mich jemandem anzuvertrauen. Stattdessen hatte ich das eisgraue Gesicht eines namenlosen inneren Richters vor mir, der Rechenschaft verlangte. Ich ging daher die ganze Szene noch einmal Schritt für Schritt durch und veränderte den Ablauf der Geschichte. In der ersten Version schoss mir der Italiener ein Loch in den Kopf, in der zweiten nahm er die Tageskasse an sich und verschwand, und in der dritten zwang er mich, Kokain für ihn zu verkaufen. In der vierten war alles ein Irrtum, und er beseitigte mich aus diesem Grund. Was immer ich mir ausdenken mochte, der Mann meinte es nie gut mit mir.

Erlacher hatte meine Gewissenserforschung mitverfolgt und ließ sich endlich dazu herab, mir aus der Patsche zu helfen: Es war dein gutes Recht, dich gegen einen zur Wehr zu setzen, der dich mit einer Waffe bedroht. Gut, aber musste er wirklich sterben? Natürlich nicht. Aber in einer Notwehrsituation sind alle Regeln des normalen Verhaltens aufgehoben, du musst daher den tödlichen Ausgang billigend in Kauf nehmen. Als Ultima ratio. Was hieß das nun? Scheiße gelaufen, sagte Wolfsgruber.

Als ich mir alles vor Augen hielt, tauchte ein weiteres Problem auf. Es mochte ja sein, dass es im Englischen Garten rivalisierende Banden gab, die sich bekriegten und Gabriels Kiosk belästigten. Der Italiener wollte jedoch zu mir. Warum bestand er sonst darauf, mein Gesicht zu sehen, und nannte mich einen falschen Fuffziger? Ich sträubte mich gegen diese Erkenntnis. Wo war da ein Zusammenhang?

Ein Lichtkegel erfasste mein Gesicht.

»Guten Abend, Polizei! Personenkontrolle. Ihren Personalausweis, bitte.«

Ein Polizist mit seiner Kollegin stand vor mir. Mein erster Reflex war abzuhauen. Dann entschied ich mich dafür, das Schicksal walten zu lassen. Leo Perls Papiere hatte ich in meinem Bündel, einer Stofftasche, in der ich alle meine Habseligkeiten mit mir trug. Ich kramte den Ausweis hervor und hoffte, er möge der Überprüfung standhalten. Der Lichtkegel wurde auf den Ausweis gerichtet, dann wieder auf mein Gesicht.

»Leo Perl«, las der Polizist.

In seiner Miene stand Skepsis.

»Ja, der Leo! Was machst denn du da?«

Der Polizist richtete die Taschenlampe auf den Neuankömmling und erfasste Gabriel. Offensichtlich kannten sie sich.

»Der ist in Ordnung. Hat bei mir Vertretung gemacht.«

»Haben Sie irgendwelche Drogen bei sich?«

Er gab mir meinen Ausweis zurück. Wortlos reichte ich ihm meine Tasche. Er leuchtete hinein und kramte ein wenig herum.

»Was machen Sie hier noch um diese Zeit?«

»Baden, spazieren gehen – nichts Besonderes.«

»Seien Sie vorsichtig!«

Die beiden verabschiedeten sich.

»Da bin ich ja rechtzeitig gekommen.«

Ich nickte.

»Du hast denen aber nichts erzählt?«

»Um Himmels willen, nein!«

Der Park war mir unheimlich geworden. Ich musste weg von hier, aber wie und wohin? Ich saß eingesperrt in einem Reservat wie ein Tier im Zoo. Aber die Zivilisation draußen in der Stadt stellte höhere Ansprüche, wie ich bereits festgestellt hatte. Bis dahin war ich von einer unsichtbaren Hand geleitet worden, alles entwickelte sich zum Besten. Nun war ich nicht mehr überrascht, was mir widerfuhr. Ich war nicht mehr froh, dass ich irgendwie überlebte, ich trat auf der Stelle, saß in einem dunklen Loch und war zum ersten Mal seit meiner Wiedergeburt tief verzweifelt. Gabriel musste es mir angesehen haben.

»Na los, komm mit!«

死

Wir verließen den Englischen Garten auf der Westseite. Gabriel führte mich, wie er mir erklärte, über die Münchner Freiheit zur Clemensstraße, wo er wohnte. Seine Wohnung, besser gesagt: sein Haus war eine Kuriosität. Wie eine Schachtel stand es ebenerdig im Hinterhof, wahrscheinlich war es früher einmal als Schuppen oder Lager genutzt worden. Fachmännisch, wie ich das schon an seinem Kiosk feststellen konnte, hatte er das Häuschen um- und ausgebaut. Wie ein Gewächshaus war es mit vielen Fenstern ausgestattet, die eigentliche Hülle bildete jedoch ein kompakter grüner Bewuchs. Rankgewächse, Flechten, Moose, aber immer auch Blühendes und Dekoratives wie Farne oben auf dem Dach. Seine zweite Leidenschaft war zweifellos die Technik. Man betrat das Haus durch eine kleine Werkstatt, in der das Werkzeug an Holzbrettern sortiert an der Wand hing.

»Komm«, sagte er, »das machen wir gleich!«

Er führte mich hinter das Haus, wo unter einem Vordach Ersatzteile für Fahrräder aufbewahrt wurden, zog ein schwarzes altes Damenrad mit einem vierfarbigen Hinterradnetz hervor, wie sie früher üblich waren.

»Nichts Besonderes, aber alles dran. Kannst du behalten!«

Er zeigte mir die Matratze, auf der ich schlafen durfte. Anschließend duschte und rasierte ich mich und legte mich wie ein zivilisierter Mensch ins Bett. Vor dem Einschlafen blätterte ich wieder einmal in den Unterlagen von Leo Perl. Ich musste den Mann, unter dessen Flagge ich segelte, näher kennenlernen. Nur wenn ich mein Leben wieder selbst in die Hand nehmen konnte, eine Beschäftigung und etwas Geld hatte, konnte ich mich den Rätseln um meine Person widmen. Ohne solche Stützen war ich nichts weiter als ein streunender Hund. Und es durfte nicht sein, dass ich dauerhaft von freundlichen Menschen wie Gabriel abhängig war, die sich um mich kümmerten. Jeder Bettler und Bittsteller verliert auf Dauer seine Würde.

Leo wurde 1972 in Pfaffingen, Niederbayern, geboren. Viel lernen wollte er nicht, nach der Grundschule hatte er sofort eine Kochlehre begonnen. Der *Pfaffinger Krug* und ein paar andere Gasthäuser bescheinigten ihm, gute Arbeit geleistet zu haben. Allerdings war Leo mit ziemlicher Sicherheit Alkoholiker, denn Attribute wie *lebenslustig* oder *gesellig* hatten in einem Arbeitszeugnis nichts zu suchen.

Seltsam, dachte ich. Ich war offenbar in der Lage, die indirekt formulierten Botschaften in einem solchen Zeugnis zu verstehen.

Dann nickte ich über den Unterlagen ein und träumte von einer großen Küche. Es war heiß. Das Wasser lief mir den Rücken hinunter. Ich bereitete einen Braten zu. Die Schwingtür wurde aufgestoßen, Kellner liefen herein und riefen Bestellungen. Kommandos wurden gebrüllt, ein Koch rannte vom Grill zum Garniertisch, ein anderer in den Kühlraum, Klappen wurden aufgerissen und zugeworfen, ein Staccato von Messern tackerte auf den Schneidebrettern. Dann wurden die Portionen rausgehauen. Das machte den Eindruck, als befände man sich im Inneren eines Maschinenraums, von dem aus mit schweren Geschützen nach draußen gefeuert wurde. Diese Hektik um mich herum hatte nichts mit mir zu tun. Ich öffnete den Herd und begoss den Braten.

Ich fuhr hoch, stand dann auf und setzte mich ans Fenster. Mit diesen Bildern wollte ich weiterarbeiten. Wo war das? War ich Koch? Ich zerlegte jeden Hinweis, ließ meine Gedanken treiben und meine Phantasie schweifen. Alles, was ich prüfte und bedachte, führte mich immerhin zu der Gewissheit, dass ich kochen konnte, Posten und Arbeitsgänge in einer Restaurantküche waren mir vertraut. Die Gerichte, die mir einfielen, waren meist italienischer Herkunft. Dazu hörte ich eine Frauenstimme. Was sie sang, klang wie eine Arie, keineswegs perfekt, aber anrührend schön. Auch das Lied war in Italienisch.

Als ich mich dann erneut hinlegte, quälten mich schwere Träume. Mehrfach sah ich einen massigen alten Mann mit Rundrücken und neben ihm einen hageren, drahtigen und deutlich jüngeren. Ich wusste, dass es Erlacher und Wolfsgruber waren. Ich rief sie, aber sie drehten sich nicht nach mir um. Dennoch erwachte ich am anderen Morgen mit jenem guten Gefühl, das man nur dann verspürt, wenn man in frischer Bettwäsche auf einer weichen Unterlage liegend die Nacht verbracht hat. Diesen Luxus wollte ich mir selbst wieder verdienen.

»Wie spät ist es?«

»Sechs Uhr. Ich fahre rüber zum Kiosk. Fährst du mit? Frühstücken können wir ja drüben etwas.«

Ich hatte ohnehin keinen Plan, und wenn ich nicht Gast wie bei Gabriel sein durfte, war der Englische Garten mein Zuhause. Gabriel füllte einen großen Kanister und eine Gießkanne mit Wasser und stellte beides auf seinen Fahrradanhänger.

»Heiß wird es heute. Da muss ich ein paar Pflänzchen versorgen.«

Wir fuhren hinüber zur Münchner Freiheit. Dort nahm er die Gießkanne vom Anhänger und verschwand in einer Toreinfahrt. Alles war noch ruhig, nur vereinzelt gab es Verkehr. Die Sonne hatte sich über dem Englischen Garten aufgeschwungen und erleuchtete golden die alten, zumeist hellfarbenen Häuser. Plötzlich vernahm ich Geschrei und Gepolter aus der Einfahrt, Halt, da bleibst! und Pfoten weg! Dann sah ich Gabriel aus der Einfahrt laufen, verfolgt von einem älteren Mann in Handwerkerlatzhosen. Er vermochte nicht annähernd, mit dem Tempo des Jüngeren mitzuhalten. Allerdings stieß aus der Haustür ein weiterer Mann dazu. Gabriel hatte sich nur an seinem Verfolger orientiert und lief dem Zweiten direkt in die Arme. Schnaufend fuchtelte der Ältere mit den Armen.

»Habe ich dich endlich, Bürscherl. Du bleibst jetzt da, bis die Funkstreife kommt.«

Gabriel vermied jeden Blickkontakt mit mir, um mich nicht mit hineinzuziehen, machte aber eine Bewegung mit dem Kopf zum Englischen Garten hin, die ich so deutete, dass ich mich um den Kiosk kümmern sollte. Was passiert war, konnte ich leicht erraten: Gabriel hatte mit einer Verschönerungsmaßnahme die Hausverwaltung gegen sich aufgebracht.

Zwei Räder gleichzeitig zu steuern, war ein bisschen hakelig, aber auf der leeren Straße doch gut zu bewältigen. Dass in dem Kasten mit den Kletterrosen noch ein Ersatzschlüssel vergraben lag, hatte mir Gabriel anvertraut. Offenbar war ihm klar, dass ein Notfall wie heute eintreten konnte.

死

ch mochte diese Arbeit. Nichts verscheucht so sehr die Grillen der Nacht wie die Gewissheit, etwas Sinnvolles zu tun. Erlacher hatte leicht reden, er kämpfte ja nicht um Leben und Identität, ihm genügte es, einfach da zu sein. In meinem Kopf. Ich goss die Pflanzen, nahm Gebäck und Zeitungen in Empfang, später dann Eis und setzte Kaffee auf. So vorbereitet, stand ich dann in der Bude und wusste, dass bald die ersten Besucher eintreffen würden. Da hörte ich von draußen Gesang, eine Tenorstimme, leise, eher angedeutet, aber durchaus anmutig. Ich wusste sofort, dass es eine Arie aus *Tosca* war, *E lucevan le stelle*. Ich erschrak heftig und dachte an meinen Traum. Ich hörte eine Weile lang zu, das Lied rührte mich tief, und ich befürchtete, er würde aufhören. Schließlich streckte ich den Kopf zur Tür hinaus. Auf der Bank unter der Pergola saß ein zierlicher, gutgekleideter Mann. Er trug ein gebügeltes weißes Hemd und eine dunkle Hose mit messerscharfer Bügelfalte. Seine spiegelnde Sonnenbrille hatte er auf die Stirn hochgeschoben.

»Buon giornata, da vero? Nun bekomme ich ja doch noch einen Kaffee!«

Verblüfft ging ich nach drinnen und brachte ihm einen Kaffee. Eigentlich hatten wir Selbstbedienung. Schlürfend nahm er einen Schluck.

»Deutsch. Aber gut.«

Freundlich sah er mich an.

»Salvatore ist ein guter Freund von mir. Er fehlt mir. Seit drei Tagen!«

Er richtete seinen Blick gen Himmel. Ich wusste sofort, von wem er sprach.

»Ich kenne keinen Salvatore.«

Er schüttelte den Kopf.

»Unmöglich. Jeder kennt Salvatore hier. Ein Kraftpaket, bisschen impulsiv, schnauft, weil er immer unter Dampf steht. Könnte es sein, dass er hier gewesen ist?«

Vorne an der Luke bimmelte die Glocke. Ich hatte Kundschaft.

»Doch, ich erinnere mich. Er war hier …«

»Wann?«

»Abends vor drei Tagen. Hat etwas getrunken und ist dann wieder verschwunden.«

Ich stand auf und bediente den Kunden vorne am Fenster. Als ich nach dem Italiener sah, winkte er mich mit der Hand heran. Tadelnd sah er mich an und schüttelte den Kopf.

»Ich schätze es nicht, Signore, wenn unser Gespräch unterbrochen wird. Nehmen Sie Platz!«

Sein Auftreten und sein Ton waren derart, dass ich seinen Anweisungen widerspruchslos Folge leistete.

»Gut, er ist also hier gewesen. Ein erster Hinweis.«

Er griff in die Hosentasche und holte eine kleine Fotografie hervor, die er mir reichte.

»Salvatore war auf der Spur dieses Mannes. Ein gefährlicher Bursche. Kennen Sie ihn, haben Sie ihn schon einmal gesehen?«

Abgesehen davon, dass das Foto undeutlich war, blickte mich ein Gesicht an, das nichts Markantes oder Typisches hatte. Schwarze Haare, längliches Gesicht. Ich gab ihm die Fotografie wieder zurück.

»Nie. Kenne ich nicht.«

Vorne bimmelte es wieder. Ärgerlich blickte er auf.

»Gehen Sie schon!«

Anschließend sah ich wieder nach ihm, aber er war verschwunden. Später sammelte ich draußen Geschirr ein, um es abzuwaschen. Als ich es auf der Ablage abstellen wollte, lag dort ein Bildchen. Es war ein Sterbebildchen, wie es bei Seelenmessen verteilt wird. Die Fotografie, die der elegante Italiener vorgewiesen hatte, war mir nicht so deutlich im Gedächtnis haften geblieben, trotzdem war ich sicher, dass es sich um dieselbe Person handelte. Auf der Vorderseite des Leichenzettels stand das zu einem Oval ausgeschnittene Foto. Mir schien jetzt, dass er Ähnlichkeit mit Leo Perl hatte. Es handelte sich um einen Andrea Carlotti, der vor genau acht Tagen gestorben war. Ich rechnete nach. Sein Todeszeitpunkt entsprach dem, der für mich angenommen werden musste. Auch der Name fraß sich nach innen. Ich zuckte zusammen, als sei ich an einer wunden Stelle berührt worden. Wer war er? War ich es vielleicht sogar? Das undeutliche Foto erinnerte an mich, aber sicher auch an viele andere dieses Typs wie eben Leo Perl. Ich drehte das Bildchen um. Hinten stand nur ein Satz aus der *Offenbarung:* »Und ein anderer Engel ging aus dem Tempel, der hatte eine scharfe Sichel.«

Das langgezogene Seufzen stammte von Erlacher.

死

Der Besuch und das Sterbebildchen gingen mir den ganzen
Vormittag nicht mehr aus dem Kopf. Dass mich eine
Häufung von Zufällen mit diesen teils ruppigen, teils höfli-
chen Ganoven zusammenbrachte, konnte man ausschließen.
Ich verstand aber nicht, was sie mir mitteilen wollten; ihre
Anspielungen gingen an mir vorbei. Es gab zweifellos einen
Zusammenhang, der in meiner Person begründet lag, aber
nichts glomm dazu in meinem Kopf auf. Immer sagte ich mir
den Namen Andrea vor und horchte auf den Widerhall in
mir. Da war etwas, aber nichts, das mir bedeutet hätte: Das
bist du! Woher aber dann die Verbindung? Hatte ich vor meinem Scheintod mit ihnen zusammengearbeitet? Gehörte ich
selbst dazu? Waren sie hinter mir her, und ich war nur noch
durch meinen vermeintlichen Tod geschützt? Eine Frage ist
so sinnlos wie die andere, wenn es keine Antworten gibt.

Am Nachmittag kam dann Gabriel angeschlendert. Er
wirkte etwas zerrupft, goss sich sofort einen Kaffee ein und
nahm sich ein Brötchen.

»Und, was haben sie mit dir angestellt?«

Er winkte.

»Halb so schlimm. Das Übliche: Anzeige wegen Sachbeschädigung.«

»Was hast du gemacht?«

»Der ganze Hinterhof war mit Teer versiegelt. Bin als
Handwerker rein, habe gesagt, ich müsste wegen der Zulei-
tungen da aufgraben, und habe schwups! ein wunderschönes
Beet angelegt. Ich wusste ja, dass es die Hausbewohner gut
finden würden, sie haben sich sogar bei der Verwaltung be-
dankt, aber dieser Drache von Hausmeister hat mir regel-
recht aufgelauert.«

»Was kommt jetzt auf dich zu?«

»Normalerweise wird so etwas abgebügelt, aber ich bin halt ein Wiederholungstäter. Eine Geldstrafe wird es geben, nehme ich an.«

Er sah sich um.

»Der Laden läuft! Gut, dass du dich auskennst. Und bei dir?«

Ich zuckte die Achseln und erzählte ihm von dem Besuch.

»Onkel Giannino! Ist der Chef nicht nur hier in München. Wollen wir mal hoffen, dass Salvatore nicht zu schnell auftaucht.«

»Andrea Carlotti. Hast du diesen Namen schon mal gehört?«

Gabriel schüttelte den Kopf.

»Noch nie. Aber wir können ja mal im Internet nachschauen, ob er dort Spuren hinterlassen hat.«

Den Rest des Tages arbeiteten wir gemeinsam. Abends räumten wir auf und setzten uns noch auf die Bank. Ich fühlte mich wie ein waidwundes Tier. Bald war ich wieder auf mich allein gestellt. Gabriel hatte schon gemerkt, dass es in mir rumorte.

»Erzähl schon, ich sehe es dir doch an, dass da was rausmuss!«

Ich hatte mich während der ganzen letzten Tage danach gesehnt, mich endlich jemandem anvertrauen zu können, jetzt brach alles aus mir heraus. Als ich geendet hatte, schüttelte Gabriel den Kopf.

»Du weißt nicht, wer du bist, und auch nicht, wo du herkommst. Und hast immer diese beiden Figuren im Kopf …«

»… sind wie Inventar, beunruhigt mich auch nicht.«

»Und dein Gedächtnis geht gerade mal über die sechs Tage, die du hier im Englischen Garten verbracht hast.«

»Da ist schon einiges, was ich an mir festgestellt habe: Ich habe ein spezielles Verhältnis zur Musik, kenne Arien, kann einen Zweiviertel- von einem Dreivierteltakt unterscheiden. Wenn es sein muss, spiele ich Schlagzeug, Essen zuzubereiten, liegt mir …«

»Stimmt. Beim Belegen und Dekorieren von Sandwiches bist du wirklich professionell. Willst du eine klare Ansage?«

»Bitte!«

»Es hat keinen Sinn, wenn du deine Erinnerung mit Gewalt aus dem Vergessen herauszuzwingen versuchst. Da kommt nichts, nur Angst und Verwirrung. Setz erst mal bei dem an, was du hast, was dir schon gelingt, was du ausbauen kannst. Das andere kommt dann zu gegebener Zeit schon wieder dazu.«

»Aber ich kann doch nicht einfach die Hände in den Schoß legen!«

»Natürlich musst du dich fordern.«

»Wie denn?«

»Wie du sagst: Vielleicht bist du ja Koch?«

Das Bild der Restaurantküche stieg erneut in mir auf. Aber wo war da mein Platz? Und konnte ich wirklich etwas zubereiten? Ich zuckte die Achseln.

»Hey, schau mich an und duck dich jetzt nicht weg!«

Ich hob meinen Blick.

»Das probieren wir! Du kochst bei mir. Hättest du was im Kopf?«

Ich dachte sofort an Ossobuco und Risotto.

»Pfui Teufel, kannst du vergessen«, sagte Gabriel. »In meiner Küche werden keine toten Tiere zubereitet.«

»Entschuldige, hätte ich mir eigentlich denken können.«

Ich schloss die Augen und wartete.

»Wie wäre es mit Ravioli, Ricotta, Spinat?«

死

Wenig später stand ich im Supermarkt. Wie andere auch hatte ich mir einen Drahtkorb genommen. Ich schritt die geschwungene, verspiegelte Gemüsetheke ab. Alles, was ich wahrnehmen konnte, war ein buntes Mosaik aus grünen, roten, gelben und weißen Gewächsen. Dahinter verlief ein Gang mit Regalen, noch kleinteiliger belegt, noch greller und vielgestaltiger. Der Schweiß trat mir auf die Stirn. Was sollte ich hier? Nur wenn ich absichtslos war, kehrten einige meiner Fähigkeiten zurück. War ich darauf angewiesen, sträubte sich etwas in mir, als zöge ich einen widerspenstigen Esel hinter mir her.

»Kann ich Ihnen helfen?«

Eine Verkäuferin, die meine Ratlosigkeit bemerkt hatte, war an mich herangetreten. Ich las von meinem Zettel ab.

»Ravioli mit Ricotta und Spinat.«

»Zum Selbermachen?«

Ich nickte.

»Mehr haben Sie da nicht auf Ihrem Zettel stehen?«

»Nein.«

Sie zog einen Kugelschreiber aus ihrer Brusttasche und notierte auf der Rückseite meines Zettels: Mehl, Eier, Butter, Ricotta, Spinat und Kräuter. Dann erläuterte sie mir, wo die Sachen zu finden waren. Ihr Mund war rot geschminkt und stand in starkem Kontrast zu ihren weißen Zähnen und den schwarzen Haaren. Ich sah nur noch Farben.

»Kommen Sie zurecht?«

»Ja, danke.«

Ich begann mit den einfachen Zutaten wie Mehl, Butter und Eier. Bei den Kräutern wurde ich wieder unsicher. Ich schloss die Augen und schnupperte.

»Mama, was macht der Mann da?«

Ich hatte nicht bemerkt, dass eine junge Mutter mit Kind hinter mir stand. Schnell zog ich ein Bund heraus, dessen Aroma mir haften geblieben war. Ich riss ein Blättchen ab und kaute, dann wusste ich, dass ich Salbei ausgewählt hatte.

In Gabriels Küche breitete ich alles vor mir aus.

»Wenn es dir nichts ausmacht, würde ich gerne die Tür zumachen.«

»Kein Problem«, sagte Gabriel.

Ich zog sie zu, ließ sogar das Rollo herunter und stand nun im Halbdunkel. Meine Idee war, meine Hände einfach machen zu lassen, dem mechanischen Gedächtnis meiner Gliedmaßen die Regie zu überlassen, vor allem aber nicht über jeden Griff und jede Verrichtung nachzudenken. Als ich dann den kompakten Nudelteig mit meinen Handballen bearbeitete, durchströmte mich eine Art Glücksgefühl: Ich konnte doch etwas. Beim Machen wurde ich zunehmend sicherer, eins ergab sich aus dem anderen. Die Küche war alles andere als gut ausgestattet, aber ich kam auch mit den wenigen Geräten und Werkzeugen gut klar. Schließlich servierte ich.

»Köstlich«, sagte Gabriel, »so hätte ich das nie hinbekommen.«

»Hoffentlich, sonst hätte ich was falsch gemacht, wenn ich Koch sein möchte.«

»Du übst noch ein bisschen, liest ein paar Kochbücher, um deine Kenntnisse aufzufrischen!«

»Und dann?«

»Schauen wir im Stellenmarkt die Anzeigen an, für einen Koch ist da sicher was dabei.«

死

Hinterher brachte ich die Küche auf Vordermann, und wir setzten uns mit einem Glas in den Hof.

»Andrea Carlotti, den du da ins Spiel gebracht hast – ich habe vorhin im Internet nach ihm recherchiert.«

»Und?«

»Es gibt einige Artikel neueren Datums über ihn. Sein Fall hat reichlich Staub aufgewirbelt, weil sie vor einiger Zeit Pippo Lonzano, den Capo einer bedeutenden Familie, aufgespürt und verhaftet haben. Carlotti war wohl ein Latitant …«

»Was heißt das?«

»Ein Killer. Er hält sich im Verborgenen, wenn er einen Auftrag bekommt, marschiert er los.«

»Und Onkel Giannino?«

»Über den ist da nichts zu lesen. Aber sein Interesse an Carlotti deutet doch darauf hin, dass er aus derselben Ecke kommt.«

»Stimmt. Und was weiter mit Carlotti?«

»Sie wollten ihn liquidieren.«

»Wie das?«

»Er hat einen Auftrag erfolgreich hinter sich gebracht und ist in sein Versteck geflohen. Zweihundert Meter vor seinen Augen fliegt die Hütte in die Luft. Das Entscheidende ist: Nur Lonzano selbst hatte Kenntnis davon, wo sich sein Mann verborgen hält.«

»Verstehe ich nicht. Warum wollen sie ihre eigenen Leute liquidieren?«

»Er wusste zu viel über solche Komplotte. Wenn man ihn schnappte oder sonst wie zu einer Aussage brachte, würde Pippo Lonzano lebenslang im Gefängnis sitzen. Kurz: Er war gefährlich. Nach der Sprengung kann Carlotti keinen Zweifel mehr haben, dass man ihm an den Kragen will. Sofort wendet er das Motorrad, um mit seinem Helfer auf dem Rücksitz zu fliehen. Den erwischen sie mit einigen Schüssen in den Rücken tödlich.«

»Wann war das?«

Gabriel holte sich den Artikel noch einmal auf den Bildschirm.

»Der Anschlag auf ihn vermutlich vor zwei Wochen.«

Auch dieser Zeitraum passte auf mich.

»Woher weiß man das alles so genau?«

»Lonzano gefasst, Carlottis Hütte in die Luft gesprengt, sein Helfer erschossen, er selbst verschwunden – die Zusammenhänge liegen doch klar auf der Hand. Lebendig oder tot? Das allerdings bleibt unklar.«

»Aber das Sterbebildchen?«

»Theater! In Monte Calabra, dem Dorf, aus dem er stammt, hat seine Familie eine Seelenmesse für ihn lesen lassen. Aber das besagt nichts. Solange man seine Leiche nicht findet, könnte er ebenso gut noch auf der Flucht sein.«

Gabriel spürte meine Angst.

»Du glaubst doch nicht etwa …?«

Ich schlug die Hände vors Gesicht.

Die Nacht verlief ruhig, Ich hatte zwar Angst vor dem Einschlafen und der vermeintlichen Wahrheit, die dann heraufziehen würde, aber in meinen Träumen gab es zu Gabriels Geschichte keine Bilder. Immer wieder fuhr ich hoch und prüfte mich, aber zu meiner großen Erleichterung wurde in mir nichts dazu angestoßen.

死

Wie Gabriel es mir geraten hatte, studierte ich Kochbücher und bereitete uns jeden Abend eine Mahlzeit zu. Nach zwei Wochen bereits fühlte ich mich sicher genug, um mich auf eine Stelle zu bewerben. Den ersten Vorstellungstermin hatte ich im *Il Silenzio* in der Dachauer Straße. Der Wirt nannte sich Giaco. Nachdem meine italienischen Zubereitungen so gut funktioniert hatten, hielt ich diese Linie für eine gute Idee. Aber bald darauf merkte ich, dass mir die Atmosphäre unangenehm war.

»Unser Geschäft läuft hauptsächlich mittags. Da hauen wir bis zu hundert Essen raus. Für Studenten, muss billig sein, Pasta eben. Abends haben wir noch eine Steak- und eine Fischkarte.«

In der Küche schufteten zwei Italiener und ein Schwarzer. Weiße Dampfschwaden stiegen vom Herd auf. Das Servierfenster zum Lokal hin war offen, die Köche warfen die Teller auf die Anrichte, wo sie in Richtung der beiden Kellnerinnen schlitterten.

»Kalte Küche, da brauchen wir einen. Catering, Buffet, Sandwiches.«

Wir waren durch die Küche marschiert und standen nun im Kühlraum, wo Kisten mit Gemüse und Styroporwannen mit Meeresfrüchten aufgestapelt waren. Die Lieferscheine waren an die Folie getackert. An einem erkannte ich ein Symbol, das mir einen Stich versetzte: den Kelch mit der Rosenranke, den ich bei Salvatore auf dem Oberarm gesehen hatte. *Piatti puliti* las ich. Ich hatte es nun ganz eilig, aus dieser Zwickmühle herauszukommen, bedankte mich und sagte, ich würde darüber nachdenken. Giaco drehte sich auf dem Absatz um. Er wusste sofort, dass das nichts wurde.

Meine nächste Station war das *Mignon* in der Rumford-straße. Rosie Papenberg, die Pächterin, empfing mich. Das *Mignon* war eine Teestube, in der mittags zwei Menüs angeboten wurden, eines davon immer vegetarisch.

»Frisch und gesund muss unser Essen sein. Keine Riesenteller, eher Snacks. Klein, aber fein.«

Ich verstand schon. Das *Mignon* war ein gemütliches Lokal, in das Frauen gern mit ihren besten Freundinnen gingen. Die Tagesgerichte waren für den schmalen Appetit, die angebotenen Teesorten erlesen und stilvoll serviert, natürlich gab es auch Kaffee. Der Rest, wie Eis, Kuchen und Alkoholika, lief dann unter kleine bis große Sünden.

»Irgendwie passt das nicht zusammen! Ich darf dich doch Leo nennen?«

Ich nickte. Rosie blätterte meine Papiere durch.

»Wie meinst du das?«

»Das liest sich alles eher wie Schweinsbraten mit Knödel. Was du erzählst und wie du auftrittst, geht in eine ganz andere Richtung.«

Rosie war eine resolute Mittfünfzigerin in einem zerknitterten langen Leinenkleid, die nicht nur über fünf Sinne verfügte, sondern auch über Antennen für zwischenmenschliche Ungereimtheiten. Sie beugte sich vor.

»Säufst du? Oder hast du mal?«

Genau das vermutete auch ich bei Leo. Ich deutete auf das Mineralwasser, das ich mir von ihr hatte servieren lassen.

»Null Komma null Promille! Warst du schon mal in Niederbayern, also, nicht mal nur eben so auf Urlaub oder Kur?«

Sie wiegte den Kopf.

»Es hat eine Weile gedauert, bis ich mich aus der Umklammerung meiner Herkunft befreien konnte. Aber unterm Strich ist mein Sprung in der Schüssel auch nicht größer als der anderer Köche.«

Sie lachte.

»Okay, passt schon! Ich finde, wir sollten es miteinander versuchen.«

»Ein Problem hätte ich noch …«

»Kann ich mir denken: Du brauchst ein Zimmer?«

»Genau.«

»Ist normalerweise bei uns nicht üblich, aber wir haben die Wohnung nebenan als Lagerraum angemietet. Dort ist ein Gästezimmer. Wenn du das, sagen wir: drei Monate nutzen würdest, wäre das für mich in Ordnung.«

死

Mit dem Gefühl, die richtige Entscheidung getroffen zu haben, fuhr ich zum Englischen Garten zurück, um Gabriel zu berichten. Beschwingt schlenderte ich am Eisbach entlang. Da spürte ich das seltsame Ziehen im Leib, diesen Schmerz in den Eingeweiden, der mir sagte, dass gleich etwas passieren würde. Ein gellender Schrei, ausgestoßen von einer Frau, dazu das angstvolle Heulen eines Kindes.

»Hilfe! Hilfe!«

Ich blickte auf. Weiter hinten stand eine Frau bis zu den Knien im Wasser, schon in einiger Entfernung vor ihr, flussabwärts treibend, schwamm ein Kind in dem reißenden Bach, das sich an einem Schwimmreifen festzuhalten versuchte, jedoch immer wieder abglitt.

»Mama!«

Sofort sprang ich ins Wasser. Ich brauchte nur einige Schwimmzüge, um die Kleine zu erreichen, da ich am Ufer günstig postiert gewesen war. Sie strampelte und schrie, als sie mich sah. Ich ließ sie daher an mir vorbeiziehen und packte sie von hinten an den Achseln. Der Bach ist zwar nicht besonders tief, aber reißend, dazu voll tückischer Stromschnellen und Steinbrocken. Ein zappelndes, sich anklammerndes Kind wäre nur schwer ans Ufer zu befördern gewesen.

Als ich sie auf trockenen Boden stellte, sah ich, dass sich die Badegäste erhoben hatten, um mir zu applaudieren. Die Mutter kam angelaufen.

»Miri!«

Sie sank auf die Knie und umarmte ihr Kind. Beide weinten, auch ich war gerührt. Das Kind im Arm haltend, erhob sie sich und musterte mich mit tränenverschleiertem Blick.

»Wie kann ich das je wiedergutmachen?«

死

Ich schälte mich aus meinen nassen Kleidungsstücken und breitete sie in der Sonne zum Trocknen aus. Wir ließen uns auf ihrer Decke nieder. Gut, dass es noch ein wenig dauere, meinte sie. Einfach wieder zu verschwinden, das gehe in diesem Fall gar nicht. Sie war nett und bemühte sich um mich, aber ich konnte nichts antworten. Eine Schwäche überkam mich, mir war, als würde ich gegen eine Ohnmacht ankämpfen. Ich schaute auf den dahinfließenden Eisbach, der viel Wasser mit sich führte. Obwohl sich der steinige Untergrund in so kurzer Zeit nicht verändert haben konnte, blieben die Wirbel und Wellen flüchtig und änderten beständig ihre Gestalt. Ich folgte diesen Umformungen. Plötzlich warfen sich an der Wasseroberfläche Bilder auf, die sich rasch wieder verwirbelten. Ich stand auf einer schneebedeckten Kuppe. Erschöpft stützte ich mich auf einen Eispickel, mit dem ich Löcher in den harschigen Untergrund geschlagen hatte. Ich suchte etwas. Da bemerkte ich eine Blutspur vor mir im Schnee.

»Kann ich helfen?«

Die Frau hatte mich besorgt am Oberarm gefasst. Ich erwachte aus meiner Trance.

»Vielen Dank, nein. War nur ein leichter Schwindel. Muss wohl eine Nachwirkung des Schocks sein. Oder ich begreife erst jetzt so richtig, was hätte passieren können.«

Ich schloss die Augen. Mir wurde in diesem Moment klar, dass ein Kind in Lebensgefahr eine Schlüsselsituation für mich gewesen sein musste. Hatte ich selbst ein Kind? Lebte es noch? Ich atmete einige Male ruhig durch und versuchte, mich wieder auf die beiden zu konzentrieren.

Miriam wickelte sich in ein Handtuch ein. Bleich, immer

noch zitternd, lag sie da. Ihre Angst rührte mich tief. Die Mutter zog sie zu sich her und bettete den Kopf auf ihren Schoß. Sie bot mir Käsebrote und Zitronentee aus ihrem Picknickkorb an. Ich aß, weil ich an ihrer Gemeinschaft teilhaben wollte.

»Wie heißen Sie?«

»Leo«, sagte ich. »Und du?«

»Ramona.«

Als wir uns verabschiedeten, bat sie mich, sie unbedingt zu besuchen.

死

Danach hing ich noch eine Weile bei Gabriel ab, um zu erzählen und mich zu erholen. Zum ersten Mal seit längerer Zeit fühlte ich mich im Aufwind.

»Eins nach dem anderen«, sagte Gabriel. »Wenn das mit der Arbeit funktioniert, hast du eine Basis. Aus deiner Birne kommt ja im Moment nichts raus von früher. Das lockert sich, wenn du einer normalen Tätigkeit nachgehst. Denk dran: In den vielen Handgriffen, die du machst, steckt ein Stück Erinnerung.«

Ich zuckte die Achseln.

»Schon, aber wie findet man da eine Ordnung?«

»So ein Hirn ist nicht so logisch wie eine Maschine, das hat sein eigenes System. Jedes Mal, wenn ich mit der Ratsche arbeite, denke ich an Räucherfisch. Wenn ich in der Dusche die weißen Kacheln abziehe, sehe ich meine verflossene Freundin Susi vor mir. Verstehst du das?«

»Überhaupt nicht.«

»Eben. Als ich ein Bub war, habe ich die Forelle, die ich schwarz geangelt habe, mit der Ratsche aus der Werkstatt meines Vaters erschlagen. Und mit der Susi habe ich mich oft im Schwimmbad getroffen. Deswegen hat das keinen Sinn, immer gleich zu fragen, was das jetzt wieder bedeutet. Du musst warten, bis du deine eigenen Verdrahtungen wiederhergestellt hast.«

Ich folgte Gabriels Rat, einen Schritt nach dem anderen zu machen, und kniete mich in die Arbeit. Mit Rosie zusammen erstellte ich eine Liste, welche Zutaten, wie Saucen, Gewürze, Essig, Öle, und welche Lebensmittel, wie Reis, Pasta, Hülsenfrüchte, bei uns immer verfügbar sein sollten. Ich brauchte diesen Aufwand, um mir einen Überblick über mein künftiges Tätigkeitsfeld zu verschaffen und um die Sicherheit zu gewinnen, das alles in den Griff zu bekommen. Es gibt viele, die gerne und gut kochen, ohne je den Beruf eines Kochs ausgeübt zu haben. Warum sollte das bei mir nicht der Fall sein?

Bollito misto nicht vergessen, mahnte Erlacher. *Con salsa verde*, ergänzte Wolfsgruber. Ich stutzte. Er hatte Italienisch gesprochen. Aber auch mir schien es, als könne man das gar nicht anders sagen als *Bollito misto con salsa verde*. In mir tauchte ein Bild auf, wie ein massiger Mann, zweifellos Erlacher, an einem großen runden Tisch saß, mit Messer und Gabel aß, dazu hin und wieder für die Sauce den Löffel benutzte. Der Raum war holzgetäfelt, und ich sah ihn aus einer erhöhten Perspektive. Dann war diese Vision wieder verschwunden. Natürlich kam dieses Gericht für Rosies Lokal genauso wenig in Betracht wie eine Schlachtschüssel mit Kraut, aber ich kannte *Bollito misto* gut, sicher auch, weil ich es oft gegessen hatte. Solche riesigen, gemischt gekochten Fleisch- und Wurstportionen wurden vorwiegend in Norditalien zubereitet. Ich hatte also eine persönliche Verbindung zu diesem Land!

Morgens fuhr ich in die Großmarkthalle und besorgte frisches Gemüse und Obst. Nur durch Anschauen und Anfassen der Ware bekam ich eine Vorstellung davon, welche Gerichte daraus entstehen könnten. Ich arbeitete wie ein Kind, das nur mit Bildern, aber noch nicht mit Text in einem Buch umgehen kann. Viele Worte fanden in meinem Kopf keinen Widerhall, Bilder jedoch immer. Das Tagesmenü stellte ich daher erst zusammen, wenn die Sachen vor mir aufgebaut waren. Um den Druck, den ich spürte, abzumildern, stand ich schon früher als geplant in der Küche, Rosie wusste das nicht, aber ich brauchte diese Extrazeit.

Schnell stellte ich fest, dass ich küchentechnisch alles andere als routiniert war. Dazu taten sich immer wieder Lücken auf, wenn es galt, bestimmte Geräte oder Werkzeuge zu bezeichnen. Auch das Putzen und Zerkleinern von Gemüse ging mir eher schwerfällig von der Hand. Allerdings hatte ich immer gute Ideen, was sich mit den vorhandenen Zutaten anstellen ließ. Meine eigentliche Fähigkeit war das Garnieren. Im *Mignon* hatte es keinen Sinn, klassische Zubereitungen anzubieten. Ich verarbeitete meine Zutaten einzeln, kochte nur Hauptgerichte und arrangierte das Ganze dann als eine Art Probierteller. Rosies rechteckiges Porzellan war dafür hervorragend geeignet. Ich richtete kleine Häufchen darauf an, der Gast mischte und probierte nach eigenem Geschmack. Der Vorteil war zudem, dass unsere kleinen Portionen sehr großzügig und vielfältig erschienen und sich mit oder ohne Fleisch, vegetarisch oder vegan kombinieren ließen.

Rosie war es nicht entgangen, dass ich einige Anlaufschwierigkeiten hatte. Ich arbeitete recht langsam, und wenn an der Magnetschiene mehr als fünf Bestellungen angepinnt waren, geriet ich gehörig unter Druck. Aber ich steigerte mich, und nach einiger Zeit wurde spürbar, dass mein Konzept gut ankam.

»Aus München kommst du definitiv schon einmal nicht«, stellte Gabriel fest, als ich ihm meine ersten Erfahrungen geschildert hatte.

»Wieso?«

»Weil du keine Ahnung hast, wie das Münchner Publikum funktioniert.«

»Aha.«

»Wenn der Münchner in ein Lokal geht, dann ist der Anspruch an den Wirt: Jetzt geh her und sag du mir einmal, warum ich bei dir herumhocke und nicht im Gasthaus nebenan. Er möchte was Spezielles. Dieses Extra muss der Wirt rüberbringen. Entweder, du legst jedem ungefragt noch eine Weißwurst oder ein Stück Kuchen auf den Teller, redest mit den Leuten, oder du zeigst sonst wie persönliche Anteilnahme am Gast.«

Gabriel hatte recht. Auch Rosie registrierte, dass vor allem Frauen, denen es geschmeckt hatte, neugierig auf den Koch waren. Sie klopften an der Küchentür oder streckten ihren Kopf durch das Servierfenster zu mir hinein. Zunächst ärgerte sie sich, dann nahm sie deren Übergriffigkeit als Anstoß und hängte mir eine zweite saubere Schürze an die Tür.

»Weißt du was, Leo? Wenn du zwischendrin Zeit hast, bindest du dir die frische Schürze um und drehst eine Lokalrunde.«

Ich sträubte mich zwar, aber genau das hatte ich früher schon gemacht. Jedes Mal, wenn ich meine Küche verließ, um den Grußonkel zu machen, liefen dieselben inneren Bilder in mir ab: Ich ging auf einem langen roten Läufer. Er führte eine kurze Treppe hinunter, dann stand ich in dem holzgetäfelten Raum, in dem Erlacher *Bollito misto* aß. Genau hier riss der Film.

Ich steuerte jeden Tisch kurz an und fragte, ob alles recht sei. Dass sich der Küchenchef persönlich kümmerte, kam sehr gut an. Bald schon hatten wir eine Erwähnung in einem regionalen Gastronomieführer, der mich als Koch nannte.

死

Gleich am Morgen rief mich Gabriel an.

»Hast du schon Zeitung gelesen?«

»Nein.«

»Mir ist es gleich beim Auspacken ins Auge gestochen …«
Sein Ton wurde raunend. Ich verstand, dass er nicht Klartext reden wollte.

»… das mit den Bandenfehden bei uns wolltest du mir nicht glauben. Aber jetzt haben sie einen Toten aus dem Speichersee gezogen.«

»Und was vermuten sie?«

»Dass sich zwei rivalisierende Gruppen die Schädel einschlagen.«

Im Lokal überflog ich die Berichte. Alle lauteten dahin gehend, dass hier ein Konflikt unter Konkurrenten ausgebrochen war, der noch weiter eskalieren könnte. Immerhin waren Gabriel und ich aus dem Schneider.

Mittags drehte ich wieder einmal meine Lokalrunde. Ein paar Tische hatte ich bereits absolviert, da sah ich ihn in der Ecke sitzen: Onkel Giannino hatte sich eingefunden. Er begutachtete das Essen, zerlegte es mit der Gabel, um die verwendeten Zutaten zu prüfen, und probierte. Zu meiner Verblüffung begrüßte ich ihn in fließendem Italienisch. Ungerührt nahm er es zur Kenntnis.

»Nicht schlecht«, sagte er und hob einen Avocadoschnitz an. »Aber keine Portion für einen Mann. Viel Show für Öko-Schlampen!«

Jetzt blickte er auf.

»La vita è un' opera! Mal haben wir kleine, mal große Rollen. Was ist Ihre, Signore?«

Instinktiv wich ich zurück.

»Ich verstehe nicht.«

»Lesen Sie Zeitung?«

»Kaum. Ich stehe morgens schon in der Küche.«

Er machte eine wegwerfende Bewegung.

»Kommen Sie! Der Tote im Speichersee. Salvatore.«

Er griff in seine Brusttasche und zog das Bild hervor, das er mir schon einmal vorgelegt hatte.

»Gesichter sind oft so undeutlich, sie verändern sich. Das Leben lässt keinen ungeschoren, da vero? Was meinen Sie: Ist er Ihnen ähnlich?«

Er verglich mich so ausführlich mit dem Foto, dass es mir unheimlich wurde. Wenn ich nur verstanden hätte, was er wollte. Stell dich nicht blöder, als du bist, sagte Wolfsgruber. Er hält dich für Andrea Carlotti.

»Worauf soll man sich verlassen?«

Er hob die Hände in einer theatralischen Gebärde.

»Tot ist tot, denkt man. Aber auch das ist heute keine unumstößliche Gewissheit mehr. Manche stehen wieder ziemlich lebendig vor einem!«

Er stand auf und schob einen Schein unter den Teller. Mir wurde abwechselnd heiß und kalt. Onkel Giannino wusste alles. Er winkte ins Lokal und ging. Ich brachte das Geld zur Kasse.

»Was war denn das für einer?«, fragte Rosie.

»Hat mich wohl verwechselt.«

Rosie strafte mich mit einem strengen Blick. Ich log ohne Überzeugungskraft.

死

Ich verbrachte einen sorgenvollen Abend. Gabriel konnte ich nicht erreichen, so war ich mit dem Getümmel meiner Gedanken allein. Onkel Giannino gab vor, meine Identität zu kennen, und hatte damit alle Vorteile in der Hand. Wie sollte ich mich dagegen wehren? Es schien vollkommen gleichgültig, ob ich in meinem früheren Leben ein guter oder schlechter Mensch war. Wenn er und seine Leute ein Motiv hatten, mich zu verfolgen, war ich dem ausgeliefert, weil ich keine Ahnung hatte, wer mir entgegentreten würde. Gelassenheit im Angesicht des eigenen Schicksals ist die gebotene Tugend, sagte Erlacher. Licht aus, amen!, ergänzte Wolfsgruber.

»Scheiße«, schrie ich. »Ich ertrage diese Besserwisserei nicht mehr.«

Dann durchlebte ich eine fürchterliche Nacht. Eine namenlose Angst überfiel mich, mein Herz begann zu rasen. Ich brauchte Hilfe, lag aber allein in diesem Gästezimmer. Um mir einen Tee zuzubereiten, hätte ich mich in die Restaurantküche schleppen müssen. Der Schweiß stand mir auf der Stirn. Ich richtete mich im Bett auf und versuchte, ruhig zu atmen. Dann, mit einem Mal, hörte mein Herz auf zu galoppieren, mein Puls verlangsamte sich so stark, dass ich mit jedem Schlag befürchtete, es wäre der letzte. Mein Körper wurde bretthart. Alles, was zu meinem früheren Zustand noch fehlte, war diese Holzkiste, in die man mich gelegt hatte. Intakt war nur noch eine Art innerer Sinn, der mir half, mich zu beobachten. Ihm zufolge lag ich wie ein Reptil in der Kälte. Ich kroch tief in das Bett, häufte alles an Kissen und Decken auf mich und vergrub mich darunter. Meine Zähne begannen zu klappern, durch meine Glieder ging ein

Schüttelfrost. Endlich rief mich meine Mutter. Ich erkannte ihre Stimme sofort. Sie klang immer noch enttäuscht und traurig. Ich konnte den Grund nicht mehr denken und festhalten, aber es war eine Missetat gewesen, und ich hatte mich schuldig gemacht. Sie rief mich, und ich wusste, dass ich endlich aus der Kälte wieder ins Lichte und Warme treten durfte. Auf dem Kachelofen lagen Kissen, auf die ich mich betten durfte.

Nach einer Weile kam ich wieder zu mir. Aber ich fühlte mich zerrüttet und angeschlagen, war sicher, die Nacht nicht überstehen zu können. Also stand ich auf, zog mich an und suchte die nächste Apotheke auf, die Nachtdienst hatte. Die Apothekerin gab mir ein Beruhigungsmittel. Damit schlief ich schließlich ein.

Am nächsten Tag stand ich, wie gewohnt, in der Küche. Ich versuchte, mir nichts anmerken zu lassen und meine Arbeit zu verrichten. Zwar hatte ich diese Katastrophennacht gut weggesteckt, allerdings spürte ich immer wieder dieses Ziehen im Leib, mit dem ich vor kommendem Unheil gewarnt wurde. Aber es passierte nichts. Ich beruhigte mich. Die Menüs waren so weit vorbereitet, und ich nutzte die verbleibende ruhige Zeit, um einige übriggebliebene Rote-Bete-Knollen zu einem Smoothie zu verarbeiten. Da ich eine neue Kombination mit Apfel, Ananas und Zitrone testen wollte, zerkleinerte ich mir in unserem Mixer eine einzelne Portion und füllte sie in ein Glas, um die Mischung zu probieren. Über die halbhohe Schwingtür hinweg, die die Küche vom Café trennte, sah ich einen Mann heranstürmen. Sein Gesicht war unter einer Sturmmütze verborgen. Schon da wusste ich, dass sein Angriff mir galt. In der Küche war ich ihm ausgeliefert, denn es gab nur den einen Ausgang durch das Lokal.

In diesem Moment, als sein Kopf über der Schwingtür

sichtbar wurde, hatte die Welt in meiner Wahrnehmung ihr normales Tempo verloren. Er rückte nur mehr ganz langsam heran. Durch den Schlitz seiner Mütze hindurch sah ich Augen voller Furcht, Schweiß rann ihm von den Brauen auf die Wangen. Er trat die Schwingtür auf, sie krachte auf die Seite und splitterte. Er brauchte diese Resonanz von Gewalttätigkeit und Entschlossenheit, um seinen Auftrag zu Ende zu führen. Er hob die Pistole und legte an.

Mit einem Ruck zog ich den Mixer zu mir her, um einen Schutzwall vor mir zu haben und ihm nicht mit vollständig ungedecktem Oberkörper gegenüberstehen zu müssen. Das Glas mit dem Rote-Bete-Saft kippte und ergoss sich über meinen Bauch. Im selben Moment krachten drei Schüsse, die vom Metallgehäuse des Mixers abprallten. Einer jedoch erwischte mich an der Seite. Ich fiel sofort zu Boden, weil ich nichts weniger als den Tod erwartete. Harter, fast ätzender Schweißgeruch näherte sich mir, ich lag auf dem Boden, halb unter den Herd gerollt.

Nichts weiter passierte.

Ich wusste, warum. Er sah einen Mann vermeintlich im Blut liegen, mit aufgerissener Bauchdecke, aus dessen Eingeweiden ein ganzer Schwall herausgebrochen war, die weiße Schürze getränkt und sich auf den Boden ergossen hatte. Wäre er ein erfahrener Killer gewesen, hätte er mir dennoch den Fangschuss versetzt. Er war es aber nicht und vom Ausmaß der von ihm begangenen Grausamkeit überwältigt. Ich hörte noch, wie er davonrannte.

Wie furchtbar das Bild war, das ich abgab, war feststellbar, als Rosie in die Küche kam und minutenlang gellend schrie. Da erst rappelte ich mich auf, zog mich an der Herdkante hoch und stellte fest, dass ich nicht mehr als ein unangenehm brennendes Gefühl in der Seite hatte. Rosie schrie noch lauter, als sie meiner ansichtig wurde und von einem blutig ge-

schossenen Untoten angeredet wurde. Ich sprach die goldenen Worte, die Wolfsgruber mir eingeflüstert hatte:

»Es ist nur ein Kratzer!«

Dann zeigte ich auf den Mixer und ergänzte:

»Der Rest ist Rote-Bete-Saft.«

死

Wahnsinn! Absoluter Wahnsinn!«

Gabriel saß über einem Schaltkreis und blickte mich, seiner Schutzbrille wegen glupschäugig, über Lötzinndämpfe hinweg an. Dann schob er die Brille auf die Stirn hoch, betrachtete zunächst seine Arbeit und legte sie, offensichtlich zufrieden mit dem Ergebnis, beiseite. Schließlich schüttelte er, gegen mich gewandt, den Kopf.

»Egal, wo man dich hinsteckt: Es kracht! Und dann?«

»Haben sie mich in die chirurgische Ambulanz gebracht, untersucht und versorgt.«

Ich hob mein Hemd an der Seite hoch.

»Ein Klebeverband, nichts weiter, ist wirklich nur ein Kratzer. Rosie hat es eigentlich am schlimmsten erwischt mit ihrem Nervenzusammenbruch.«

»Wird schon wieder. Ist ja kaum was kaputtgegangen.«

»Dann bin ich zur Polizei und habe meine Aussage gemacht.«

Gabriel fixierte mich.

»Aha. Mit Personalienfeststellung und allem Drum und Dran?«

»Ja.«

»Dir ist hoffentlich klar, dass deine ganze Geschichte hätte auffliegen können und sie dich womöglich in ein Nervenkrankenhaus einweisen?«

Ich zuckte die Achseln.

»Ich stand doch noch vollkommen unter Schock. Zudem hatte ich in der Nacht zuvor reichlich Tabletten geschluckt. Ich war komplett weggetreten, und auf dem Revier waren sie alle wahnsinnig nett zu mir. Du kriegst einen Kaffee, sie richten dir einen bequemen Stuhl hin. Döblinger und Rupp – sogar die Namen der beiden Kommissare habe ich behalten. Ehrlich gesagt, war ich in einer Verfassung, in der ich ihnen auch einen Mord gestanden hätte, wenn sie mich nur freundlich genug darum gebeten hätten.«

»Sie nehmen deine Personalien auf, du machst deine Aussage, stehst auf und gehst?«

»Genau so!«

Gabriel marschierte in seiner Werkstatt auf und ab. Heute trug er ein T-Shirt, auf dem eine Elefantenkuh abgebildet war. Darunter stand *African Queen*. Schließlich blieb er stehen und streckte die Hand aus.

»Gib ihn mir mal!«

»Was?«

»Deinen Pass.«

Ich zog ihn hervor. Er ging damit zum Mikroskop, legte ihn darunter und knipste die Lampe an, um ihn auszuleuchten. Er betrachtete ihn eingehend, schob ihn hin und her, drehte ihn um und löschte schließlich das Licht. Wie eine Spielkarte ließ er den Pass mit einem kurzen Wurf aus dem Handgelenk zu mir hinübersegeln.

»Was ich schon dachte. Das Ding ist gefälscht.«

»Ist das dein Ernst?«

»Absolut. Du siehst an ein paar Stellen genau, dass manipuliert wurde: Name, Datum und Foto vor allem.«

Alles, was ich ausgestanden hatte, die Gefühle dieses ganzen Tages verwirbelten sich in mir. Mir wurde schwach, und ich verharrte in einer Art Nebel, bis ein grobwandiges Schnapsglas krachend vor mir auf den Tisch gestellt wurde. Gabriel zog aus seiner Anrichte eine unetikettierte Flasche hervor, genaugenommen war es eine Glaswalze, wie man sie eher in Apotheken oder Labors vermuten würde, und goss zwei Gläser ein, was bei dem Gewicht dieses Teils nur mit zwei Händen möglich war.

»Was ist denn das?«

Gabriel zuckte die Achseln.

»Keine Ahnung, aber irgend so ein Donnergurgler wird es schon sein. Prost!«

Er kippte das Glas ab, und ich tat es ihm nach. Es musste wohl ein Anisschnaps sein, der da seine Feuerspur hinunter in meinen Magen zog. Dann stützte sich Gabriel mit den Ellbogen auf den Tisch und winkte mich zu sich heran.

»Pass mal auf! Eine klare Analyse von mir ...«

Er unterbrach sich.

»Siehst du, so geht es schon los. Du hast ja keinen Namen mehr. Aber Leo hat mir noch nie gefallen, weißt du was? Wir nennen dich Oskar. Ein guter Name in bester Tradition. Einverstanden?«

Ich nickte.

»Also Oskar, hier meine Analyse: Onkel Giannino sitzt dir im Nacken. Wir wissen nicht, warum, aber ein drittes Mal überlebst du nicht. Du musst jetzt nichts sagen. Wenn du mir recht gibst, nickst du. Wenn du mir widersprechen möchtest, hebst du den Finger.«

Ich nickte.

»Wenn du irgendwo in dieser Stadt noch einmal als Leo Perl auftauchst, bist du weg vom Fenster. Also dieser Name existiert nicht mehr für uns.«

Ich nickte.

»Zudem ist der Pass falsch. Du wirst auf dem Revier verhört, und sie kommen nicht darauf, dass der damit Ausgewiesene auf dem Ostfriedhof liegt! Das muss einem doch zu denken geben!«

Ich nickte.

»Also klärst du jetzt mal, was passiert ist, bevor du in dieser wunderschönen Stadt wiedergeboren wurdest.«

»Du weißt doch, dass ich mich an nichts erinnere.«

»Es geht nicht um deine Vorvergangenheit, Oskar! In Deixelwang haben sie dich zusammen mit zwei anderen auf die Reise geschickt. Den Papieren nach hat das Landratsamt ein Armenbegräbnis spendiert. Wenn der Pass also falsch ist, dann haben sie keinen Leo Perl beerdigt, sondern irgendjemand anderen. Was, bitte schön, ist denn das für ein Leichentransport? Und dann noch mit dir und den Viechern? Um dem nachzugehen, musst du in Deixelwang ansetzen.«

Ich nickte. Gabriel machte eine Pause, um uns noch zwei Gläser dieses unbekannten Destillats einzuschenken. Wir tranken.

»Und Rosie und das *Mignon?*«, fragte ich.

»Aus und vorbei. Oder möchtest du hinter dem Herd warten, bis der nächste Killer kommt, der weniger dilettantisch vorgeht?«

»Was meinst du, warum er es nicht geschafft hat, mich auszulöschen?«

»Ein Novize. Salvatore war ein anderes Kaliber. Aber den haben sie ja nicht mehr zur Verfügung.«

»Und was sage ich Rosie?«

»Dass du nach dieser Geschichte nicht einfach weitermachen kannst, versteht sich von selbst. Auch für sie! Mal abgesehen davon, dass sie keinen hinter dem Herd haben möchte, der womöglich abgeknallt wird. Also erledigt!«

Ich nickte.

»Einen Schlafplatz hättest du theoretisch bei mir, aber sicher ist der auch nicht. Gibt es eine Alternative?«

»Ramona. Ich kann sie zumindest danach fragen.«

»Sehr gut! So wird's gemacht Dann hätten wir alles geklärt.«

Er lehnte sich zurück.

死

Wir genehmigten uns noch einen dritten Kurzen, dann zog sich Gabriel wieder an seine Werkbank zurück und setzte die Schutzbrille auf, um an einem weiteren Schaltkreis zu löten.

»Was baust du denn da?«

»Einen Fernzünder«, sagte Gabriel, ohne aufzublicken.

Diese Antwort war, als würde mich jemand in meiner anisseligen Stimmung am Revers packen, hochreißen und durchschütteln.

»Ist ein Witz, oder?«

Gabriel unterbrach seine Arbeit und schob die Schutzbrille auf die Stirn.

»Absolut nicht.«

»Aber …«

Plötzlich, als hätte man mir einen Kübel Wasser über den Kopf gegossen, kam ein Erinnerungsschwall über mich. Eine Taschenuhr lag auf dem Tisch. Ich sah Hände und das nebeneinander aufgereiht liegende Werkzeug, alles hell erleuchtet durch eine Stubenlampe, die sich bis dicht über die Holzplatte herunterziehen ließ. Meine Hände erkannte ich nicht in ihnen, dafür waren sie zu schwielig, die Finger zu grob. Sie gehörten eher einem Landarbeiter, keinem Uhrmacher, aber sie arbeiteten geschickt. Vorsichtig löste er das Deckglas mit einem Messerchen, entfernte mit einer Pinzette den Minutenzeiger und legte ihn auf dem beiseitegerollten weißen Tischtuch ab. Am äußeren Rand des Zifferblatts schraubte er einen kleinen Metallstift ein, an den er ein Drähtchen lötete. Ein weiteres Drähtchen verband er mit dem Stundenzeiger. Das alles waren feinmechanische Ausführungen, die eigentlich nichts Gefährliches an sich hatten, wenn ich nicht gewusst hätte, dass die Taschenuhr auf diese Weise zu einem Zeitzünder umgebaut wurde. Zum vorgesehenen Zeitpunkt würde der Zeiger den Stift berühren und damit den Glühzünder auslösen. Eine furchtbare Detonation erschütterte den Berg, Druckwellen gingen über das Tal und wurden von dem angrenzenden Massiv zurückgeworfen. Ha, rief Wolfsgruber und schlug krachend auf den Tisch. Jawoll! Was war das? Woher kannte ich das?

Gabriel wischte sich die Hände an seiner Schürze ab.

»Folgender Fall: Stadtbekannter Spekulant kauft sich eines der ältesten Häuser in der Münchner Innenstadt. Lasst den ruhig machen, heißt es in der Behörde, das Haus ist denkmalgeschützt, und für jede Maßnahme braucht es eine Genehmigung, die wir nur nach Maßgabe unserer strengen Denkmalschutzvorschriften gewähren.«

Gabriel hatte sich erhoben.

»Praktisch am nächsten Tag ist das Haus eingerüstet und am übernächsten ein Riesenloch in der Fassade. Bald danach hat der Spekulant einen gläsernen Erker hinzaubern lassen. Von dort aus kannst du jedem Passanten in die Einkaufstüte schauen, was er sich vom Dallmayr in den Kühlschrank heimschleppt. Die Herren von der Behörde stehen unten, schauen hoch und schütteln den Kopf: Ja, das darf der doch gar nicht! Dann gehen sie miteinander ins Amt zurück und rufen ihn an: Sie, das dürfen Sie doch gar nicht! Mein Mandant hat im guten Glauben gehandelt, sagt sein Anwalt. Können wir das irgendwie regeln? Nichts da, sagt die Behörde, um die Geldbuße kommen wir nicht herum.«

Gabriel war erneut zu seiner Anrichte gegangen.

»Also Oskar, ich muss schon sagen, heute Abend zwingst du einen ja förmlich in den Suff!«

Er stellte die Flasche diesmal oben auf die Anrichte, als sei sie dort unzugänglicher. Am besten wäre es, sie mit einem

Taxi wegfahren zu lassen, so eine Flasche hat nämlich Kraft, sagte Erlacher. Vergiss es, erwiderte Wolfsgruber, vom eingeschlagenen Weg bringt die keiner mehr ab.

»Der Anwalt tut so, als würde er mit den Zähnen knirschen. Dabei hat er auf seinem Zettel schon lange deutlich mehr stehen als diese lächerlichen fünfzigtausend. Außerdem, trumpft die Behörde auf, sind wir eigentlich dafür, dass rückgebaut wird. Oje, sagt der Anwalt, das geht leider gar nicht, die alten Fenster waren morsch und mussten komplett entsorgt werden. Herrschaftszeiten, erwidert die Behörde maximal hart, dann müssen Sie bei der Geldbuße noch was drauflegen. Der Anwalt gibt sich theatralisch geschlagen und beendet weinend das Gespräch. Anschließend liegt er sich mit dem Spekulanten in den Armen, und die zwei klopfen sich den Buckel ab.«

Gabriel haute auf den Tisch.

»So läuft es, Oskar!«

»Übel, keine Frage! Aber mir geht es um dich! Ich möchte wissen, was du vorhast.«

»Den Glaserker in die Luft jagen, was sonst?«

»Und das ganze Haus in Schutt und Asche legen?«

»Spinnst du? Mit chirurgischer Präzision sprenge ich den Fremdkörper aus der Fassade. Dann haben wir wieder das Loch, und alles ist auf null gestellt. Jetzt, wo der Fall schon öffentlich ist, kann sich die Behörde das gar nicht leisten, den Glaserker offiziell zu genehmigen. Man wird also eine Lösung finden, die dem vorherigen Zustand entspricht. Vor allem: Der Spekulant hat seinen Willen nicht gekriegt. Darum geht's!«

»Und dich stecken sie ins Gefängnis! Das ist tollkühn, das ist verrückt!«

Er stellte sich vor mich hin und reckte in Siegerpose beide Arme nach oben.

»Der bayerische Mensch ist zum Helden geboren! Speziell wir Lanzingers. Wir haben nie einem König den Arsch abgewischt oder die Gießnockerlsuppe serviert, weil wir den bajuwarischen Menschenschlag von innen heraus verkörpern.«

»Und wenn es misslingt?«

»Ist mir wurscht!«

»Wie bitte?«

»Ist mir wurscht! Ich weiß nicht, wo du herkommst, Oskar, aber du bist keiner von uns, so viel ist klar! Einen Zugang zur bayerischen Seele hast du nicht, du verstehst uns null. Sonst würdest du so einen Blödsinn gar nicht erst aufbringen. Als ob die Bewertung einer Tat vom Gelingen abhängig wäre.«

»Wovon denn dann?«

»Von der Absicht, die dahintersteht. Niemand würde zum Beispiel behaupten, dass die Haltung eines Märtyrers nichts wert ist, bloß weil der Mann mit seinem Leben krachend gescheitert ist. Oder denk an Elser, Stauffenberg und andere. Das Andenken an solche Leute ist so kostbar wie eine Reliquie!«

Er spricht mir im wahrsten Sinne des Wortes aus der Seele, jubilierte Erlacher.

»Niemand hierzulande muss Erfolg haben, solange er sich die Latte hoch genug legt. Auch der chancenlose Versuch imponiert uns! Und der bayerische Anarchist geht sogar noch einen Schritt weiter: Er nimmt nicht nur in Kauf, dass seine Tat sinnlos ist, er rechnet sogar damit.«

War das die ungewohnte Enthemmung durch den Anisschnaps? Gestikulierend hatte sich Gabriel vor mir aufgebaut.

»Das ist der Durchbruch zu persönlicher Ungebundenheit und Freiheit. Diese Haltung allein befähigt den bayeri-

schen Anarchisten dazu, der politischen Aktion das zurück-
zugeben, was man an ihr schmerzlich vermisst.«

»Und das wäre?«

»Anmut und Schönheit!«

»War das jetzt dein Glaubensbekenntnis?«

»Ganz genau!«

Wir schwiegen. Die Stimmung zwischen uns hatte sich
derart erhitzt und aufgebläht, dass sie nun wie ein Soufflé in
sich zusammenfiel. Ich wollte dem Ganzen dennoch einen
versöhnlichen Ausgang geben. Auch Erlacher drängte: Das
darf nicht das letzte Wort bleiben.

»Nur dass du es weißt: Ich helfe dir trotzdem!«

Gabriel umarmte mich.

»Danke. Ich weiß nicht, ob ich es brauche oder annehmen
möchte. Aber falls doch, logisch, wer sonst käme in Frage?«

死

Am nächsten Tag rief ich Ramona an. Ich sagte, dass das Lokal, in dem ich arbeitete, wegen eines Unglücksfalls geschlossen sei und ich daher kurzfristig mein Zimmer räumen müsse. Ob ich denn für ein paar Tage bei ihr unterkommen könne? Sie sagte sofort zu und ergänzte, ich könne das Zimmer so lange in Anspruch nehmen, wie ich wolle.

Auf dem Weg zu ihr in die Lilienstraße kaufte ich ein wenig Gemüse, Pastazutaten und eine Flasche Wein, um ein Abendessen zu bereiten. Für Miriam hatte ich Bonbons angefertigt, gefüllte Teigflecken, die wie die Süßigkeiten geformt werden. So war die Stimmung unter uns harmonisch, auch mir ging es gut, denn man ließ mich spüren, dass ich ein wohlgelittener Gast war. Ich kannte und mochte diese Art von Familienleben, aber das Gefühl, als Fremder in einen ihm nicht zugehörigen Zusammenhang geraten zu sein, konnte ich nicht ablegen. Es war, als säße ich in einem Theater, und das Stück erweckte in mir das Bedürfnis nach dem Eigentlichen.

Ramona lebte mit ihrer Tochter allein, Lorenz, der Freund und Kindsvater, hatte die beiden schon vor längerer Zeit verlassen. Offenbar war es Ramona aufgefallen, dass meine Kleiderausstattung alles andere als reichhaltig war. Als sie mir das Zimmer zeigte, öffnete sie den Kleiderschrank.

»Das wollte Lorenz alles schon längst abholen. Tut er aber nicht. Also bediene dich! Was dir passt, kannst du behalten!«

Ich sah mich um. Was da hing, war keine schlechte Ausstattung, allerdings von einem, der ständig als Berufsjugendlicher unterwegs war. Ein wenig zu jung und zu modisch. Ich versuchte, diesem Hinweis nachzugehen, und fragte mich, was ich denn für einen Stil vorgezogen hätte. Eher klassisch, gediegener. Unauffällige, aber gute Ware. Ich schlüpfte in die Jeans, Sweatshirts und Kapuzenpullis. Sie passten so halbwegs, vielleicht eine Nummer zu groß. Aber in meiner Situation war so eine Ausstattung Luxus.

»Gut schaust aus, Leo«, sagte Ramona.

»Nenn mich doch jetzt bitte Oskar, wie das meine Freunde tun.«

»Ist schon recht, Oskar!«

»Bist du jetzt mein Papa?«, fragte Miriam.

死

In der Nacht wurde ich von einem Rascheln geweckt, als ginge der Wind über trockenes Laub. Sofort hatte ich einen Geruch von reifen Äpfeln und Traubenmost in der Nase. Dann wurde meine Tür sacht geöffnet. Ramona hatte sich ihre Bettdecke um den Leib gewickelt.

»Pssst«, machte sie und legte den Finger an den Mund, »Miriam schläft.«

Sie schlüpfte zu mir ins Bett. Es war gut, nicht reden zu müssen. Sich eines anderen Körpers zu bemächtigen, hat oft etwas Gewalttätiges an sich. Seine Formen sind sperrig, sie passen nicht zu einem, und in den Bewegungen ist kein Gleichklang, die Begegnung bleibt ein Aufeinanderprallen zweier Leiber, die sich nicht fügen. Ich verhielt mich ganz ruhig und wartete ab. Ramona schmiegte sich an mich, umschlang mich mit ihren Beinen und legte ihren Kopf auf meine Brust. Sie war kühl, wahrscheinlich war sie unter der Dusche gewesen. Wir lagen so eng Haut an Haut, als versuchten zwei, zusammenzuwachsen. Schließlich setzte sie sich auf mich und schloss ihre Augen. Mir kamen die Tränen, sie erinnerte mich an eine, die ich geliebt hatte oder vielleicht immer noch liebte, obwohl sie längst verschwunden war. Und eigentlich schlief ich mit ihr.

Am anderen Morgen saßen wir zusammen am Frühstückstisch. Miriam blieb wortkarg, sie schaute mir nicht ins Gesicht, sondern immer an mir vorbei. Ihre Reserviertheit schmerzte mich. Ich hatte zu diesem Mädchen, das meine Tochter hätte sein können, ein besonderes Verhältnis. Gerade dieser Konjunktiv beschäftigte mich am meisten, tief in mir ruhte die Vorstellung, dass ich eine Tochter hatte. Aber jedes Mal, wenn ich daran dachte, spürte ich im Hintergrund

Bitterkeit und Verzweiflung. Das Bild war getrübt. Wahrscheinlich war es so, dass ich eine Tochter verloren hatte, anders war diese Ambivalenz nicht zu erklären.

Ramona versuchte, gute Laune zu verbreiten.

»Was hast du vor?«

»Muss nach Deixelwang auf das Landratsamt.«

»Könntest du vielleicht Miriam in den Kindergarten bringen? Ist nur ums Eck.«

死

Deixelwang war gut mit der S-Bahn zu erreichen. Bevor ich auf das Landratsamt ging, wollte ich den *Neuwirt* aufsuchen. Die Wirtschaft war in den Papieren von Leo Perl als Arbeitsstelle aufgeführt. Der Name sei gefälscht, hatte Gabriel gesagt. Ich hielt es daher für klug, zunächst einmal festzustellen, ob es eine solche oder ähnliche Person überhaupt gegeben hatte, bevor ich bei einer Behörde mit Nachfragen vorstellig wurde, die jeder Grundlage entbehrten. Man wanderte in den Isarauen noch ein wenig nach Süden und erreichte dann den *Neuwirt*, ein Ausflugslokal, das, wie der großangelegte Parkplatz zeigte, am Wochenende unter einem kaum zu bewältigenden Andrang von Gästen litt, unter der Woche jedoch wenig frequentiert wurde. Es war noch Vormittag, die Gaststätte hatte zwar schon geöffnet, aber die Kellnerin saß draußen unter dem Balkon und trank Kaffee.

»Gibt es schon etwas?«

»Freilich, sobald ich meinen Kaffee ausgetrunken habe!«

Ich setzte mich unter eine Kastanie. Der Ort war schön, aber falsch bewirtschaftet. Was ich in der Speisekarte sah, entsprach den üblichen Grausamkeiten der Ausflugsküche, von Krustenbraten bis Kinderschnitzel Biene Maja. Die Kellnerin brachte mir ein Kännchen Kaffee und ein Stück Sandkuchen, der diesem Namen alle Ehre machte.

»Leo Perl oder so, hast du den gekannt?«

Die Kellnerin blickte sich um, dann setzte sie sich zu mir an den Tisch.

»Den nicht. Aber einen Leo Perlacher schon. Wir sind ja Kollegen.«

»Der hat hier gearbeitet?«

»Was heißt: hat? Ich weiß nicht, warum du immer in der

Vergangenheit redest. Ums Eck sitzt er unter der Kastanie und trinkt ein Bier.«

Furchtsames Erstaunen, das jeden packt, der in einen Abgrund blickt, durchpflügte mein Gesicht. Im selben Moment bemerkte ich das Namensschild der Kellnerin, das sie oben am linken Träger ihres Dirndls angeheftet trug: Rita.

»Bist du die Rita Blümel?«

»Blum! Mit den Namen hast du es nicht. Woher kennst du mich?«

»Nicht direkt. Aber ich bin ja auch aus der Gastronomie und ein tschechischer Kollege …«

»Der Jaroslav?«

»Genau!«

»Natürlich der Jaroslav, das ist ein Schwätzer vor dem Herrn!«

Sie erzählte von diesem tschechischen Kollegen mit der flinken Zunge, seinen Scherzen und Unverschämtheiten, aber ich hörte gar nicht hin, weil ich vollkommen im Bann der Vorstellung stand, dass ich ihrer Beerdigung beigewohnt hatte. Ich trank meinen Kaffee, kaute geduldig den trockenen Kuchen dazu und wartete, bis ihr Redefluss ins Stocken geriet. Dann zahlte ich, nicht ohne ihr ein großzügiges Trinkgeld zukommen zu lassen.

死

Ich erkannte ihn sofort, als ich um die Ecke schaute, obwohl er mit dem Bild in dem gefälschten Pass nichts gemein hatte. Leo Perlacher saß im Schatten einer großen Kastanie auf einer Bank an der Hausmauer. Er trug die üblichen Pepitahosen, T-Shirt und eine weiße Schürze. Das magere Männchen war kein gestandener Koch, sondern eine Küchenhilfe, ein Faktotum. Das Glas Bier, das vor ihm stand, bearbeitete er unausgesetzt, aber mit großer Ruhe, wie einer, dem den ganzen Tag über der Stoff nicht ausgeht und der den Pegel hält. Rosie und ich hatten recht gehabt, Leo war ein Säufer.

»Servus Leo.«

Interessiert blickte er auf.

»Ich bin der Oskar.«

Er nickte. Einen Plan, wie vorzugehen war, hatte ich nicht ausgeheckt, zumal ich gar nicht auf der Rechnung haben konnte, dass Leo mir lebendig gegenübersitzen würde. Instinktiv entschloss ich mich zur direkten Konfrontation. Ich legte seinen Pass vor mich hin.

»Wie kommt es denn, dass dein Pass in Umlauf ist? Noch dazu gefälscht?«

Seine linke Gesichtshälfte machte sich selbständig. Sie zuckte und wirkte dabei so zerknautscht, dass man an der geistigen Gesundheit dieses Menschen zweifeln mochte. Er streckte die Hand nach dem Pass aus, ich zog ihn vom Tisch.

»Rede schon, Leo! Und keine Ausflüchte!«

Das wenige an Haltung, was er an den Tag legte, verfiel sofort. Er zog den Kopf ein und machte einen Buckel. In seiner Miene spiegelte sich, was er war: ein ständig geprügelter Hund.

»Schulden«, sagte er. »Pech beim Kartenspielen gehabt. Dann haben sie mir immerhin gutes Geld dafür geboten.«

»Wer sind sie?«

»Kollegen. Vor Jahren habe ich in der Stadt in einer Pizzeria gearbeitet. Von daher kennen wir uns.«

»Wo genau?«

»Pizzeria Bravo. In München.«

»Und deine Arbeitszeugnisse?«

»Haben sie doch sowieso schon gehabt.«

»Und den Pass von der Rita hast du gleich obendrauf gelegt?«

Jetzt wurde er bleich.

»Weiß sie das?«

Er machte zuckende Bewegungen zum Wirtsraum hin. Vor dem Servierfenster sah ich Rita Blum stehen, in der Küche einen kugeligen kleinen Mann mit Mütze und Kochschürze. Noch durch das Fenster hindurch hörte man seinen rasselnden Atem. Es klang, als sei eine kleine Lokomotive dort drinnen am Werken. Emsig lief er hin und her, setzte Töpfe auf, rührte, klapperte mit Pfannen – der Neuwirt war gut beschäftigt. Die gastronomische Besetzung hier draußen war ein Himmelfahrtskommando, lange würde das nicht mehr gutgehen. Man roch schon die kommende Pleite.

Ich schüttelte den Kopf. Lass ihn, flüsterte Erlacher, er liegt schon am Boden. Ich erhob mich.

死

Deixelwang besaß gar kein Landratsamt. Im dortigen Rathaus war allerdings eine Außenstelle der Behörde von Wolfratshausen untergebracht, um den Bürgern Wege zu ersparen. Frau Michelberger amtierte als Allzweckkraft und bemühte sich, sämtlichen Anliegen gerecht zu werden. Sie verteilte Formulare, nahm Anträge entgegen und erteilte vor allem Auskünfte. Schnell stellte sich heraus, dass von den drei in Deixelwang beurkundeten Toten nichts bekannt war. Bei solchen Sterbefällen war Frau Michelberger besonders hilfsbereit, denn ihrem Amt eröffnete sich immerhin die Chance, dass doch noch jemand nachträglich die verauslagten Kosten übernahm.

»Bei uns ist da nichts in den Büchern«, sagte sie, »da müssen Sie woanders suchen. Schade!«

Eindeutiger hätte ich meine Erkundungen nicht zu Ende bringen können. Nicht nur der Pass, auch die Sterbepapiere waren gefälscht. Wer auch immer dies eingefädelt hatte, war geschickt vorgegangen, denn in einer solchen Außenstelle wurde noch manches freihändiger entschieden als in der Hauptbehörde. Das mochte dazu geführt haben, dass Nachfragen vonseiten des Friedhofs ausblieben.

Aus einer Telefonzelle vor der Kirche rief ich den Anrufbeantworter von Gabriel an. Wir hatten überlegt, dass er so Nachrichten für mich hinterlassen konnte. Ich wählte die Nummer und tippte den Code ein.

»Wir sehen uns heute um achtzehn Uhr vor dem Alten Rathaus«, sagte Gabriel vom Band.

Ich wusste zwar nicht, was er vorhatte, hoffte aber, dass wir Gelegenheit haben würden, miteinander zu reden, und fand mich pünktlich dort ein. Gabriel wartete in der Nähe des Aufgangs zum Untergeschoss auf mich. Auf dem Rücken trug er einen Rucksack. Er zeigte auf ein Haus, das vollständig eingerüstet war. Zusätzlich war als Sicht- und Staubschutz eine Plane aufgehängt worden. Von der Seite konnte man jedoch Einblick nehmen.

»Das ist er!«

Ich wusste sofort, wovon Gabriel sprach: von dem Glaserker. Und wirklich sah man eine spiegelnde Glasfläche von der Größe eines Schaufensters.

»Warum denn gerade heute? Ist das nicht zu gefährlich mit den vielen Leuten hier?«

Gabriel deutete auf seine Uhr.

»Unser Landesvater wird heute siebzig. Da hat sich der Innenminister eine besondere Ehrung überlegt: Punkt achtzehn Uhr dreißig überfliegt eine Hubschrauberstaffel der bayerischen Polizei das Rathaus. Über der Residenz bleiben sie kurzzeitig stehen, formieren sich zu einer Siebzig und fliegen dann die Ludwig- und die Leopoldstraße hinunter zurück nach Oberschleißheim. Und im Haus selbst ist ja niemand mehr wegen des Baustopps. Für meinen Plan«, sagte Gabriel und klopfte sich mit der Hand auf die Brust, »ist das heute ideal!«

Wir setzten uns in ein Straßencafé, vom dem aus wir den Erker gut im Blick hatten.

»Leg los«, sagte Gabriel.

Ich breitete meine Erlebnisse vor ihm aus. Er wirkte nicht abgelenkt oder nervös, sondern hörte aufmerksam zu.

»Klare Sache, oder?«

Ich zuckte die Achseln.

»Für mich eigentlich nicht.«

»Aber das Geschäftsprinzip hast du doch verstanden? Da gibt es eine Organisation, die Tote illegal entsorgt, indem sie die mit gefälschten Papieren in den offiziellen Betrieb einschleust. Heute kann niemand mehr feststellen, wer in den mit Rita Blümel und Leo Perl bezeichneten Särgen wirklich gelegen hat. Nehmen wir einmal an, die Toten waren Opfer eines Verbrechens, so sind die für immer verschwunden.«

»Ist das mit den gefälschten Papieren und Pässen nicht zu aufwendig?«

»Meinem Gefühl nach werden die Pässe erst mal anderweitig verwendet.«

»Wie kommst du denn darauf?«

»Dein Pass ist so schlecht gemacht, dass niemand es wagen würde, damit, sagen wir, von Rom nach Berlin zu fliegen. Ich nehme an, auch ein solcher Pass nutzt sich irgendwann ab und taugt nur noch dazu, Totenpapiere nachzubauen. Bei Verstorbenen sieht niemand so genau hin, eine Überprüfung findet da nicht statt. Für die Papiere und die Menschen ist das sozusagen das Ende der Verwertungskette …«

Er unterbrach sich. Von fern her war jetzt das Geknatter von Hubschraubern zu hören. Alle Blicke richteten sich automatisch nach oben, nur Gabriel begann aus seinem Rucksack ein Gerät zu nesteln, das wie ein kleines Kofferradio mit Antenne aussah. Niemand kümmerte sich um ihn, sogar die Kellnerin hatte die Hand an die Stirn gelegt, um alles besser beobachten zu können. Ich behielt den Erker im Blick. Als die Staffel über dem Rathaus stand, war der Lärm ohrenbetäubend geworden, die Blechtische und Gläser vibrierten, sogar das Pflaster schien zu beben. Gabriel hatte seinen Automaten wieder im Rucksack verpackt. Am Erker war jedoch keine Veränderung zu bemerken, offenbar war sein Versuch fehlgeschlagen. Doch dann sah ich, wie sich am Glas Wellen aufwarfen, als ziehe ein Lüftchen über einen Weiher und kräusle seine Oberfläche. Dann begann die Fassung zu zittern, die Scheibe zerlegte sich in kristallförmige Bröckchen, die teils nach innen fielen, teils an der Fassade herunterzurieseln begannen, und anschließend kippte die Halterung nach innen. Der Erker war weg.

Ich blickte mich um. Offenbar hatte niemand von dem Vorfall Notiz genommen. Gabriel hielt mir die Hand hin, ich schlug sofort ein.

»Kunst am Bau«, sagte er.

»Gratulation!«

»Nach Lage der Dinge kann ich sogar meine Utensilien da oben noch einsammeln. Oder hat das irgendjemand interessiert?«

Ich schüttelte den Kopf.

死

Die von Leo genannte *Pizzeria Bravo* sah ich mir genauer an, schließlich hatte er sich von den Leuten dort die Pässe abkaufen lassen. Mit Ramonas Rechner recherchierte ich im Internet. Es war nicht schwer herauszufinden, dass das Lokal der *Piatti Puliti GmbH* gehörte, sie waren im Handelsregister eingetragen. Damit war klar, das Lokal gehörte zu Onkel Gianninos Organisation. Ich verstand das ganze Geschäftsmodell nicht. Warum betrieben sie eine Pizzeria, es sei denn, der Laden würde über die Maßen florieren? Dazu wollte ich das Lokal wenigstens einmal von außen in Augenschein nehmen. Es lag am Anfang der Tegernseer Landstraße. Zeit genug hatte ich. Am Spätnachmittag wollte ich dann Miriam aus dem Kindergarten abholen.

Das Äußere sagte alles, die Pizzeria war ein öder, ungepflegter Laden. Das Schaufenster hatte man mit einem roten Schriftzug beklebt. Auf einer Tafel standen die Tagesangebote. Danach gab es die *Jumbo* zum Preis einer *Single* Pizza, außerdem *al taglio* um zehn Prozent ermäßigt. Vorne auf dem Gehsteig lagen weggeworfene Kartons, das fettige Pflaster zeigte, dass man sich hier sein Essen abholte und auf der Straße verzehrte. Man klingelte, ein Schiebefenster wurde geöffnet, und man gab seine Bestellung durch. Ein magerer Kerl mit schwarzen Bartstoppeln und einer weißen Mütze, die er wie ein kecker Matrose seitlich verschoben trug, streckte den Kopf heraus.

»Per favore?«

»Napoli al taglio.«

Er schnitt ein Stück vom Blech, legte es auf einen Pappteller und reichte es mir. Dann zog er das Fenster zu und verschwand in seinem Laden. Ich roch an der Pizza, sie machte allerdings keinen schlechten Eindruck. Plötzlich begannen zunächst das Schaufenster der Pizzeria, schließlich auch der Gehsteig zu vibrieren, eine Straßenbahn fuhr mit großer Geschwindigkeit vorbei. Die Gleise waren unmittelbar neben dem Trottoir angelegt und durch ein hüfthohes Geländer abgetrennt. Ein weiterer Minuspunkt! Dieses Lokal war alles andere als eine Goldgrube, eher schon ein Loch, noch dazu in denkbar schlechter Lage. .

Was sollte das hier? Ich setzte mich auf das Geländer, aß die Pizza und schaute die Straße hinunter. Weiter hinten sah ich das Schild eines Spielsalons. Einer Eingebung folgend, steuerte ich ihn an. Auch hier verriet ein Schild über dem Eingang, dass es ein Betrieb der *Piatti Puliti* war. Neben dem Eingang saßen zwei dunkelhäutige Männer. Beide trugen sie mokkafarbene Hosen, weiße Hemden und geflochtene Slipper. Schwermütige Sizilianer, offensichtlich Brüder. Mit dem gierigen Blick müder Hunde verfolgten sie jeden Frauenarsch, der in Augenhöhe an ihnen vorüberzog. Der Ältere von ihnen ließ eine Kette mit bunten Steinen um seinen Zeigefinger kreisen.

Ich betrat das Lokal, um mich umzusehen. Billardtische, Dartscheiben, Spielautomaten und unter der Decke aufgehängte Bildschirme, auf denen Fußball und Pferderennen liefen. Hinter einer langgezogenen Theke saß ein Barkeeper, der seine schwarze Krawatte in Höhe des Bauchnabels in das Hemd gesteckt hatte. Er machte keine Anstalten aufzustehen. Ich ging wieder hinaus zu den Brüdern.

»Glauben Sie, dass die Besitzer interessiert wären, den Laden weiterzuvermieten?«

Der Ältere musterte mich mit trüben Augen, der Jüngere grinste.

»Vergiss es, Pussy. Der Laden ist eine Goldgrube.«

Jetzt grinste auch der Ältere.

死

Das T-Shirt, das Gabriel heute trug, war das mit Abstand zutreffendste bisher: Vorne war ein großer schwarzer Keilerkopf abgebildet, *Wuidsau* stand darunter. Seine Stimmung war blendend. Schon von weitem begrüßte er mich aus seinem Kiosk heraus. Er bediente noch ein paar Kunden, dann setzte er sich zu mir auf die Bank.

»So, jetzt ist erst mal Ruhe!«

Er strich den Keilerkopf über seinem Bauch glatt.

»Hast du es gesehen? So gute Presse hatte ich noch nie!«

»Nein. Was schreiben sie?«

»Nichts. Kein Wort von einem Anschlag, stattdessen …«

Er griff nach dem Blatt und faltete es auf.

»*Feuer unterm Dach* ist die Überschrift.«

Murmelnd, sie im Schnelldurchgang lesend, ging er über ein paar Absätze weg.

»Hier ist es: *Die Firma von Aribert Wölke will ein Gutachten vorlegen, demzufolge der Glaserker durch die überfliegende Hubschrauberstaffel zunächst beschädigt und schließlich zerstört wurde. Die Stadtverwaltung blickt dem kommenden Prozess gelassen entgegen, da man bei Schwarzbauten nie in der Haftung sei.* Besser kann es nicht kommen: Ärger zwischen Spekulant und Behörde, das Gemauschel ist vorbei, spätestens jetzt muss der Fall in allen Details öffentlich verhandelt werden.«

In der Geschichte der Kunst, sagte Erlacher, gibt es viele anonyme Werke, die eine große Wirkung ausgeübt haben. Für mich als Freund war jedoch die beste Nachricht, dass mir Gabriel erhalten blieb. Ob er das als bayerischer Anarchist ebenso sah, bezweifelte ich. Aber vielleicht gehörte es ja zum Wesen dieses Anarchismus, dass er nicht wahrgenommen werden konnte? Ich hütete mich jedoch, diesen Punkt auch nur anzudeuten.

»Und du?«

Ich schilderte ihm kurz, was ich in Giesing gesehen hatte.

»Verstehst du, warum die sich solche defizitären Läden ans Bein binden?«

»Es geht um Geldwäsche, nicht um einen profitablen Schuppen. Wenn man die Bücher dieser beiden Betriebe überprüfen würde, ergäbe sich wahrscheinlich, dass beide extrem rentabel sind. Warum? Weil schmutziges Geld von außen eingeleitet wird. Gastronomie und Glücksspiel sind die Klassiker. Unterm Strich steht ein legaler Gewinn, versteuert und mit allen Stempeln versehen. Dieses Geld ist nun sauber.«

Zweifelnd sah er mich an.

»Dass du aus einer anderen Stadt kommst, ist klar. Aber manchmal frage ich mich, ob es nicht ein anderer Stern ist.«

Als er meine Betroffenheit bemerkte, lachte er und haute mir auf die Schulter.

死

Ein paar Minuten zu spät würde ich in Miriams Kindergarten anlangen. Ich beschleunigte meinen Schritt. Gabriel hatte mich gewarnt, *Piatti Puliti* würden nicht untätig bleiben. Aber was konnten sie unternehmen? Die Antwort bekam ich postwendend.

»Was machst du denn noch hier?«, fragte mich Ulla, die Kindergärtnerin. »Miriam ist schon weg. Ich dachte, sie sollte mit zu Timo gehen?«

»Wer sagt das?«

Betreten zuckte Ulla die Achseln.

»Na ja, sie ist eben einfach mit Timo gegangen.«

Mein erster Gedanke war: Miriam ist entführt worden. Mein zweiter Gedanke: Wie erkläre ich das Ramona? Und dann überfiel mich ein tiefes Schuldbewusstsein und eine Vision von bedrängender Intensität: Ich starrte auf meine fast erfrorenen, blau angelaufenen Hände. Unter mir ein Loch im Schnee, das ich gegraben hatte.

»Die Liste mit den Telefonnummern aller Eltern, du hast doch eine?«

Ich rannte los. Nach ein paar Minuten kam ich in der Wohnung in der Lilienstraße an.

»Miriam?«

Schon beim Öffnen der Tür schrie ich. Aber die Wohnung war leer, auch im Hof war sie nicht zu sehen.

»Miriam?«

Der Spielplatz ums Eck? Fehlanzeige!

Alle Eltern durchzutelefonieren, diese Chance wollte ich mir noch geben.

死

Den Zusammenbruch einer Person über das Telefon miterleben zu müssen, ist schlimm. Dem Seufzen, Stöhnen und Wimmern nur zuhören zu können, verstärkt die eigenen Empfindungen. Ich war so aufgeladen und doch so hilflos, so mitgerissen von Ramonas Schmerz und so machtlos, dass es eine große Versuchung war, mir das Küchenmesser, das ich die ganze Zeit vor Augen hatte, in die Hand zu rammen.

»Was machen wir denn jetzt?«

»Du gehst zur Polizei«, sagte ich. »Erstattest eine Vermisstenmeldung.«

»Ich?«

»Ja. Du bist die Mutter, das geht nicht anders. Hast du ein Foto von Miriam?«

»Auf meinem Handy. Was sage ich denen?«

»Dass Miriam vom Kindergarten weg verschwunden ist. Ulla hat sie wahrscheinlich als Letzte gesehen.«

»Und dann?«

»Rücken sie hoffentlich in Mannschaftsstärke mit Suchhunden an.«

»Und du?«

»Ich telefoniere die Krankenhäuser durch, ob ein unbekanntes Kind eingeliefert wurde.«

Was ich nicht erwähnte, war die Rechtsmedizin. Dass Miriam tot sein könnte, wagte ich Ramona gegenüber nicht einmal anzudeuten.

»Gut.«

»Anschließend mache ich mich selbst auf die Suche, je eher, desto besser.«

Ramona begann wieder zu schluchzen.

»Glaubst du, wir finden sie?«

»Bestimmt.«

Was sollte ich sonst sagen?

Gleich nach unserem Telefonat begann ich alle fraglichen Institutionen durchzutelefonieren, aber ein Mädchen wie Miriam war nirgendwo registriert worden. Danach zog ich los. Natürlich hielt ich es nicht aus, einfach in der Wohnung zu warten. Meine Aktivitäten waren jedoch durchaus eigennützig: Ich hatte keinen Pass mehr, den ich der anrückenden Polizei hätte vorlegen können.

死

Timo! Diese Idee kam Wolfsgruber beim Gehen. Richtig, Ulla hatte erwähnt, dass Miriam mit ihm weggegangen sei. Ich rief noch einmal kurz bei Nina, seiner Mutter, an und fragte, ob sie etwas dagegen habe, wenn ich mit ihm sprechen würde. Wenig später klingelte ich an der Haustür.

»Komm rein«, sagte Nina, »er sitzt in seinem Zimmer und spielt.«

Ich klopfte an Timos Tür und trat ein. Er saß auf dem Boden inmitten von Legosteinen.

»Hallo Timo, ich bin Oskar. Ich wohne bei Miriam und ihrer Mutter.«

Timo drückte einen Stein mit beiden Händen auf die Platte.

»Weiß schon. Du bist aber nicht ihr Papa. Sie hat schon einen.«

»Klar, aber wie meinst du das?«

»Sie sagt selber, dass sie keinen neuen braucht, weil sie schon einen hat.«

Ich ahnte etwas. In meinem Kopf zog ein Drama ganz anderer Art auf.

»Weißt du, wo sie steckt?«

Timo schüttelte den Kopf.

»Aber sie kommt nicht mehr in die Kindergruppe.«

»Warum denn?«

»Hat sie gesagt.«

»Was hat sie gesagt?«

»Dass er sie abholt und sie nicht mehr wiederkommt.«

Ich sprang auf. Unten auf der Straße telefonierte ich sofort mit Ramona.

死

Das Viertel um den Rotkreuzplatz machte einen urban-wohnlichen Eindruck. Das Bild änderte sich schlagartig, als ich vor der Landshuter Allee stand, einer Stadtautobahn, die das Quartier wie eine Zonengrenze in hüben und drüben teilt. Es dauerte, bis ich endlich einen Übergang fand, um sie zu überqueren. Die Luft war immer noch stickig und der Verkehr dicht. Wer hier durch ein Papiertaschentuch atmete, konnte hinterher Rußflecken betrachten. Aber so passte die Adresse besser mit der Vorstellung zusammen, die ich mir vorher gemacht hatte. Schließlich stand ich vor einem gesichtslosen Betonklotz, dessen braunrote Fassade bereits staubig und abgasgebeizt war.

Die Tür unten stand offen, und auf leisen Sohlen, ohne Aufmerksamkeit zu erregen, arbeitete ich mich in den dritten Stock hoch. Ich horchte, ob ich von irgendwoher Kinderstimmen hörte. Aber es blieb ruhig. Ich klingelte bei Aßlinger, demselben Nachnamen, den auch Miriam trug. Lorenz Aßlinger trug eine blaugetönte Brille und hatte sich in sein schulterlanges Haar blonde Strähnchen färben lassen. Über seinem Gürtel wölbte sich ein Bauch, und ich verstand, warum er keinen Wert darauf legte, seinen Kleiderschrank bei Ramona auszuräumen. Er betrachtete mich von oben bis unten.

»Aha«, sagte er.

Er machte eine Geste wie aus einem Mantel-und-Degen-Film, um mich in seine Wohnung zu lotsen. Ich trat ein. Am Ende des Gangs sah ich, wonach ich seit Stunden gesucht hatte: Miriams Blechköfferchen.

»Du bist der neue Stecher von Ramona, stimmt's?«

Von Miriam selbst war nichts zu hören.

»T-Shirt und Hosen kommen mir auch ziemlich bekannt vor.«

Ich drehte mich um. Lorenz Aßlinger hatte mit seiner rechten Faust weit ausgeholt, und es schien, als wolle er die Wucht des kommenden Schlags noch mit einem Anlauf verstärken.

»Aber von meiner Tochter lässt du deine dreckigen Pfoten, klar?«

Ich fühlte mich hilflos, der Gang war eng, mich der Konfrontation zu entziehen, unmöglich. Auch sonst konnte ich keine Fluchtmöglichkeit entdecken. Angst und Stress jagten mir eine Hitzewolke in den Kopf, und plötzlich, ohne dass ich hätte sagen können, wie, nahm ich Haltung an. Das ganze Geschehen verlangsamte sich, eine Faust flog geradewegs auf mein Gesicht zu, aber ich spürte, dass ich diese Bewegung nur verlängern musste, um sie abzuwehren. Alles, was ich zu tun hatte, war, mit seiner Aktion zu gehen, nicht, mich gegen sie zu stellen. Meine Linke nahm seine Faust in Empfang, begleitete sie und führte sie so an meinem Kinn vorbei. Meine Rechte packte seinen Unterarm und riss ihn vorwärts in Richtung des Schlags. Ich hob mein linkes Bein, winkelte es ab, er strauchelte, verlor das Gleichgewicht, taumelte und stolperte schließlich mit vorgeneigtem Oberkörper in den Wandschrank. Krachend wurde die Tür nach innen gedrückt, Holz splitterte.

Ich zog ihn aus dem Gewirr heruntergefallener Kleidungsstücke und setzte mich auf seine Brust. Seine Augen waren geschlossen. Ich klopfte seine Wangen, bis er zu sich kam.

Gnade ist etwas Minderwertiges, sagte Erlacher. Man erlangt sie und ist wie erschrocken. Man verliert sie und ist ebenso erschrocken.

Ich drückte daher meinen Daumen an seiner Kinnspitze unter den Kieferknochen, wiederholte dasselbe am Ende des

Brustbeins und tastete schließlich an seinen Knien nach den Punkten des *göttlichen Gleichmuts.* Die Griffe würden ihm seine Angst nehmen.

»Wo ist Miriam?«

»Im Hof. Spielen.«

Ich nahm ihr Blechköfferchen an mich und ging. Kurz darauf fand ich sie unten auf einer Schaukel. Sie war allein in einem tristen, geteerten Hof. Ich streckte meine Hand nach ihr aus.

»Ramona möchte, dass wir zurückkommen. Kommst du mit mir?«

Sie stand von der Schaukel auf und nahm meine Hand.

死

Wir saßen in der U-Bahn. Miriam hielt immer noch meine Hand, und ich fühlte mich glücklich, dass sie sich mir in ihrem Schutzbedürfnis anvertraute. Doch jäh und heftig spürte ich das Reißen in der Bauchgegend, das mich bisher zuverlässig vor Gefahren gewarnt hatte. Ich blickte mich um. Uns gegenüber saß eine ältere Frau mit sorgfältig onduliertem, weißem Haar. Wie bei einer Taube ruckelte ihr Kopf hin und her, dabei sah sie lächelnd Miriam an, die ihr, an mich gelehnt, ins Gesicht schaute.

Gegenüber im anderen Wagen, sagte Wolfsgruber, die Italiener, das sieht doch ein Blinder.

Sofort wurde ich hellwach. Wenn wir sitzen blieben, würden die beiden bei der nächsten Station unseren Wagen entern, stiegen wir aus, taten sie dasselbe und hatten uns ebenfalls in der Hand.

»Haben Sie einen Stift?«

Der Kopf der alten Dame begann hektischer hin und her zu ruckeln, dann reichte sie mir einen Bleistift, den sie aus ihrer Handtasche gekramt hatte. Ich kritzelte rasch auf die Rückseite meiner Fahrkarte die Adresse von Miriam und reichte sie der Frau.

»Bitte, ein Notfall! Sie müssen die Kleine zu Hause abliefern.«

Miriam krallte sich in meinen Arm.

»Miriam, ich bin in großen Schwierigkeiten. Lass dich von der netten Dame zu Ramona zurückbringen. Ich komme wieder, versprochen!«

Miriam nickte. Dann wechselte sie die Seite, stellte sich zu der Frau und legte die Hand auf ihr Knie. Ich küsste sie auf die Wangen.

»Danke!«

Ich wusste, das würde gutgehen. Als die U-Bahn in den nächsten Bahnhof einfuhr, ging ich zu der Tür, die am weitesten von den beiden entfernt war. Ich sprang heraus und rannte die Rolltreppe hinauf, sah, dass mir die Verfolger auf den Fersen waren. Oben angekommen, stand ich auf einem Platz, der von griechisch anmutenden Tempeln eingerahmt war. Daneben machte ich eine Grünanlage mit Bäumen und dichtem Bewuchs aus. Ohne lange zu überlegen, flüchtete ich dorthin.

»Buon giorno!«

Auf der Bank saß mit übereinandergeschlagenen Beinen Onkel Giannino. Er trug elegante Budapester mit Krokoprägung, helle Socken, und die Bügelfalte seiner cremefarbenen Hose war wiederum messerscharf. Er schnippte die Zigarette auf den Kiesweg und erhob sich.

»Andiamo!«

死

Ich kannte den Ort, an den wir fuhren: Es war der Wett- und Spielsalon gegenüber der Pizzeria Bravo. Vorne am Eingang saßen die beiden schwermütigen Sizilianer, die sich auch bei unserem Eintreffen zunächst nicht von ihren Stühlen erhoben. Drinnen herrschte jedoch lebhafter Betrieb. Auf den großen Monitoren wurden Pferderennen, Fußballspiele und Tennis übertragen, viele der Spielautomaten waren besetzt und erfüllten den Raum mit ihren künstlichen, comicartigen Geräuscheffekten. Der Barmann mit der unter das Hemd geschobenen Krawatte zapfte Bier, direkt neben seiner Theke betraten wir durch eine unscheinbare Tür den Nebenraum. Das Zimmer war eine Mischung aus Wohnraum und Büro, offenbar gedämmt, denn der Lärm von draußen war verstummt.

»Ein perfekter Ort, um sich auszutauschen«, sagte Onkel Giannino. »Alles bleibt in diesen vier Wänden, niemand hört zu, nichts dringt nach draußen. Per favore!«

Er wies auf einen Stuhl. Ich setzte mich. Ohne Widerstand hatte ich bis dahin alles über mich ergehen lassen. Ich war angeschlagen, sogar erschüttert, weil der Gedanke in mir pochte, dass ich zu ihnen gehörte. Sie sprachen nur Italienisch, ich verstand alles und antwortete so flüssig, als wäre mir noch nie eine andere Sprache gegeben gewesen. Nicht einen Moment lang zeigten sie sich verwundert darüber. Erlacher und Wolfsgruber waren verstummt, so als hätte sich zwischen uns urplötzlich eine Sprachbarriere aufgetan.

Der jüngere Sizilianer war zu uns gekommen. Er knöpfte sein Hemd auf und hängte es an einen Bügel. Er trug nur noch das Unterhemd, und man sah, dass er zwar klein und schmal, aber drahtig und muskulös war. Schon allein, dass er fürchtete, sein Hemd zu beschmutzen, war eine Drohung.

»Was wollen Sie von mir?«

Onkel Giannino hob beide Brauen.

»Andrea Carlotti, ich nehme an, Sie haben diesen Namen schon einmal gehört?«

Ich nickte.

»Va bene! Damit ist schon viel gewonnen. Carlotti war ein grausamer Bursche und hat einige Menschen auf dem Gewissen.«

Er sah beiseite. Der Sizilianer hob die Hand und deutete fünf an.

»Nur fünf? Mindestens! Logischerweise hat ein solches Individuum sehr viele Feinde, die sich an ihm rächen wollen. Nun ist uns zugetragen worden, dass ihnen das tatsächlich gelungen ist, obwohl er doch ein Meister des Versteckspiels war.«

Er zündete sich eine Zigarette an.

»Alles gut, möchte man meinen, ein Halunke weniger. Aber wir fragen uns, ist er denn auch wirklich tot?«

»Was habe ich damit zu tun?«

»Man bezahlt viel Geld, um ihn von Spezialisten nach München schaffen zu lassen, wo seine sterbliche Hülle beseitigt werden kann. Unter einem falschen Namen. Mit ihm an Bord sind zwei weitere Leichen, eine Frau und ein Mann. Plötzlich taucht ein abgerissener Mensch auf, der einem Sarg entsprungen sein könnte, mit Papieren, die wir selbst unserem damaligen Freund Andrea verschafft haben.«

Er blies den Rauch nach oben.

»Von den anderen ist nur noch Asche übrig, einer lebt. Einfache Frage, einfache Antwort: Wer sind Sie?«

Helle Verzweiflung brach in mir aus. Ich hatte Angst, ich war den beiden wehrlos ausgeliefert, und es gab kaum etwas, das ich ihnen nicht verraten hätte. Erwartungsvoll blickten sie mich an.

»Ich weiß es nicht.«

Der Ärger stand Onkel Giannino ins Gesicht geschrieben.

»Sie wissen es nicht? Was für eine dumme Antwort!«

死

Ich hatte keine Vorstellung, was mir drohte, aber es konnte sich nur um das Schlimmste handeln. Sie hatten mich nach nebenan in das Badezimmer geschafft. Es war vollständig gefliest, Spuren, so dachte ich, ließen sich dort leichter beseitigen als in dem mit Teppichen ausgelegten Büro. Ich lag auf ein Brett fixiert, das zu meinen Füßen von einem Hocker gestützt wurde und am Kopfende auf dem Badewannenrand auflag. Onkel Giannino war mit seinen Leuten zum Essen gegangen, man gebe mir Bedenkzeit. Ich könne alles in Ruhe überlegen.

Die ringförmige Leuchtstoffröhre oben an der Decke erhellte den Raum nur spärlich. An der Halterung war sie schwarz angelaufen, das Licht zuckte. Alles schien von einem feinen Nebelschleier überzogen.

Über den beiden Waschbecken bemerkte ich einen Doppelspiegel, den ich nur sah, wenn ich den Kopf zur Seite reckte. Schemenhaft zeichneten sich darin zwei Gesichter ab: ein hageres, kühn zerfurchtes und ein rundes mit gepolsterten Bäckchen. Wolfsgruber und Erlacher waren zurückgekommen. Ich reckte den Kopf noch weiter zur Seite. Erlachers Lippen bewegten sich, und ich konnte von ihnen das Vaterunser lesen. Auch Wolfsgruber machte den Mund weit auf und zu, endlich begriff ich, dass er lautlos sang. *Der lange Hein war der Erste/ Er soff von dem faulen Nass/ Die Pest gab ihm das Letzte/ Und wir ihm ein Seemannsgrab.*

Ich sah mich mit zwei Kumpanen einen engen, gepflasterten Weg entlangtorkeln, der sich zu einem Platz weitete. Alle Häuser rundherum waren aus Naturstein gebaut, in der Mitte stand ein plätschernder Brunnen. Vier Fische auf einem Steinsockel spien Wasser. Dort bauten wir uns auf und san-

gen *Wir lagen vor Madagaskar*. Lachend und neckend stießen wir uns hin und her, ich verlor das Gleichgewicht und
stürzte in den Brunnen. Es gelang mir nicht, aufzutauchen.
Ich bekam keine Luft mehr, schnappte und begann um mich
zu schlagen. Das Plätschern wurde zum Zischen einer Brau-
se, Wasser drang mir in Mund und Rachen, ein Husten-
krampf schüttelte mich. Ich schluckte Schwall um Schwall,
dann verlor ich das Bewusstsein. Ein heftiges Gliederzucken
begleitete mich auf dem Weg in das besinnungslose Dunkel.

Man muss sich das Leben vorstellen wie verschiedene
Luftschichten, die übereinanderliegen, sagte eine Stimme,
die vielleicht Erlacher gehören mochte. Ganz unten das Er-
denschwere, ich und vor mir die Welt, gleichgültig, ob ich
mit ihr in Einklang oder in Zwietracht lebe. Sie erweitert
Sinne und Verstand, sogar unsere Organe und Gliedmaßen,
zu einem großen Körper. In der darüber befindlichen verlieren wir die Welt, wenn uns ein heftiger Schmerz zugefügt
wird. Wir krümmen uns, sind nur noch bei uns in kreatürli-
cher Not. Davor rettet uns die nächste Sphäre, in der kein
Unterschied mehr zwischen Einbildung und wirklichem
Fühlen existiert. Wir sehen uns im Himmel statt in der Hölle, wir sind narkotisiert vom schönen Schein, der uns vor-
gegaukelt wird, weil unsere Natur nicht zulassen möchte,
dass wir leiden.

Die Zeit weist Löcher auf, zwischen dem einen Moment,
der ist und vergeht, und dem anderen, der kommt. In einem
dieser Zwischenräume hing ich fest, vielleicht weil ich mich
mit aller Macht gegen das stemmte, was auf mich zukam. Ich
vergaß alles, schon während es mir angetan wurde. Seit der
Fahrt im Leichenwagen hatte die Zeit stillgestanden. Ich
dachte und fühlte immer noch dasselbe. Ich blieb ein Ster-
bender, der nie wirklich Abschied nehmen konnte. Alles andere waren nur Bilder und Maskenspiel.

Dann aber kam der Schmerz zurück, jemand stieß mich durch einen dunklen Korridor dem Licht entgegen. Ich röchelte, rang nach Luft. Als ich wieder frei atmen konnte, sah ich Onkel Giannino über mir. Er hatte das nasse Handtuch von meinem Gesicht genommen und beugte sich über mich. Er roch nach Wein und Knoblauch.

»Wer sind Sie?«

Ich war zu schwach, um den Kopf zu schütteln.

»Sinnlos«, sagte der Sizilianer. »Ich behandle ihn nun schon fast eine Stunde lang. Bisher hat noch jeder geredet, nur er nicht. Vielleicht ist er krank?«

Er legte die Handbrause auf die Gabel über der Armatur.

»Er muss verschwinden. Für immer. Seine Antwort kann er sich in den Arsch schieben.«

»Wohin mit ihm?«

»Gruß an Salvatore: Versenk ihn!«

死

Sie zogen mich bis auf die Unterhose aus, umwickelten meine Handgelenke mit Klebeband, knebelten mich und steckten mich in einen Plastiksack. So wurde ich in den Laderaum eines Lieferwagens geworfen. Kurz darauf fuhren wir los. Draußen war es bereits dunkel geworden. Die Baumaterialien und der große Kunststoffeimer, die während der Fahrt hin und her polterten, verhießen nichts Gutes. Sie hatten vor, mich in einen Sockel einzubetonieren und im Wasser zu versenken. Vor dem Führerhaus lagen Decken, die sich zu einem Buckel aufwarfen. Der Buckel bewegte sich wie eine Schildkröte, die sich auf den Weg machte. Dann wurden die Decken nacheinander zur Seite geschlagen. Im spärlichen Licht des Laderaums sah ich einen goldenen Drachenkopf auf dunklem Grund aufscheinen, dann verstand ich, dass Gabriel bei mir war. Sein T-Shirt trug die Aufschrift: *Creatures of the Night*. Ich erschrak. Er legte den Finger auf den Mund. Mit einem Taschenmesser durchschnitt er das Klebeband, den Knebel löste ich selbst.

»Und jetzt?«, flüsterte ich.

»Alles ist vorbereitet.«

Aus dem Beutel, den er umhängen hatte, zog er den Sender, den ich bereits kennengelernt hatte. Durch das Rückfenster spähte er nach draußen. Er winkte mich heran.

»Gleich geht es los.«

Der Wagen verlangsamte seine Geschwindigkeit, und wir fuhren in eine langgezogene Kurve ein, in deren Verlauf wir Schritttempo erreichten.

»Jetzt«, sagte Gabriel.

Er öffnete die Hecktür, und ich sah, dass eine Grünanlage an die Straße grenzte. Die Gelegenheit war günstig.

»Los!«

Wir sprangen heraus.

»Verschwinde«, zischte Gabriel, »wir sehen uns morgen.«

Ich rannte in die Grünanlage, die in eine steile Böschung überging. Dann krachte es. Ich drehte mich um und sah, wie die Detonation eine Stichflamme in den Himmel schickte. Schreiend sprangen die beiden Sizilianer aus dem Führerhaus und suchten unter der nahe gelegenen Brücke Deckung. Der Lieferwagen brannte wie eine Fackel. Ich lief weiter, noch war ich nicht in Sicherheit. Zwar trug ich nur Boxershorts, aber ich war am wohlbekannten Ort und wusste, dass ich nicht auffällig werden würde. Hinten rauschte das Wasser, auch im Dunklen konnte man noch baden. Ich setzte mich ins Gras. Oben erleuchtete der Feuerschein immer noch die Brücke. Aus der Ferne tönte das Martinshorn, bald würde die Feuerwehr eintreffen.

Wir drehen uns im Kreis, alles auf dieser Welt passiert so lange und so oft, bis wir eine bessere Lösung gefunden haben. Bis dahin bleibt alles beim Alten, und wir finden es genau so vor, wie wir es zurückgelassen haben. So war es: Unter den Bäumen war noch meine Hängematte aufgespannt.

OSKAR, DER FREUND

Im Dunkeln redete er mit Gott. »Wenn ich auf irgendeine Weise existiere, wenn ich nicht eine Deiner Wiederholungen und Fehler bin, so existiere ich als Autor von *Die Feinde*. Um dieses Drama zu vollenden, das mich und Dich rechtfertigen kann, brauche ich noch ein Jahr. Gewähre mir diese Tage, Du, dessen die Jahrhunderte sind und die Zeit.«

Jorge Luis Borges, *Das geheime Wunder*

友 (FREUND)

Erschöpft schlief ich sofort ein. Auch im Traum trieb es mich dorthin zurück, wo ich hergekommen war, in eine Vorhölle, in der Dämonen ihr böses Spiel trieben. Erinnerung, so heißt es, entsteht genau da, wo uns Enttäuschung, Versagung und Schmerz zugefügt wird. Das Paradies hat weder Bedeutung noch Geschichte, solange es existiert. Zum Sehnsuchtsort wird es erst, wenn wir daraus vertrieben sind. Ich träumte von einer Frau, die ich begehrte, von einem Kind, das ich liebte, vom Geruch einer holzgetäfelten Wand, vom Knirschen frischen Schnees, der sich blutrot färbte, und von zwei Männern, die an meinem Tisch saßen, einem massigen, der Erlacher hieß, und einem dürren Faktotum, das sich Wolfsgruber nannte. An solchen Träumen war nichts Besonderes, sie wären banal, wenn ihr Durchleben nicht so überaus peinvoll gewesen wäre. Und immer wieder, die Bilder waren eingewoben in den albernen Gesang von der *Pest an Bord bei Madagaskar*, geriet ich auf diesen kleinen Platz, der von trutzigen Natursteinhäusern eingerahmt war, und wurde in den Brunnen gestoßen. Jemand drückte mich nach unten und hielt mich fest. Wasser drang in mich ein, ich erstickte, nein, ich wachte auf, rang nach Atem, keuchte und verstand, dass ich die Wasserfolter, die Onkel Giannino angeordnet hatte, noch einmal durchlebte.

Ich schlug die Augen auf. Um mich herum war tiefe Nacht. Wie spät mochte es sein? Drei Uhr, schätzte ich, eine Zeit jedenfalls, in der die Stadt ganz ruhig ist, weil die Nachtschwärmer zu Bett gegangen sind und die Frühaufsteher noch schlafen. Ich befühlte meine zerschlagenen Glieder, meine Schleimhäute schmerzten bei jedem Atemzug. Um wach zu bleiben, war ich zu müde. Vor dem Einschlafen und meinen Angstträumen graute mir jedoch.

Über mir spannte sich der Nachthimmel mit der Klarheit eines Planetariums. Das Licht der Sterne ist nie so beständig wie das einer Lampe, es pulsiert, nimmt an Intensität zu und dann wieder ab. Die Gestirne funkeln.

Was nun? Ich hätte gerne geweint. Gestern Morgen war ich noch in die mit blaurosa Delphinen bedruckten Boxershorts geschlüpft, Zufall, weil sie eben gewaschen obenauf lagen, Fügung, weil es mich nun wieder mit nichts als diesen Unterhosen hier in den Englischen Garten verschlagen hatte. Ich war auf dem Weg gewesen, mich in eine Normalität zurückzuarbeiten, war aber zum Anfang zurückgestoßen worden. Ein Teufelskreis. Alles begann wieder von vorne, meine Anstrengung war vergeblich, mein ganzes Bemühen ausgelöscht.

Ich wiegte mich in der Hängematte und wartete auf Zuspruch.

Falsch, sagte Erlacher endlich, nichts ist vergessen, alles bleibt in einem großen Weltgedächtnis aufgehoben. Aber in ihm verändern Erinnerungen ständig ihren Ort und sind nicht mehr da, wo wir sie suchen.

Was für eine Beschönigung, dachte ich. Mochte ja sein, dass irgendwo in meinem kranken Kopf noch Gewissheiten ruhten, wer ich war und woher ich kam. Aber damit war mir nicht geholfen.

Das meine ich nicht, wies mich Erlacher zurecht, denk doch mal über dich hinaus. Schau in den Himmel! Was du siehst, ist längst vorbei. Proxima Centauri, der Stern, der uns am nächsten steht, ist mehr als vier Lichtjahre von uns entfernt. So lange braucht sein schwaches Schimmern, bis es zu uns durchdringt. Der Durchmesser unserer Milchstraße beträgt mehr als hunderttausend Lichtjahre, um ein Vielfaches mehr der anderen Galaxien. Du blickst auf das Gemälde einer verflossenen Zeit. Dort oben leuchten Sterne, die es schon lange nicht mehr gibt. Sie sind inzwischen ausgebrannt und verglüht, aber ihre Strahlen haben sich den Weg durch unsere Galaxis gebahnt. Bis sie uns erreichen, mögen Tausende von Jahren vergangen sein. Natürlich gilt das auch für die Erde: Unser gesamtes Treiben und Bemühen macht sich auf denselben Weg in die unendliche Weite des Alls hinaus.

Die Vorstellung überwältigte mich, plötzlich tat sich ein neuer Horizont auf. Jeder Mensch prägt ewige Spuren in das Universum. Das angerissene Zündholz, mit dem man sich eine Zigarette ansteckt, das Feuer an der Isar, der Schein einer Taschenlampe, die Gasflamme, auf der man kocht – sie alle senden Licht aus, das sich fortpflanzt. Natürlich verflüchtigen sich diese Informationen im All. Trotzdem, auch in der Verflüchtigung verändern sie etwas, das Universum kehrt nicht in seinen Urzustand vor diesen Eingriffen zurück. Lichtwellen treffen auf Gegenstände oder Personen, machen sie sichtbar, werden dabei umgelenkt, zurückgespiegelt und beziehen so in diesem Überformungsprozess alles mit ein, was je auf dieser Welt stattgefunden hat, wenn es nur augenscheinlich geworden ist.

Genau so ist es, sagte Erlacher, keine Information geht verloren. Alles, was sich in der Zeit fortentwickelt, kann auch rückverfolgt werden. Jedes Geschehen lässt sich von seinem Anfangspunkt her erschließen, sogar seinem absoluten, dem Beginn unserer Welt, so wie jeder Mensch von Adam und Eva abgeleitet werden kann. Das Gedächtnis des Universums ist absolut und unfehlbar, das ist ein Gesetz.

Mir wurde schwindlig. Damit existierten Orte, von denen aus man die Vergangenheit sehen konnte, so wie ich das Licht der Sterne sah. Säße ich auf Proxima Centauri, könnte ich, jetzt in diesem Moment, wahrnehmen, was ich vor vier

Jahren dort unten gemacht hatte. Würde lesen und verstehen, wer ich war. Wäre ich noch weiter entfernt, sähe ich einen Feuer schlagenden Urmenschen, den mit Blindheit geschlagenen Homer, der nach seiner Lyra tastet, Cäsar, der einen Apfel schält, Karl den Großen kniend im Beichtstuhl, die Knochenmühle von Verdun und dort einen Landser, der um seinen Kameraden weint. Und ich sähe mich als Baby, als Jugendlicher, als Mann.

Alles ist aufgehoben, irgendwo. Jedes von uns verursachte Ereignis flieht von uns hinweg, als Welle, als Teilchen, überlagert sich, löscht sich aus, wird zurückgeworfen und bildet, gleichgültig wie, eine lesbare Chiffre, wird bleibender Teil eines Ganzen bis ans Ende aller Tage.

Wer durchquert die Zeit wie wir den Raum? Wer ordnet das Gewoge der Strahlung? Wer entziffert ihre Ordnung, versteht ihre Bedeutung?

Erlacher klang feierlich. Gott liest darin beim Jüngsten Gericht wie in einem Buch.

Ruhe kehrte bei mir ein, zu der wir nur finden, wenn wir etwas auf uns wirken lassen können, das uns übersteigt. Ich lag da und schaute nach oben. Diese Wendungen und Schlüsse, waren sie scharf gedacht oder kompletter Unsinn? Ich rollte mich zur Seite. Egal, für eine Weile zumindest errang ich die Zuversicht, dass ich nie wirklich allein sein würde, weil sich vielleicht drüben am Turmspitz der Ludwigskirche gerade eben der Strahl brach, der früher einmal meine Mutter modelliert hatte.

ch erwachte mit der aufgehenden Sonne. Im Osten schob
sie sich über die Baumwipfel nach oben. Um wie viel schöner sind solche einfachen Vorstellungen als die unanschauli-
che Wahrheit, nach der die Planeten um die Sonne kreisen.
Ich sehe doch, wie sich dieser mächtige Stern, von unten
kommend, über die Horizontlinie hinaufarbeitet, dem Mit-
tagszenit zustrebt und am Abend wieder in der Unterwelt
verschwindet. Ging es nach Erlacher, sollte ich begreifen,
dass sich die Strahlen, die mich wärmten, bereits vor acht
Minuten zu mir hin aufgemacht hatten.

Ein Bad in der Isar, auf das ich mich sonst jeden Morgen
gefreut hatte, kam nicht in Frage. Das Wasser war seit gestern nicht mehr mein Freund. Ich machte mich daher gleich
zu Gabriels Kiosk auf. Den Schlüssel fand ich, wie gewohnt,
im Blumenkasten. Drinnen zog ich eine seiner Arbeitshosen
an und streifte ein ausgeleiertes rotes T-Shirt mit der Silhouette von Manhattan und der Aufschrift *Urban Hero*
über. Bald darauf brachte der Kurier Zeitungen, Gebäck,
Wurst, Käse und Salat, eben alles, was Gabriel bestellt hatte.
Ich bereitete Semmeln und Sandwiches vor, erhitzte das
Wasser im Wurstkessel und setzte Kaffee auf.

Schon kamen die ersten Kunden. Ich hatte genug zu tun,
aber auch in dem ersten Andrang beschäftigte mich unablässig die Frage, wo Gabriel eigentlich steckte. Sorgen machte
ich mir noch keine ernsthaften, er hatte mich schließlich
hierher beordert, weil er wusste, dass er nicht kommen
konnte. Andererseits: Wenn ihm nun doch etwas zugestoßen
war? Was er gestern riskiert hatte, um mich zu befreien, war
nicht ungefährlich gewesen. Und dann waren da ja auch
noch Ramona und Miriam. Die alte Dame, der ich das Kind

übergeben hatte, war meinem Gefühl nach unbedingt vertrauenswürdig, aber sicher machten sie sich Sorgen, was mit mir passiert war. Meinen Posten durfte ich nicht verlassen. Wenn ich ihnen einen beruhigenden Bescheid zukommen lassen wollte, brauchte ich dringend ein Telefon.

Als ich ein bisschen Luft hatte, sah ich die Schubladen durch, ob Gabriel seinen schon altertümlich wirkenden Mobilknochen dagelassen hatte. Er war nicht zu finden, nur meine Papiere mit der Leo-Perl-Identität lagen obenauf. Bedürftig nach Schutz, steckte ich den Ausweis ein, um wenigstens irgendetwas zur Hand zu haben, wenn man mich kontrollierte. Unter das Paket war eine Kladde geschoben, die mich neugierig machte, denn sie trug die Aufschrift *Schandflecke*. Mein Interesse war geweckt, aber ich verkniff mir den Drang, sie zu öffnen, weil ich mich nicht in Gabriels Angelegenheiten einmischen wollte. Trotzdem arbeitete sich das Wissenwollen in meinem Schädel wie ein Wurm in mürbem Holz immer weiter fort.

Mit dem Plastikkorb ging ich nach draußen, um die Aufräumrunde zu drehen und gebrauchtes Geschirr einzusammeln. Auf der Rückseite des Kiosks ist in Thekenhöhe ein Brett angebracht, auf dem man Tassen, Teller und Gläser abstellen kann. An es gelehnt, stand ein junger Mann aus den Bankbüros gegenüber, den ich für mich Quex getauft hatte, weil er blond war und einen rundherum ausrasierten Haarschnitt trug. Quex hatte mich bei meinen früheren Einsätzen bereits einmal mit den Schilderungen seines Handy-Umgangs zugequatscht, daher wusste ich, dass er zwei besaß, eines für den Dienstgebrauch und ein privates. Heute sah er von seiner Zeitung gar nicht auf, und so räumte ich mit dem Geschirr auch sein Smartphone ab. Mein Drang zu einem Telefon war viel zu direkt geworden, als dass ich Skrupel empfunden hätte. Zudem wusste ich, dass Quex drüben in seinem Büro das verlorengegangene Teil orten und recht bald wieder hier auftauchen würde.

Später stand ich dann in einer dunklen Ecke meiner Bude und bemühte mich, nicht zu überlegen, wie man ein solches Smartphone bediente, sondern mich einfach den Bewegungen zu überlassen, die ich ausführen würde, denn es war davon auszugehen, dass ich, wie jeder andere Mensch auch, früher einmal ein solches Telefon besessen hatte.

友

Oskar! Wo steckst du?«

Ramonas Stimme klang sorgenzerklüftet.

»Alles gut. Ist Miriam wohlbehalten zurück?«

»Ja. Und dafür bin ich dir wirklich dankbar. Aber wovor bist du weggelaufen?«

Mehr wollte ich eigentlich für den Moment nicht wissen. Der Rest brauchte Zeit, die ich jetzt nicht hatte.

»Ramona, das war haarscharf, es hätte nicht viel gefehlt, und ich würde euch von oben zugucken.«

»Kann ich …?«

»Nichts, leider gar nichts! Ich bin für Gabriel eingesprungen und muss mich um seinen Laden kümmern, er war es schließlich, der mich aus diesem Schlamassel rausgehauen hat. Alles andere holen wir nach, sobald ich Luft habe.«

In mir stieg das Bild einer Frau auf, die sich den Mund zuhielt, weil sie nicht losweinen wollte.

»Ich komme wieder, versprochen«, fügte ich daher noch an und legte auf.

Vorne klopfte jemand ungeduldig an die Scheibe. Es war Quex. Jetzt schon!

»Mein Handy muss hier irgendwo sein. Ist es vielleicht abgegeben worden?«

Ich tat so, als würde ich es aus der Schublade holen.

»Glück gehabt.«

Ich reichte es ihm heraus.

»Habe versehentlich damit telefoniert, ist genau mein Modell. Soll ich …?«

Er winkte ab.

»Habe eine Flat. Und nach China wird es ja nicht gegangen sein …«

Ich schloss das Fenster, hockte mich auf den Stuhl und starrte zu Boden. Der Gedanke an Ramona war schmerzvoll. Sie war unglücklich. Vielleicht war ich die ideale Ergänzung zu ihrem Leben. Ich passte zu ihr und Miriam, war fürsorglich und freundlich und fügte mich ein. Ich dachte gern an sie und fühlte mich bei ihr aufgehoben. War das Liebe? Auch wenn ich mich nach ihr sehnte, war ich nie eins mit solchen Empfindungen; über ihnen schwebte ein Beobachter, der zusah und prüfte. Es war Liebe, stellte er fest, aber keine, die allein ihr galt. Was ich in ihr fand, war ein Nachhall, die Sehnsucht nach einer, die mir früher einmal angehört hatte. Möglicherweise rannte ich auch einem unerreichbaren Idealbild hinterher, liebte nicht jemand, sondern nur die Liebe, und fand daher in jeder etwas davon.

Wieder klopfte jemand an die Scheibe. Ein stattlicher, in ein oranges Oberteil eingefasster Busen stand im Fenster. Ich öffnete, lehnte mich gewohnt bucklig auf die Theke und schaute zu ihr hinauf. Sie war blond.

»Zweimal Wiener mit Brot.«

Sie klemmte die Teller zweistöckig übereinander und ging damit zu dem Mann, der am Tisch saß und sie so wohlgefällig betrachtete wie die Wiener, die sie vor ihn hinstellte.

»Bussi«, sagte er und küsste sie.

Dann tunkte er die Wurst in den Senf. So einfach konnte das Leben sein, wenn man nicht jede Regung zerlegen musste. Ich setzte mich. Meine Hände lagen auf den Knien auf, dabei berührten sich Daumen und Zeigefinger. Dem plötzlichen Bedürfnis, meine Beine zu verschränken, kam ich nicht nach. Ich wusste, was ich zu tun hatte. Die Anweisung war, ganz in mir zu bleiben und vom Hinterkopf aus Richtung Stirn zu schauen. Für eine kurze Weile überkam mich große Gelassenheit.

友

Nach Mittag wurde es wie immer ruhiger. Ich drehte mit einem Müllbeutel die große Runde und sammelte Abfall ein. Dabei stand mir stets Gabriel vor Augen. Der Kunde ist ein Saubär, hatte er mir in einem seiner ausufernden abendlichen Räsonnements beigebracht. Dabei seien die Leute ja gar nicht unwillig. Das Problem sei, dass sich dieser Ökoansatz, wie Müll trennen, viel Fahrrad fahren, alles in die dafür vorgesehenen Behälter legen, weniger Fleisch essen, Plastik vermeiden, letztlich zu einem Katalog von Verhaltensmaßregeln hochsummierte.

»Pflicht, verstehst du?«, sagte Gabriel.

Bayerische Menschen, die lutherischen Franken ausgenommen, die von Napoleon mit Gewalt in das neu zu errichtende Königreich hineingepresst worden seien, hätten es noch nie fertiggebracht, eine halbwegs funktionierende Innenlenkung aufzubauen.

»Befolgt wird nur das, was sich zuverlässig überwachen lässt. Wenn ihm keiner auf die Pratzen haut, macht der Saukerl, was er will.«

Beispiel: Ein junger Mann, der morgens seiner gehbehinderten Oma frische Semmeln gebracht habe, der mit dem Fahrrad in die Arbeit fahre und dort in der Pause sein Vollkornbrot mit Veggiepaste verzehre. Dessen moralisches Guthaben sei schon mittags zu einer so bedrohlichen Höhe angeschwollen, dass er sich postwendend den dicksten Burger mit Cola reinziehe und anschließend an die Pommesbude brunze.

»Dann ist der Saldo ausgeglichen, und der Mensch ist erneut bereit, an sich zu arbeiten, verstehst du?«

Das Ausscherenwollen, weil man schließlich lange genug

geradeaus gegangen sei, sei hierzulande tief verwurzelt. Nicht auszurotten!

Lange sah er mich an, wie um zu prüfen, ob ich ihm folgen konnte und auch den nächsten Schritt noch mitgehen würde.

»Und in gewisser Hinsicht: Gott sei Dank!«

Gabriels Erörterungen zu Land und Leuten verstand ich, aber sie blieben Botschaften aus einer anderen Welt, denn offenbar fehlte mir die innere Verbundenheit zu diesem Gedankengut. Dennoch stimmte das mit dem Saubären: In einem Fünfzehnmeterradius um die Bude gab es Müll, Kippen, in die Erde getretene Kronkorken, schlampig verscharrte Eispapierchen und unter die Stühle gestellte Teller.

Ich gab noch ein paar Kaffee aus, dann kam die ruhigste Stunde des Tages. Auf die Ellbogen gestützt, schaute ich nach draußen auf die frisch gekehrte Pflasterung und den mit dem Rechen bearbeiteten Kies.

Wo ich so mit mir allein war, rückte mir dann doch eine Wesensart des bayerischen Menschen näher, der Drang zur Übertretung, denn es war nicht zu leugnen, dass sich um die Schublade herum, in der Gabriels Kladde lag, ein regelrechtes Kraftfeld aufgebaut hatte. Die Mittel, Selbstbetrug vor sich selbst zu verschleiern, sind allesamt fadenscheinig. Sollte es eine höhere Macht geben, die alle unsere Handlungen verfolgt, so würde sie sich nicht davon täuschen lassen, dass man nur vorhabe, die betreffende Schublade zu putzen, wenn man sie öffnete. Vielmehr würde sie das scheinbar absichtslose durch die Finger Gleitenlassen der Seiten als erste Kontaktaufnahme mit dem verbotenen Objekt verstehen. Aus diesem ganzen Getändel erwuchs der Entschluss, und schon stand ich über die *Schandflecke* betitelte Kladde gebeugt.

Ich kannte Gabriel ja nun schon. Zu sagen, ich sei schockiert gewesen, traf nicht den Kern der Sache. Erstaunen machte sich breit, und Gabriels Psychogramm entfaltete sich darin wie eine Landschaft. Analytische Schärfe und Rigorismus ohne Scheu vor dem Maßlosen. In der Mappe waren Bauwerke, Örtlichkeiten und Objekte gesammelt, die nach Gabriels Ansicht unbedingt zu verändern, wenn nicht gar zu entfernen waren. Den Löwen vor der Residenz solle ein Schild umgehängt werden, auf dem stehe: Ich bin eine Kopie. Werde das Tatzen- und Schnauzenreiben dennoch fortgesetzt, müsse mit leichten Stromschlägen gearbeitet werden. Der Erker am Hofbräuhaus müsse sofort weggebrochen werden, weil Hitler in ihm die Ideale der deutschen Baukunst verwirklicht gesehen habe. Den Ratzingerplatz könne man nur umgehend wiederaufforsten, aber die Feldherrnhalle sei in Schutt und Asche zu legen. Diesem letzten Blatt war eine Skizze beigegeben, wonach vier Sprengladungen an jeder der Säulen synchron zu zünden seien. Wie ein vom Blitz getroffener Saurier gehe das Bauwerk in die Knie, wodurch das Dach, seiner Stützen beraubt, nach hinten klappe.

Ich glaubte nicht, dass Gabriel es mit allen Plänen wirklich ernst meinte. Er schärfte seinen Widerstandsgeist an solchen Ärgernissen, und keiner wusste besser, wie wenig deckungsgleich sich Absicht und Tat verhielten. Allerdings hatte er auch immer etwas Unberechenbares an sich, dieses plötzliche Auskeilen eben. Genau genommen wusste man bei ihm nie, was er anstellte. Solche Gedanken befeuerten meine Unruhe. Wo steckte er? Warum meldete er sich nicht? Dass er womöglich seine Auseinandersetzung mit den Italienern fortführte, diese Vorstellung peinigte mich. Am Spätnachmittag war die Sorge in Ratlosigkeit und Beklemmung übergegangen. Mehr und mehr verdichteten sich diese unguten Gefühle zum Drang, etwas unternehmen zu müssen. An einem Wochentag wie diesem dünnte das Geschäft gegen Abend ohnehin aus; frühzeitig begann ich daher, alles aufzuräumen, um den Laden dichtmachen zu können.

友

Gegen Abend bog ich, vom Giesinger Berg her kommend, in die Tegernseer Landstraße ein. Die Pizzeria Bravo hatte bereits ihre Außenbeleuchtung eingeschaltet, rote Schrift auf gelbem Hintergrund.

Was ist eigentlich der Plan?, fragte Erlacher. Wolfsgruber knurrte. Hingehen, schauen, was los ist. Erlacher ließ ein Schnaufen hören, das man nicht anders als tätige Resignation begreifen konnte, als lasse jemand seinen Kopf auf die Brust sinken.

In der Tat wusste ich nicht so recht, wie ich eigentlich vorgehen sollte. Ich war von Sorge getrieben, und ich wäre damit zufrieden gewesen, wenn sie sich als gegenstandslos erwiesen hätte. Drinnen hinter der fettigen Scheibe sah ich das hagere, stoppelbärtige Männchen hantieren, offenbar lief die Pizzeria ständig im Solobetrieb. Diesmal ging ich hinein. Wer von unten nach oben verhandeln muss, hat bei heiklen Auskünften immer schlechte Karten. Ich schaute mich um, der Laden war leer, und so betrat ich die Küche.

»Che cosa succede?«

Ich packte ihn an seinem tomatenfleckigen Kittel.

»Wo ist Giannino?«

Er riss sich los und schubste mich weg.

»Verschwinde!«

Ich verschränkte die Arme und baute mich vor ihm auf. Er machte Anstalten, sich ein Messer zu greifen. Oben hatte Wolfsgruber mich derartig zu traktieren begonnen, dass ich meinen Widerstand aufgab und ihm willfahrte.

»Weißt du, wer ich bin?«

Irritiert ließ der andere die Klinge sinken und schüttelte den Kopf.

»Andrea Carlotti.«

Ich pflückte ihm fast widerstandslos das Messer aus der Hand.

»Du gehst jetzt hinüber zu deinen Leuten und sagst ihnen, dass ich Giannino sprechen möchte. Allein. Hier. Wenn ich nicht in ein paar Minuten Nachricht habe, lasse ich euren Laden hochgehen.«

Hochgehen! Das klang gefährlich, für mich war es nicht mehr als eine Metapher, dass eben etwas passieren würde. Meine schlampige Formulierung erfüllte dennoch ihren Zweck: Der Pizzasolist stolperte rückwärts aus dem Laden. Ich öffnete das Fenster, durch das der Straßenverkauf abgewickelt wurde, lehnte mich auf die Theke und verfolgte so den Weg des mageren Kochs hinüber zum Spielsalon. Er drehte sich um; ich wies ihm nochmals die Richtung, und so setzte er seinen Weg fort. Auf halber Strecke hielt er inne. Die Straße war plötzlich von Sirenengeheul erfüllt. Eine Kolonne von Polizeifahrzeugen fuhr vor, hielt in rascher Folge vor dem Spielsalon und baute sich so auf, dass auch der Gehsteig abgeriegelt war. Ein zu sichernder Hinterausgang existierte offenbar nicht. Mehrere Beamte sprangen aus ihren Wagen. Einige liefen mit gezogener Waffe hinein, andere nahmen vor dem Eingang Aufstellung und sicherten ihn. Man hörte Geschrei und Schüsse, die rotierenden Reflektoren tauchten die ganze Szenerie in ein unwirkliches Blau, das sich bis oben hinauf in den Fenstern spiegelte, wo Schaulustige schon die Vorhänge beiseitegezogen hatten.

Was war das? Wie du schon sagtest, sie lassen den Laden dort drüben hochgehen, erwiderte Erlacher. Schon, aber wie ordnete man ein so unerwartetes Zusammentreffen ein? Zwei Handlungsstränge, die vollkommen unabhängig voneinander verlaufen, überschneiden sich. Wer hatte hier die Finger im Spiel? Zweifellos ein Wohlmeinender, der mir zu Hilfe

kam, denn besser hätte ich meine Ängste nicht auflösen können. Ich musste nur zusehen, was passierte.

Zufälle bedeuten normalerweise nichts. Sie ereignen sich,
sie bewirken allenfalls etwas, aber dieses Geschehen hatte einen tieferen Sinn, wenn auch nur für mich. Für einen kurzen
Moment offenbarten mir die Weltgesetze, dass sie auch für
mich da waren. Dem mageren Koch hingegen widerfuhr das
genaue Gegenteil, ein Unglück brach über ihn herein. Er
stemmte die Arme in die Hüften, blickte noch einmal ängstlich zu mir hin und rannte dann behende wie ein Wiesel
Richtung Giesinger Berg, genau in die Richtung, aus der ich
gekommen war. Das machte nichts, ich brauchte ihn jetzt
nicht mehr, andere besorgten mein Geschäft. Erlacher
räusperte sich tiefgründig und setzte so das übliche Zeichen.
Freilich, seiner Ansicht nach war das von einem ausgeheckt
und in die Welt gebracht, der uns wie Figuren hin- und her-
schob und uns von Zeit zu Zeit aufzeigte, dass sich die
scheinbar zufälligen Muster des Weltgeschehens zu tiefgründigen Bildern verdichten konnten.

Mein geistiger Höhenflug wurde jäh durch einen hässlichen Klingelton beendet, der ebenso schrill wie ungeduldig
klang. Das Netz, mit dem ich so bedeutsame Gedanken gefischt hatte, musste rasch eingeholt werden, denn vor mir
stand ein Grüppchen von Kunden, die sich nicht mit dem
leeren Blick eines in sich gekehrten Mystikers zufriedenge-
ben wollten.

»Na also«, sagte der junge Mann, der vor der geöffneten
Scheibe stand, »wir hatten schon befürchtet, Sie müssten
wiederbelebt werden.«

Er grinste. Blöder Student, dachte ich. Dann klopfte er mit
den Finger an die Scheibe.

»Einmal mit Tonno und einmal mit Prosciutto.«

Aus dieser Nummer kam ich nun nicht mehr heraus. Der

Koch war geflohen, die Pizzeria geöffnet, und ich befand mich in der Küche. Den eigentümlichen Umstand zu erklären, dass ich nicht dazugehörte, aber dennoch bei offenem Fenster hinter den Blechen stand, war im Rahmen eines normalen Alltagsgesprächs nicht zu leisten. Wie ein Lichtkegel schneiden die Erwartungen der Menschen, mit denen wir zu tun haben, allenfalls einen Ausschnitt aus der Welt heraus. Wenn wir weit darüber hinausgehen, riskieren wir, als unzurechnungsfähig behandelt zu werden. Also portionierte ich die gewünschten Stücke und kassierte. Dem Nächsten gab ich die verlangte Pizza Funghi aus.

»Bitte sehr?«

Zwei Kunden standen noch vor mir, dann würde ich das Etablissement schließen und diskret verschwinden.

»Polizei«, sagte der vermeintliche Kunde und hielt mir seine ovale Dienstmarke unter die Nase. »Kommen Sie bitte mit erhobenen Händen aus dem Lokal.«

Auch der Teufel hatte überraschende Paraden auf Lager. Wie konnte ich das nur vergessen!

Im Polizeibus saß ich dem Beamten gegenüber, der mich zu befragen hatte. Offenbar war man sich nicht ganz sicher, in welchem Verhältnis ich zu den anderen stand, und zog in Erwägung, so hoffte ich jedenfalls, sofern ich mit einer guten Geschichte aufwarten konnte, mich wieder laufenzulassen. Meinen fadenscheinigen Ausweis, den ich glücklicherweise heute Morgen eingesteckt hatte, legte ich vor. Der Beamte notierte sich nur Nummer und Ausstellungsdatum und fragte anschließend, ob ich eine Aussage machen wolle. Ich entschloss mich, ihm die Wahrheit zu sagen, zumindest die äußere Schicht derselben, denn die innere hatte ich selbst noch nicht ausgelotet, sie kam daher nicht in Betracht. Zunehmend skeptisch, schließlich verärgert nahm der Polizist zu Protokoll, was ich ihm erzählte.

»Für mich«, sagte er schließlich, »ist das alles ein Riesenschmarrn! Sie, Leo Perl, werden als Koch des *Mignon* von einem Unbekannten angeschossen und führen anschließend auf eigene Faust Ermittlungen durch, die Sie zu einer Gruppe von Italienern führen, die sich zu kriminellen Zwecken in einer Firma namens Piatti Puliti zusammengeschlossen haben?«

Er machte eine Pause und unterstrich den Namen der Firma.

»Und ausgerechnet heute, wo der Polizeizugriff stattfindet, stehen Sie zufälligerweise in der Küche der Pizzeria Bravo, bleiben dort, nachdem der Koch geflohen ist, geben Pizza aus und kassieren …«

»Um nicht aufzufallen«, ergänzte ich.

»Bitte schön«, er faltete die Hände, »jetzt überlegen Sie doch nur mal einen Moment, was Sie mir da auftischen. Für wie blöd halten Sie uns Polizisten eigentlich?«

151

Die ganze Weltgeschichte, meinte Erlacher, sei eine einzige große Erzählung. Diese Geschichte ist so voller Ungereimtheiten, dass die Arbeit, sie zu glätten und die eklatanten Widersprüche zu überbrücken, mehr Zeit in Anspruch nimmt als das Geschehen selbst. Immer wieder wird sie neu und anders kommentiert, in der Hoffnung, durch das Aufgreifen und wiederholte Betrachten die Episoden doch noch einem guten und logischen Ende zuzuführen. Wenn Hitler den Bürgerbräukeller vorzeitig verließ und so dem Attentat entkam, war er dann doch mit der Vorsehung im Bunde? Falls ja, war der eigentliche Sinn seines Überlebens, das ganze Volk ins Verderben führen zu können? Erklärungen sind immer bemüht, sie verdecken den Kern und schütten ihn mit Text förmlich zu. Natürlich befand ich mich nicht zufällig in dieser Pizzeria, aber um das abzuwägen, hätte ich mit dem Beamten spekulative Höhen erklimmen müssen, die einem Organ der Exekutive in einer Vernehmungssituation nicht zur Verfügung standen, denn hier ging es nur um Fakten.

»Also, Herr Perl, Klartext, sonst reden wir in der Ettstraße weiter …«

Mit einem Ruck wurde die Schiebetür aufgezogen.

»Was war das gerade? Perl, habe ich das richtig verstanden?«

Sein Kollege nickte.

»Leo Perl, ganz genau.«

Endlich erkannte ich ihn: Draußen stand Kommissar Döblinger, jener Beamte, der mich damals nach dem Drama im *Mignon* so freundlich versorgt hatte.

»Zeig mal her«, sagte Döblinger.

Der andere reichte ihm das Protokoll, Döblinger überflog es.

»Stimmt alles. Punkt für Punkt, das war mein Fall.«

Jetzt wandte er sich mir zu.

»Herr Perl, was machen Sie denn für Sachen! Auf eigene Faust ermitteln und dann noch gegen die Leute, die Sie erschießen wollten. Sind Sie narrisch?«

Urplötzlich war aus der vermeintlichen Lügengeschichte die eines tollkühnen Helden geworden. Es kam eben immer darauf an, wer die Erzählung beglaubigte. Kurze Zeit darauf stand ich mit meinem falschen Pass wieder auf der Straße und ging als freier Mann den Giesinger Berg hinunter. Zufall? Sagen wir, Schicksal, meinte Erlacher.

友

Gabriel saß vor seinem Kiosk auf der Bank und trank ein Bier, als ich dort anlangte.

»Wo warst du denn?«, fragte er.

Ich winkte ab und erzählte ihm meine Geschichte.

»Es gibt praktisch keine Falle, in die du nicht hineintappen würdest. Aber die Polizeiaktion war kein Zufall, das war mein Plan. Denn logischerweise musste das Problem mit den Italienern ein für alle Mal gelöst werden. Wobei …«

Er nahm einen Schluck aus der Flasche.

»… sich leider herausgestellt hat, dass davon keine Rede sein kann.«

»Warum?«

»Giannino ist abgehauen. Weg. Mit Sicherheit hat man ihm einen Tipp gegeben. Selbst wenn sie jetzt das Nest ausheben, kommt nicht viel dabei herum, denn der Anführer bleibt auf freiem Fuß.«

»Wie hast du das angestellt?«

»Seit der ersten Schießerei im Englischen Garten hatte ich fortlaufend Besuch von einem Beamten aus dem Drogendezernat. Ständig ist er mir auf die Pelle gerückt: Sie wissen doch was, Herr Lanzinger! Wenn Sie aussagen würden, dann könnte man da endlich den Deckel drauf machen und so weiter …«

»Und dann?«

»Nach gestern Abend habe ich mir gedacht, jetzt ist es so weit. Gleich danach bin ich aufs Revier zu meinem Kontaktmann und habe ihn davon überzeugt, dass ein Zugriff jetzt oder nie stattfinden müsse. Und das war es, was du heute dort oben gesehen hast.«

Er reichte mir ein Bier aus dem Kasten.

»Das geht, wie gehabt, aufs Haus, aber alles andere«, er grinste verlegen, »war nicht umsonst.«

»Sicher. Du kannst über mich verfügen.«

»Im Ernst: Ich muss jetzt auch mal deine Hilfe in Anspruch nehmen. Für ein Projekt, das mir sehr am Herzen liegt.«

Ich dachte an seine Sammlung der Schandflecke und erschrak.

»Aber das besprechen wir ein andermal.«

友

Ramona fiel mir schon an der Tür um den Hals. Auch Miriam schien sich über meine Rückkehr zu freuen, sie wünschte sich ein Nudelgericht von mir. So stellte ich mich an den Herd und bereitete aus den vorhandenen Zutaten Spaghetti mit einer zarten Aurorasoße. Ramona wollte, dass wir uns bei Tisch an den Händen fassten und uns guten Appetit wünschten. Ich machte das alles mit, hatte Freude an ihrer Freude, aber fühlte mich dabei doch nicht zugehörig, innerlich abwesend, taub und wund.

Später stand ich in der Küche und wusch die Teller. Durch den offenen Türspalt sah ich drüben im Kinderzimmer Miriam liegen und neben ihr Ramona, die ihr eine Geschichte vorlas. Über dem Bett hing ein Lampenschirm mit dem freundlichen Altherrengesicht des Mondes und spendete ein warmes Licht, das in den dunklen Gang hinaussickerte. Ich spürte Tränen über meine Wangen laufen. Hätte ich gedurft, wäre ich ins Freie gelaufen und hätte geschrien.

Ramona schloss leise die Tür zum Kinderzimmer.

»Sie ist sofort eingeschlafen.«

Aus dem Kühlschrank holte sie eine Flasche Wein und entkorkte sie.

»Es tut ihr gut, wenn wir zu dritt beisammen sind.«

Wir setzten uns hinüber ins Wohnzimmer.

»Erzähl«, sagte sie. »Ich möchte wissen, was passiert ist. Vor allem: warum.«

Ich schloss die Augen. In mir klumpten sich meine Geschichte und meine Fragen zu einem harten Kloß zusammen, zu etwas, das sich nur herauswürgen ließ.

»Können wir das Licht löschen?«

友

Ich erzählte ihr alles, so gut ich konnte, und bemühte mich, nichts auszulassen. Die Dunkelheit machte es leichter. Ich war mit meiner Geschichte für mich und ließ mich nicht von vermeintlichen Erwartungen und Erwiderungen ablenken. Ich war auf Klarheit, Zusammenhang und Offenheit bedacht, und so trug mich die eigene Rede fort. Wie damals im Beichtstuhl! Dieses Bild tauchte in mir auf, ich kannte ihn. Man schob den schweren Vorhang beiseite, schlüpfte hinein und kniete nieder. Gelobt sei Jesus Christus! Und dann war man allein. Man sah es nicht, aber man spürte das Ohr hinter der gelochten Abtrennung, in das man flüsterte, aber eigentlich bahnte sich das Wort den Weg hinaus, es wand sich nach oben zu ihm, der alles schon wusste, aber wollte, dass es noch einmal ausgesprochen würde. Der Priester im Chorhemd und mit umgelegter Stola war ein Mittler, der durch seine Anwesenheit und Aufmerksamkeit das Geständnis in ein Sakrament verwandelte.

Ramona verhielt sich ganz ruhig, an ihrer Silhouette war nichts abzulesen, weder Abstand noch Nähe. Als ich geendet hatte, wartete sie, bis ich sicher war, dass es nichts mehr zu berichten gab. Dann bemerkte ich ihre warme Hand in meinem Nacken.

»Lass uns zusammenbleiben, Oskar, und etwas aufbauen. Wir schaffen das trotz allem.«

Ihr Angebot war eine große Verlockung. Statt der fortwährenden quälenden Selbstbefragung einfach ein Schritt nach vorne, hinaus aus dem Ungewissen, hinein in ein neues Leben. Aber wer war ich dann? Einer, der seinen Geburtstag an dem Tag feierte, an dem er damals aus dem Leichenwagen gesprungen war? Und was, wenn einer auf der Straße auf mich zuging, mich erkannte und sagte, wir seien verwandt. Ich spürte Ramonas Lippen an meinem Hals und nahm sie in den Arm.

»Wie gerne würde ich das tun!«

Sie löste sich von mir und richtete sich auf.

»Aber ich bin ein Mensch, der in zwei Welten lebt, einer unbekannten und einer gegenwärtigen. Meine Herkunft wird mich einholen. Wenn ich ihr nicht entkommen kann, muss ich dem, was sie mit sich bringt, entgegengehen. Alles, was ich jetzt tue, kann falsch sein, nicht weil es in sich verkehrt wäre, sondern einfach deshalb, weil ich es zum zweiten Mal mache. Irgendwo könnte ich bereits Frau und Kind haben. Irgendwie könnte ich Verfehlungen begangen haben, für die man mich zur Rechenschaft ziehen muss. Wenn ich dich liebe, dann nicht absolut, sondern nur für den Teil des Lebens, an den ich mich erinnere. Alles, Ramona, könnte über den Haufen geworfen werden, wenn die Gewissheit zurückgekehrt ist und ich mein gesamtes Leben wieder verantworten muss.«

Ramona begann zu schluchzen. Ich war zerrissen, ihr ganz nahe und doch getrennt von ihr. Wer sich nicht diesem einen Moment vollständig überlassen konnte, wer an Vorbehalte gebunden blieb, konnte nicht lieben. Sie krallte sich in meinen Arm, biss in meine Schulter und umfasste mich, keuchend vor Anstrengung, so gewaltsam, als wolle sie mich erdrücken. Weinend fanden wir schließlich heftig zueinander.

Als ich aufwachte, war Ramona bereits verschwunden. Auf dem Küchentisch lag ein Zettel: Ich möge doch Miriam in den Kindergarten bringen, ansonsten kommen, wann immer ich könne. Deshalb hatte sie den Hausschlüssel danebengelegt. Ich bereitete ein Müsli zu und weckte Miriam.

友

Am frühen Nachmittag traf ich bei Gabriel am Kiosk ein. Ich wusste, welche Zeiten günstig waren. Er saß draußen auf der Bank und bot mir einen Kaffee an. Ich ahnte, was kommen würde, und überließ ihm die Initiative. Tatsächlich verschwand er kurz in seiner Bude und kam mit gelochten Papieren zurück. Offensichtlich hatte er sie seiner Kladde entnommen.

»Lies!«

Die Gemeinde Alderlang, ein Wintersportort in den Allgäuer Alpen, plante den Ausbau ihres Skigebiets. Eine neue Lifttrasse sowie Beschneiungsanlagen sollten dem Tourismus neuen Auftrieb geben und den Ort seinen Tiroler Konkurrenten gegenüber in eine bessere Position bringen.

»Für diese Beschneiungsanlagen brauchst du eine Irrsinnsmenge Energie und Wasser. Wenn du die Schneekanonen zusammennimmst, verpulvern sie so viel Strom wie eine mittlere Stadt und so viel Wasser wie eine Großstadt. Wir wissen heute schon, dass im Winter durch den Einsatz solcher Maschinen siebzig Prozent des Wassers in der Umgegend fehlen.«

Er machte eine bedeutsame Pause.

»Siebzig Prozent! Die Alpen trocknen aus, kannst du dir das vorstellen?«

»Schon. Aber du willst was von mir. Rück raus mit der Sprache!«

»Oben am Hohen Kofler haben sie einen riesigen Speicherteich angelegt. Als Wasserreservoir. In einem Naturschutzgebiet der höchsten Kategorie. Mit Sondergenehmigung natürlich. Der Teich muss weg!«

Er beugte sich zu mir herüber und begann zu flüstern.

»Schon zweimal habe ich versucht, da hochzukommen. Aber jedes Mal ist die Forstverwaltung verdächtig präsent. Ich habe den Eindruck, die kennen mich und meine Aktivitäten …«

»Von welchen Aktivitäten reden wir in dem Fall?«

»Der Speicherteich wird von einem Wildbach gespeist. Das Wasser bewegt sich nicht mehr im normalen Bett nach unten, sondern wird in den Teich abgezweigt. In die Teichwand schneiden wir eine kleine Scharte, zack, dann ist der Stöpsel gezogen, und alles läuft wieder nach unten ab.«

»Wie schneiden wir denn?«

»Eine kleine Sprengladung geschickt plaziert, da schau her …«

Er faltete die Schemazeichnung des Speicherteichs auf.

»Genau hier, dann ist der natürliche Abfluss wiederhergestellt.«

»Aber die machen das doch sofort wieder dicht.«

»Bis die reagieren können, ist das Wasser weg. Und die Wintersaison können sie knicken. Und, was sagst du?«

»Wie gehen wir vor?«

»Na ja, eher du, mich greifen sie ja sofort. Du kriegst die ganze Ausrüstung von mir, machst eine Wanderung den Hohen Kofler hinauf, legst die Ladung an, machst den Zünder scharf und marschierst wieder gemütlich nach unten.«

»Aber es kracht doch?«

»Das ist ein Säurezünder, das dauert bis abends, bis die Sprengung ausgelöst wird. Es soll ja auch niemand zu Schaden kommen. Du setzt dich unten ins Wirtshaus, trinkst eine Halbe oder zwei und wartest, bis es rumst.«

Schon bei dem Gedanken an das, was mir da aufgebürdet wurde, bebte ich innerlich.

An einem Montagmorgen setzte ich mich in den Zug und fuhr nach Alderlang. Der Wochenanfang war für dieses Vorhaben günstig, weil sich nur wenige Wanderer zu einem Ausflug aufmachten. Im Koflerstüble nahm ich noch einen Kaffee, dann brach ich auf. Zu Anfang führte ein breiter Weg nach oben. Ich ging den Marsch scharf an, geriet rasch in Hitze, mäßigte dann das Tempo, fand so meinen Rhythmus und setzte nun auf dem schmal werdenden Pfad gleichmäßig Schritt für Schritt. Ich merkte, dass mir das Bergwandern vertraut war, meine ganze Motorik stellte sich wie von selbst auf Dauer und Stetigkeit ein. Etwas begann sich in mir zu öffnen, ein Raum für Erinnerung, zumindest die Erwartung einer solchen. In der Stadt arbeitete die Wahrnehmung wie ein schmaler, scharfer Strahl, sie fixierte Punkte; in freier Natur schweifte sie umher und tastete Flächen ab.

Neben mir verlief eine tief eingeschnittene, steinige Furche, offenbar das Bett des Bachs, der nun durch den Speicherteich trockengelegt war. Das Moos, das nun der Sonne ausgesetzt war, hatte zu trocknen begonnen. Die Luft war frisch, um mich herum rauschten die Bäume und bewegten sich sacht im Wind. Wie selbstverständlich gelang es mir, Geräusche zu deuten und Tiere zu bezeichnen. Von fern hörte ich den langgezogenen Ruf eines Tannenhähers, später entdeckte ich ein Pärchen. Mit ihren Schnäbeln gruben sie Vorratslöcher. Sie flatterten auf und suchten Schutz unter der Baumkrone, als ich mich näherte. Mit dem Zirpen und Zwitschern, das von oben her heranwehte, konnte ich nichts verbinden. Auch Eichhörnchen tollten umher, sprangen auf den Weg und huschten wieder ins Gebüsch zurück. Ich wusste, dass dies keine Zutraulichkeit war, sondern ein Manöver, um

Beobachter von den Plätzen abzulenken, an denen sie Futter verscharrt hatten.

Viele Bilder aus den letzten Wochen schoben sich mir durch den Kopf. Ich hatte viel erlebt und wenig Zeit, das Geschehen zu verarbeiten. Dann, nach einer Weile, beförderte es mich mit einem Ruck in die nächste Phase; mein Denken spaltete sich auf, ich dachte und wusste, dass ich dachte. Nur Gedanken, die sich unmittelbar und vor allem unwidersprochen ausbreiten durften, waren vereinnahmend. Beobachtete man sich beim Denken, verloren diese Einbildungen an Kraft; sie wurden fragwürdig, verkleinerten sich und verschwanden schließlich im beständigen Auf und Ab, Hin und Her des Marschierens. Dann wurde es leer in meinem Kopf, und selbstgenügsame Zufriedenheit kehrte ein.

Nach und nach wurde der Bewuchs spärlicher, die Bäume wichen, Latschenkiefern und Gras modellierten die runde Kuppe des Hohen Kofler. Dahinter lag, so sagte die Karte, eine Senke, das Naturschutzgebiet, in dem der Wasserspeicher angelegt war. Als ich oben stand und hinunterblickte, sah ich in der Tat ein Idyll, einen schönen, geschützt liegenden Platz, von Mischwald eingefasst, in dem der Teich eine hässliche Schrunde bildete. Auf einem schmalen, steinigen Pfad stieg ich hinunter und nahm unwillkürlich Tempo auf. Jeder Schritt war abzufedern, ein Widerstand gegen den Drang nach unten aufzubauen. Als ich dann rechts von mir die gelb-weiß-lila gepunktete Bergwiese sah, ließ ich mir übermütig freien Lauf, hopste juchzend in großen Sprüngen den Abhang hinunter. Irgendwo unter dem Gras verborgen lag ein Stein; er gab nach, ich rutschte aus, kam hart auf dem Boden zu Fall, rollte, kugelte und schlidderte bergab. Ein Felsbrocken hemmte meinen Fall, das bekam ich noch mit, dann schlug mein Kopf auf dem Stein auf, und ich verlor das Bewusstsein.

Ich weiß nicht, wie lange ich da lag, ich wachte auf und befühlte meinen Kopf. Eine verkrustete Beule war zu ertasten, dann sank ich wieder in einen Dämmerzustand zurück, unfähig, mich zu erheben und mich gegen eine Flut von Erinnerungsbildern zu wehren, die nicht sickernd in mich eindrangen, sondern sich in einem mächtigen Schwall über mich ergossen. Ein Film lief in mir ab, aber ohne Anhaltspunkte zur Zeit des Geschehens. Ich musste das innerlich Gesehene annehmen, hätte mich jedoch lieber mit allen Kräften dagegen zur Wehr gesetzt, denn es hatte damit zu tun, dass ich bereits früher einmal als Attentäter mit Sprengladungen unterwegs gewesen war.

友

Sommer, Sonne und blauer Himmel. Die junge Frau, ihren Namen habe ich vergessen, vielleicht Katja oder Katharina? bestieg ihr rotschwarzes VW-Cabrio, stellte einen großen Picknickkorb auf die Rückbank und richtete ein paar Decken zurecht. Sie fuhr, von Innsbruck kommend, den Brennerpass hinauf. Das Radio spielte Schlager, ein Wunschkonzert der bekanntesten und schönsten Lieder, und so ertönte die samtige Stimme von Fred Bertelmann, gefolgt vom jazzig mitreißenden Organ Bill Ramseys und überstrahlt schließlich von der tiefgründigen Melancholie Dalidas. Katja oder Katharina summte mit, ihre gute Laune steckte an, sie winkte an der Grenze den Carabinieri zu, die ihr sehnsüchtig hinterherblickten. Wer hätte nicht gerne mit ihr zusammen diesen Wochenendausflug unternommen, ihre schmale Taille umfasst oder die kurzärmelig bloßliegenden Arme liebkost. Sie war eine elegante Erscheinung in ihrem enganliegenden weißen Oberteil und dem sich glockenförmig bauschenden Rock. Um sich vor dem Fahrtwind zu schützen, hatte sie um ihr dunkles Haar ein schwarz gepunktetes Kopftuch gebunden, das sie um den Hals herumgeführt und im Nacken zusammengeknotet trug. Die großen runden Gläser ihrer Sonnenbrille schützten sie vor dem hellen Sonnenlicht. Haar, Kleid und der rotgeschminkte Mund setzten anmutig die rot-weiß-schwarze Farbkombination ihres Cabrios fort. So fuhr sie direkt nach Bressanone hinein, das früher einmal Brixen geheißen hatte. Diese Bilder waren aufgereiht wie gezackte Schwarzweißfotografien in einem Album, und die Schilderungen dazu klangen wohlvertraut. Die Dame und ihr Fahrzeug waren ein attraktives Ensemble. Wenn sie durch das Dorf kam, hieß es: Aha, die Nordtirolerin ist wieder unterwegs.

Nicht weit von Bressanone entfernt traf man sich oben in Zerlano beim Sattlerwirt, der Locanda il Sellaio, wie das große geschwungene Schild sagte, wo Katja oder Katharina kurz hupte und anschließend ihren Wagen in eine scheunenartige Garage fuhr. Sie stieg aus, streifte sich eine dunkle Jacke über, legte die Sonnenbrille ab, und ihre Gesichtszüge nahmen etwas Geschäftsmäßiges an.

»Können wir ausladen?«, flüsterte der Sattlerwirt.

Sie nickte. Der Wirt und sein Knecht hoben die Rückbank des Cabrios ab, ein beißend scharfer Geruch breitete sich aus. In großen Plastiksäcken waren braune Rollen zusammengeschichtet, die wie Fleischwürste aussahen.

»Wie viel ist es?«

»Dreihundert Kilo.«

»Allerhand! Und woher hast du es?«

Katharina, ich war jetzt ganz sicher, dass ihr Name so lautete, zog ihre Jacke zurecht und hielt die Arme am Oberkörper gekreuzt, als fröstle sie. Sie wiegte den Kopf.

»Gestohlen. Aus den Bauhütten drüben, wo sie die Autobahn erweitern.«

Ich wusste, welcher Art dieses Diebesgut war: Donarit in Geleeform. Man benutzte es im Straßenbau, um Felsen, tiefsitzende Wurzeln oder andere Hindernisse wegzusprengen.

Der Sattlerwirt und sein Gehilfe packten die Säcke gemeinsam an und hievten sie hinüber in einen Schuppen neben dem Misthaufen, wo sie in einer großen Kiste verstaut wurden. Dann hievten sie die Rückbank des Cabrios wieder an ihre Stelle.

»Alles in Ordnung jetzt?«, fragte Katharina.

Der Sattlerwirt nickte. Sie deutete auf seine Brusttasche, in der ein Päckchen Zigaretten steckte. Tief sog sie den Rauch ein.

»Nervös gewesen?«

»Furchtbar. Mich friert es richtig, wenn ich daran denke.«
Der Sattlerwirt legte den Arm um sie.

»Lass uns hineingehen, die anderen warten schon.«

In der Gaststube herrschte reger Betrieb, Rauch und Suppendampf erfüllten den Raum.

»Isst du etwas?«

»Was gäbe es denn?«

»Bollito misto, gemischt Gekochtes mit grüner Soße.«

Katharina schüttelte den Kopf.

»Hast du auch was Kleines?«

»Nein, aber was Süßes. Wie wäre es mit Kaffee und Apfelkuchen?«

»Gern.«

Der Wirt winkte die Bedienung heran. Dann ging er auf dem roten Läufer voraus zum Nebenzimmer. Bevor er die Tür öffnete, drehte er sich noch einmal um.

»Kein Wort davon! Der Pfarrer ist noch da.«

Katharina nickte, und sie gingen in den holzgetäfelten Raum. Drinnen saß Pfarrer Erlacher, ein massiger Mann in Soutane, an dem großen runden Tisch und bearbeitete mit Messer und Gabel die große Portion, die man ihm hingestellt hatte. Zwischendurch löffelte er immer wieder von der Brühe. Neben ihm saß Wolfsgruber in seiner grauen Jacke, die er sich wie ein Uniformoberteil hatte schneidern lassen. Um die Hüften trug er einen schwarzen Ledergürtel. Das Futteral für die Pistole hatte er nicht angelegt, er wusste, dass Erlacher dergleichen nicht gern sah. Eine Handvoll weiterer Männer saß um den Tisch, fast alle hatten ihre Joppen abgelegt und die Ärmel hochgekrempelt, kräftige Arme wurden sichtbar von Leuten, die körperliche Arbeit gewohnt waren.

Erlacher schob den leeren Teller von sich und sah auf seine Uhr.

»Ich muss weg. Habe gleich noch eine Kinderandacht. Also, wir verstehen uns …«

Er blickte in die Runde.

»Nächste Woche am Herz-Jesu-Sonntag gehen wir nach der Kirche gemeinsam zum Hauptplatz, eine kleine Ansprache von mir, und ihr hisst inzwischen die rot-weiße Fahne am Burgturm. Danach ziehen wir ab. Würde mich ohnehin wundern, wenn die Carabinieri dann nicht schon da wären.«

Nicken. Er hob den Finger.

»Und keine Dummheiten! Ich verlasse mich darauf.«

Er stand auf und klopfte zweimal auf den Tisch.

»Gelobt sei Jesus Christus«, murmelten sie.

Nachdem er gegangen war, stellte sich das Gruppenpanorama wie eine Fotografie scharf, und ich machte einen aus, der in der Ecke der getäfelten Stube auf der Holzbank saß. Sein Hut war in den Nacken geschoben, so dass das dunkel gelockte Haar sichtbar wurde. Das Gesicht allerdings blieb verdeckt, weil er eine große metallgefasste Sonnenbrille trug. Er setzte sich neben Katharina; der Platz neben ihr war wie selbstverständlich frei gelassen worden. Sie legte ihre Hand auf seinen Unterarm und beugte sich zu ihm, um ihn anzusprechen.

Ich wusste, dass sie gleich seinen Namen nennen würde und dass genau dieser Name für mich wichtig war. Auf ihn hatte ich gewartet, er bedeutete mir viel. Aber ihre Bewegungen erstarben, wie alle um sie herum erstarrten und nun stumm wie Wachsfiguren dasaßen.

»Sag doch etwas!«

Dann schrie ich laut auf. Vor Schmerz, Enttäuschung, Wut.

友

Der Schrei hallte in der Senke wider und wanderte hin und her, bis er erloschen war. Mühsam rappelte ich mich auf und versuchte, mich zu orientieren, neben mir der Felsbrocken, gegen den ich gefallen war. Ich schaute hinauf und stellte fest, dass ich fast den ganzen Hang hinuntergestürzt war. Mein Rucksack und die gefährliche Fracht? Es gelang mir nicht aufzustehen, also kroch ich um den Felsen herum. Dort lag er im Gras. Vorsichtig lockerte ich die Schnüre und tastete nach dem Säurezünder. Er vor allem durfte nicht beschädigt sein, sonst war meine Mission gescheitert. Der Zünder hatte die Länge und den Umfang eines dicken Füllers, ich hatte ihn daher in ein Etui gepackt. Er schien unbeschädigt, so wie alles andere auch. Aber mich hatte es erwischt. Ich war unfähig hochzukommen, selbst wenn ich nur den Oberkörper aufrichtete, erfasste mich ein rasender Schwindel. Dazu litt ich unter einem stechenden Kopfschmerz. Vorsichtig bettete ich mich erneut ins Gras und überlegte, wie ich mich nun am besten verhalten sollte. Ich zog Jacke und Pullover aus dem Rucksack, improvisierte ein Kissen damit und trank von dem gesüßten Tee, den ich als Proviant mitgenommen hatte. Nach Essen war mir nicht zumute. Der noch warme Tee tat wohl, vielleicht brauchte ich nur ein wenig Zeit, um wieder auf die Beine zu kommen. Ich schloss die Augen und blätterte in meinen Erinnerungen wie in einem Bildband.

Die Stimmung unter den Männern war gedrückt. Man hisste Fahnen, man pinselte Parolen, man verteilte Flugblätter, aber alle diese Aktionen waren bestenfalls Nadelstiche. Wenn es dann einmal, wie bei der Massenkundgebung auf Schloss Sigmundskron, eine mächtige Manifestation des

Freiheitswillens gab, folgten keine kraftvollen Taten, denn immer setzten sich die Abwiegler und Versöhnler durch, die den eigentlich anstehenden Marsch auf Bozen verhinderten. Natürlich war es eine Stärkung der Bewegung, dass ihr Personen wie Pfarrer Erlacher angehörten, aber der Gottesmann war auch eine Last, weil er in seiner Bibeltreue keinen wirksameren Maßnahmen zustimmen konnte, die gewalttätig waren.

»Was für ein Vortrag steht auf dem Programm?«, fragte Sattler.

Wolfsgruber erhob sich und zog sein graues Militärwams zurecht. Vor ihm lagen Manuskriptblätter. Er wies allen das Deckblatt einer Buchkopie.

»Hans von Dach, *Der totale Widerstand*. Ein Schweizer Major. Er hat einen Leitfaden geschrieben, an dem wir uns orientieren können. Habe ich für heute vorbereitet …«

Gamper schüttelte skeptisch sein graues Haupt. Was ich über seine Person wusste, hatte die Prägnanz einer Bildunterschrift. Mit seiner bäuerlichen Klarheit und Festigkeit war er der natürliche Anführer dieser Gruppe. Er genoss dieses Ansehen auch deshalb, weil er Flugschriften unter seinem Namen verteilt, öffentlich die rot-weiße Flagge gehisst, dafür im Gefängnis eingesessen hatte und durch einen Hungerstreik großes öffentliches Aufsehen erregen konnte. Überall im Land tauchten danach Fahnen auf, in ihm erkannten sich die Leute wieder.

»Gewalt muss ausgeschlossen bleiben. Durch uns darf nie ein anderer Mensch zu Schaden kommen.«

»Und wie sollen wir die Italiener aus dem Land werfen, wenn wir uns nicht trauen, sie zu bekämpfen?«

»Wir müssen andere Wege finden. Das ist zudem keine Frage des Muts. Wir sind zu wenige.«

»Um eine Partisanengruppe zu kontrollieren, ist fünfmal

so viel Polizei oder Militär erforderlich. Außerdem: Wenn wir aufstehen und Widerstand leisten, springt der Funke über. Gegen einen Volksaufstand sind sie machtlos. So treiben wir sie bis hinter Salurn hinunter.«

»So stiftest du nur Chaos und forderst Schikanen von ihrer Seite heraus.«

»Das Chaos haben wir schon. Unsere Kinder dürfen kein Deutsch mehr sprechen, aus dem Wolfsgruber-Anwesen ist Fossalupo geworden. Sie zweigen unseren Strom für ihre Industrie ab, karren vom Süden ihre Leute herauf. Die bekommen Arbeit und Unterkunft, und unsereiner weiß nicht, womit er sich noch durchbringen kann. Bald sind sie in der Mehrheit, dann ist unsere Heimat verloren.«

Er hatte sich in Rage geredet und hieb mit der flachen Hand auf den Tisch.

»Widerstand ist Krieg, für uns geht es um alles. Wer das nicht versteht, ist für mich moralisch erledigt.«

Gamper stand auf und verließ das Zimmer.

Wo war er denn jetzt? Und wohin war Katharina verschwunden? Ich versuchte erneut, mir noch etwas Tee einzuflößen. Irgendwo in meinem Rucksack musste sich eine Tafel Nussschokolade befinden. Ich brach einen Riegel ab und steckte ihn in den Mund.

Profanter hatte einen Hof oben in den Bergen. Auf seinem Grund, nahe beim Wald, war ein massiver Bunker aus Weltkriegszeiten übrig geblieben, dessen Buckel grau und schrundig wie ein eingegrabener Elefant aussah. Seine Geräumigkeit offenbarte sich erst, wenn man durch den schmalen Einlass hinabstieg. Profanter hatte, so gut er konnte, aufgeräumt, Holz und Schutt beiseitegeräumt. Hier trafen sich die zur Eskalation Entschlossenen und tüftelten an Sprengladungen und Zündern. Auch der Namenlose war dabei.

Der Bunker war ein idealer Ort, um sich auszubilden. Die

nötigen Handgriffe wurden eingeübt, um auch im Dunkeln, in Eile und unter Druck imstande zu sein, sie auszuführen. Sie fragten sich ab.

»Eisensprengung. Wie lautet die Formel?«

»Die nötige Ladung ergibt sich aus dem fünfundzwanzigfachen Wert des Querschnitts, gemessen in Quadratzentimetern.«

Zünder wurden präpariert und scharf gemacht. Und wie schaffte man es, Ladungen an den vier Stützen eines Strommasts gleichzeitig explodieren zu lassen, um ihn umzulegen? Vieles war zu bedenken und zu erproben. Sie verließen rasch den Bunker, legten sich ein Stück weit entfernt ins Gras und sahen auf die Uhr. Ein dumpfer Knall ertönte. Sie warteten, bis sich der Staub verzogen hatte. Erfolg! Die Rohre waren zerborsten.

Sie übten für eine erste aufsehenerregende Aktion. In Waidbruck beim E-Werk stand eine plumpe Reiterstatue im faschistischen Stil, genannt der Aluminium-Duce, Symbol der ihnen verhassten Fremdherrschaft, der sie unterworfen waren. Das Land südlich des Alpenkamms ein Spielball wechselnder Machtverhältnisse zwischen Deutschen, Österreichern und Italienern. Letztere hatten in Gestalt von Ettore Tolomei einen Kulturwechsel durchgesetzt, demzufolge sogar ihre Familiennamen in die oktroyierte Sprache übertragen werden mussten.

Der Namenlose winkte mich heran. Er trug wieder die metallgefasste Sonnenbrille und hatte den Hut tief ins Gesicht gezogen, so dass ich nichts in seinem Gesicht lesen konnte. Aber seine Stimme war mir vertraut.

»Schau her!«

Er zeigte auf den stählernen Reiter, der vom Abhang herunter auf das Eisacktal blickte.

»Erst mal musst du das hässliche Teil überprüfen. Du

gehst um das Denkmal herum, überlegst, wie du es anstellst. Dann misst du den Durchmesser der Pferdefüße, klopfst das Material ab, stellst also fest, das muss Edelstahl sein, und berechnest die Ladung. Wie man mit Donarit umgeht, weißt du ja.«

»Schon. Aber wie viel braucht man?«

»Ich würde sagen, zehn für jeden Pferdefuß. Diese Menge lässt sich nicht so einfach in der Hosentasche dorthin tragen, da brauchst du schon eine gute Tarnung, so wie Katharina das gemacht hat. Ein paar nette Frauen auf der Rückbank, unter der der Sprengstoff liegt, die lächeln dir jede Fahrzeugkontrolle weg. Wenn du das geschafft hast, wird es schwierig. Der Stahlfaschist wird von Scheinwerfern ausgeleuchtet, und direkt gegenüber ist eine Kaserne der Carabinieri. Also höchste Vorsicht und immer darauf achten, ob gerade ein Auto vorbeifährt.«

»Wie befestige ich den Sprengstoff?«

»Ganz wichtig: Normalerweise wird Sprengstoff immer verdämmt, je mehr, desto besser die Sprengwirkung. Eine Blechbüchse, meinetwegen auch eine Milchkanne, was eben zur Hand ist. Beim Duce ist es wichtig, dass die Ladung möglichst eng an den Stahlbeinen anliegt. Also den Sprengstoff in Säckchen packen und mit Klebeband befestigen. Dass alles so gleichzeitig wie möglich explodiert, haben wir oben beim Profanter geübt. Eine zu spät gezündete Ladung wird einfach weggeschleudert und bleibt fast wirkungslos.«

»Woher weißt du das alles?«

»Major Hans von Dach, *Der totale Widerstand*. Ein Lehrbuch für Schweizer Unteroffiziere, inzwischen aber Standardwerk für Anarchisten und Partisanen. Wolfsgruber und ich haben das ausführlich studiert.«

Die einen legten die Ladung, die anderen feierten ausgelassen und auffällig. Zeugen sollten sich daran erinnern, wer anwesend gewesen war, denn natürlich würde man sie alle verdächtigen. Um vier Uhr früh traten sie dann auf die Terrasse hinaus, wenig später zog vom unteren Eisacktal ein dumpfes Grollen herauf. Eine schlaflose Angestellte des E-Werks verfolgte das ganze Spektakel am Fenster stehend mit. Die Detonation war ohrenbetäubend. Vier kurz aufeinanderfolgende Blitze erleuchteten die Winternacht. Von den Hufen des Pferdes ausgehend, riss es die Statue vom Steinsockel, und die Entladung hob sie empor, als wolle der Duce in den Himmel auffahren. Dabei zerbarst sie in Stücke, die Trümmer lagen rundum verstreut. Wie einen letzten Gruß fand die Hausmeisterin seinen stählernen Mittel- und Zeigefinger vor ihre Haustür hingeschleudert.

友

Wieder erwachte ich, fröstelte. Diesmal gelang es mir ohne Mühe, mich aufzurichten. Ich fühlte mich kräftiger. Die Sonne war bereits hinter den Bergen verschwunden, und mir wurde klar, dass ich heute auf keinen Fall meinen Auftrag ausführen konnte. Ich zog Pullover und Jacke an und holte aus meinem Rucksack den mitgebrachten Proviant hervor. Hunger – das war ein gutes Zeichen. Schließlich klaubte ich meine Ausrüstung zusammen und stieg in langsamen Schritten nach unten. Über dem Speicherteich war abendliche Ruhe aufgezogen, und die im Abendlicht silbrig schimmernde Wasserfläche verlieh ihm sogar eine gewisse Schönheit. Ich ging um ihn herum und stieß am anderen Ende auf einen Stadel, in dem Heu und Futter für Wildtiere gelagert war. Schnell war ich entschlossen, dort die Nacht zu verbringen. Morgen, so hoffte ich, würde ich wiederhergestellt sein, um doch noch meinen Auftrag zu Ende bringen zu können. An der Quelle wusch ich meine Kopfwunde und füllte meine Flasche. Im Stadel richtete ich mir ein Nachtlager her, denn bald würde es stockdunkel sein, und ich war daher gut beraten, alles schon zum Schlafen bereitzumachen. Das Heu lagerte oben auf einem Holzboden, den man eingezogen hatte, und so saß ich an der Luke, durch die das Trockengras eingebracht wurde, und sah in den Dunst hinaus, der sich langsam, aber stetig von Weiß in Grau verwandelte.

Krachend traten Carabinieri die Tür des Hauses ein. Katharina stellte sich schützend vor die Schlafzimmertür.

»Lasst das Kind in Ruhe«, schrie sie.

Das Poltern und Kreischen hatte ich deutlich im Ohr, es war peinigend. Ich krallte mich ins Heu wie damals in das Kopfkissen. Tränen schossen mir in die Augen. Diese Erinnerungen brachen so plötzlich wie ein heftiges Fieber aus; sie packten mich und schüttelten mich durch. Sie kamen nicht nacheinander, fein säuberlich aufgereiht, sondern stürzten mit Urgewalt auf mich ein. Ein Hitzestrom überflutete mich, ich glühte und schlotterte danach vor Kälte.

Er sprang vom Schlafzimmerfenster im ersten Stock hinunter in den Hof, rannte, sich das Nachthemd in die Hose stopfend, den Hang empor, zog den flatternden Hemdzipfel wie eine weiße Fahne hinter sich her, erreichte den Buckel, warf sich oben auf die andere Seite in den Abhang, rollte hinunter, erreichte die Eisack, hechtete, ohne zu zögern, in das kalte, reißende Wasser und war bald danach verschwunden. Die ganze Nacht über waren Sirenen, Hundegebell, Befehlsrufe und Geschrei zu hören, ihn jedoch konnten sie nicht dingfest machen. Er lag hinter Rosenbüschen versteckt. Allerdings war er am Knie verletzt, er hatte sich die Bänder gerissen. Erst morgens kroch er auf allen vieren zu einer zuverlässigen Familie, von der er wusste, dass sie ihn unterstützen würde. Eine Woche später schleppte er sich, das Knie provisorisch geschient, einen Besenstiel als Wanderstab benutzend, über den Gletscher hinüber nach Österreich.

Katharina weckte mich früh. Sie sah jetzt blass und verhärmt aus, hatte einen Schal um den Kopf gelegt und trug einen Lodenmantel. Sie setzte mich mit einer Decke auf die Rückbank des Autos, und wir brachen Richtung München auf. Er war dort in der Nähe auf einem Bauernhof untergeschlüpft und wohnte in einer kleinen Kammer. Zum Ausgleich machte er Stallarbeit und half auf dem Acker. Katharina hatte einen Koffer mit seinen Sachen gepackt, den sie in sein Zimmer brachte. Er stellte ihn auf einen Stuhl und ließ die Verschlüsse aufschnappen. Ein Geruch nach altem Leder entströmte ihm. Und drinnen, ich sah es in aller Schärfe vor mir, klebte ein vergilbter Zettel: Luis Santer, Zerlano.

Luis Santer! Ich bemächtigte mich dieses Namens wie eines verlorengegangenen Besitzes. Seltsamerweise begriff ich ihn als meinen, er gehörte mir, aber wenn es so war, wie war dann der seine? Oder waren wir ein und dieselbe Person?

Später besuchten wir ihn in München; er arbeitete im Mathäser als Schankkellner. Die Fahrt dorthin war eine Qual. An der Grenze wurde Katharina durchsucht, eine Leibesvisitation, bei der sie alle Kleider ablegen musste. Als wir in den Bierkeller kamen, stand er gerade auf der Bühne und sang zur Gitarre. Er verdiente sich damit ein kleines Zubrot. Er sah uns, winkte und stimmte das Tirolerlied an, in das er Strophen aus *Weit ist der Weg zurück ins Heimatland* einflocht. Danach brachte er uns etwas zu essen und setzte sich zu uns. Luis Santer war angeschlagen, ein Freiheitskämpfer als Bierkellner. Er wirkte daher müde und hatte seinen kecken Humor verloren. Das Heimweh zehrte ihn auf. Die Berge, sagte er, sich um die Wirtschaft kümmern, Wein anbauen, ein wenig metzgern – das wäre das Seine gewesen, war ihm aber allenfalls in einem anderen Leben vergönnt.

Und dann, ein paar Wochen später, kam die Nachricht, die Katharina erbleichen ließ: Er war aus seinem Exil ausgebrochen und hatte sich wieder nach Hause aufgemacht. In dem Brief, der ihr zugespielt wurde, stand, er wolle nicht mehr weiter als Bierdepp in der Stadt leben. Lieber verhungere er in den Bergen. Er sei da aufgewachsen, habe ein Leben lang für seine Heimat gekämpft und habe sich schon als Kind schlagen lassen, weil er nicht Italienisch sprechen wollte. Er wolle alles geben; wenn das nicht ausreiche, dann solle man ihm halt Leib und Leben nehmen, ihn an die Wand stellen, aber er bleibe keinen Tag länger in der Fremde. Jeder einsame Kämpfer, der im Einmann-Schützenloch hocke, müsse verzagen und werde von Furcht und Verzweiflung gepackt. Auch deshalb komme er zurück, er brauche Kombattanten.

Sich von Deutschland über die grüne Grenze nach Österreich hineinzuschmuggeln, war ein Leichtes. Gefährlich war der Übergang nach Italien, der Brenner war ein Nadelöhr. Noch auf der Nordtiroler Seite kam Luis Santer bei einem Unterstützer ihrer Bewegung unter und schlief bis kurz nach Mitternacht. Dann machte er sich an den Aufstieg. In Grenznähe folgte er den Schienen; wo Gleise waren, gab es keine Zäune. Plötzlich tauchten oben auf dem Bahndamm Uniformierte von der österreichischen Grenzpolizei auf. Sie bemerkten ihn, riefen und gaben Warnschüsse ab, als er nicht stehen bleiben wollte. Er rannte los, erreichte die Bahnunterführung, hatte fast das Ende erreicht, als ihm zwei Carabinieri mit entsicherten Maschinenpistolen entgegentraten. Er drehte wieder um, hastete den Weg zurück, schlug sich gleich in die Büsche, hinter denen sich jedoch eine freie Wiese befand. Nirgendwo ein Baum oder Strauch, der Deckung geboten hätte. Scheinwerfer flammten auf, Befehlsrufe waren zu hören. Die Wiese wurde von der anderen Seite her abgeriegelt, um ihn in die Zange zu nehmen. Luis Santer lief erneut zurück, sprang in einen Wasserschacht und kletterte durch das eiskalte Wasser zum Waldrand hinauf. Er zitterte am ganzen Leib, kroch jedoch weiter und grub sich, so gut er konnte, hinter dem Gebüsch in den weichen Waldboden. Fast wären seine Verfolger auf ihn getreten, so nahe kamen sie heran. Gegen Morgen endlich gaben sie die Suche auf. Steif vor Kälte, schmutzig und feucht, ging er nach Italien hinein, wo ihn zwei Stunden später Wolfsgruber mit einem Unbekannten erwartete.

»Wer ist denn das?«

»Der Karl Kappler. Er kommt aus Wörgl.«

Wolfsgruber trug eine Maschinenpistole um die Schulter gehängt. In einem Beutel überreichte er Santer eine Pistole samt Munition, eine Walther P38 aus Armeebeständen.

»Wo kommt die her?«

»Hat der Karl besorgt.«

Kappler stand abseits und rauchte.

»Das ist keiner von uns.«

Wolfsgruber legte Santer die Hand auf die Schulter.

»Passt schon, glaub mir.«

»Und wie geht es jetzt weiter?«

»Wir treffen die anderen beim Sattler. So bald wie möglich.«

»Geht noch nicht. Ich muss erst meine Familie sehen. Die warten in Glaning oben auf mich.«

Am nächsten Abend schellte die Glocke bei Gamper. Santer stand vor der Tür.

»Um Gottes willen, wie schaust du denn aus?«

Luis Santer war unrasiert, dreckig und abgerissen. Gamper bemerkte die Pistole, die er im Hosenbund stecken hatte.

»Du weißt, dass ich das nicht mittrage.«

»Darum geht es jetzt nicht. Ich will meine Leute sehen.«

»Dass man sie auf der Polizeistation auch noch traktiert! Die machen auch vor Angehörigen nicht halt. Noch jeder von uns, den sie gefasst haben, ist gefoltert worden.«

Folter. *Cura speciale.* Mit Metallstäben auf die Finger hauen, Haare ausreißen, Schläge auf das Ohr, Tritte in den Unterleib, tagelang stehen, an Füßen und Händen gepackt und gegen eine Kante gehauen, Wasser mit nicht gelöstem Salz eingeflößt, Einleitung von Stromschlägen in Hoden, Zunge und Arme, Zigaretten auf der Haut ausdrücken, die Ehefrau zusehen lassen, Durst, Hunger, Erschöpfung.

»Glaubst du, das bleibt deinen Leuten erspart? Und was meinst du, wie du nach Glaning kommst?«

»Mit dem Auto?«

»Luis, ich kann dich nicht einfach rüberfahren. Ausgerechnet ich, bei dem die Carabinieri aus und ein gehen! Spätestens am Ortsausgang ziehen sie uns aus dem Verkehr.«

Fast verzweifelt sah Gamper ihn an, er brachte es aber nicht übers Herz, ihn wieder vor die Tür zu setzen. Santer nahm ein Bad, rasierte sich und schlüpfte in die frische Arbeitskleidung, die er ihm hingelegt hatte. Anschließend aßen sie reichlich zu Abend miteinander, und Gamper brachte ihn zu Fuß ein Stück Wegs Richtung Glaning.

Tagsüber war es warm, abends jedoch musste in der Stube bereits eingeschürt werden. Der Messnerwirt besaß einen schmucken Hof, und seine Frau betreute die wenigen Hausgäste, die sich nach der Saison noch dort aufhielten. Katharina saß den ganzen Tag vor dem Haus, immer dem Berg zugewandt. Sie verhielt sich seltsam, ich spürte das. Immer wieder lugte ich den Berg hinauf und versuchte, ihren Blickwinkel nachzuahmen, bis ich ihn verstand. Wir waren nicht allein, dieses Gefühl blieb; jemand saß da oben und beobachtete uns. Den ganzen Tag über. Als Katharina ohne mich zu einer kurzen Tour aufbrach und mit rot verweinten Augen zurückkam, wusste ich Bescheid. Er war da, durfte sich nicht zeigen, und ich sollte nichts davon wissen.

Sein unsichtbares Auge ruhte auf mir. Ich tat nicht einfach, was ich tun wollte, sondern gab mit jeder Geste, jedem Handgriff und jeder Handlung Zeichen hinauf zu dem Verborgenen. Draußen war es jetzt dunkel, und durch den aufsteigenden Dunst hindurch zeichnete sich der Mond ab. Ich ließ mich ins Heu zurücksinken. Woher ich so viel über Luis Santer wusste und wie das zu mir gehörte, blieb ungewiss, aber eingestehen musste ich mir jetzt schon, dass mich die Rückkehr des Gedächtnisses nicht zu einem anderen Menschen machte. Zwischen meinem Zustand der vollständigen Erinnerungslosigkeit und dem des Wiedergewinns solcher Bilder bestand nur ein unwesentlicher Unterschied. Das tiefe Gefühl der Verlorenheit, nicht in, sondern neben dieser Welt zu stehen, weil ich zu jemandem gehörte, der sich weder greifen noch sehen ließ. Ich saß vor dem Messnerhof, rannte hin und her, hüpfte auf einem Bein, versuchte einen Handstand, der misslang, und sprang von der Bank für einen, der oben im Wald hockte und mit einem Fernglas auf mich heruntersah. Alle Geschichten, die mir einfielen, waren nur eine Abwandlung dieses einen Themas. Ich dachte an Ramona. Leben und sich geben unter Vorbehalt. Alles war eine hinfällige Konstruktion, die jederzeit zusammenbrechen konnte. Wesentlich zu werden, war mir nicht vergönnt. Als ewiger Wanderer durfte man nur anklopfen, musste höflich und zurückhaltend bleiben, um aufgenommen zu werden. Anderntags hatte man wieder zu verschwinden. Das war die Formel meiner Existenz.

Luis Santer machte sich nach Zerlano auf. Wolfsgruber schickte ihm eine Warnung, es wimmle von Carabinieri, offenbar gebe es eine undichte Stelle, und jemand habe ihre Pläne verraten. Santer zog sich ins abgelegene Passeiertal auf eine Alm zurück. Bald danach traf Wolfsgruber mit Kappler ein, der jetzt sein ständiger Begleiter war. Er widersprach ihm nie, versuchte aber, seine Ansichten zuzuspitzen. Wolfsgruber schwadronierte gern, er hätte sich am liebsten als Anführer eines Militärhaufens gesehen, der endlich zur Entscheidungsschlacht antrat, und Kappler befeuerte ihn darin. Unablässig redeten sie miteinander. Morgens verabschiedete sich dann Kappler endlich, um ins Tal hinunterzugehen. Die drei hatten nichts mehr zu essen, und er wurde nicht gesucht. Am Nachmittag kam er mit einem prallen Rucksack zurück. Sie brieten Eier und Speck, aßen reichlich Brot und tranken einen roten Lagrein. Das war Santers Henkersmahlzeit.

Die drei legten sich früh ins Heu. Licht zu machen, war gefährlich und konnte die Carabinieri anlocken. Die aber hatten bereits unten im Tal Position bezogen, um gleich morgen in der Früh zuzuschlagen. In der Nacht wachte Santer auf, von Vorahnungen geplagt, denen er jedoch nicht näher treten konnte. Kappler war ein falscher Fuffziger. Seine Seitenblicke, dieses Schielen und ständige Finassieren – er roch den Verrat, aber Wolfsgruber war zu sehr sein Freund. Santer tastete nach der Taschenlampe, um auf die Uhr zu sehen. Sein Entschluss war gefasst: Maul halten und sich am nächsten Tag absetzen. Vorsichtig leuchtete er hinüber zu ihm. Kappler lag zwischen ihnen, in eine Decke gerollt. Da bemerkte Santer eine Beretta neben ihm, die Dienstwaffe der Carabinieri. Sofort wurden alle Befürchtungen Gewissheit: Kappler war ein Spitzel. Schnell löschte er das Licht, um niemanden zu wecken und im Dunkeln möglichst ruhig und gefasst überlegen zu können, wie weiter vorzugehen war. Aber der andere war bereits aufgewacht, hatte nur darauf gewartet, bis das Licht wieder ausgeknipst war, richtete seinerseits den Kegel seiner Taschenlampe auf Santer und schoss dreimal. Wolfsgruber neben ihm fuhr hoch und schrie.

»Schüsse! Carabinieri sind draußen. Mach sofort das Licht aus, du Trottel, bist du wahnsinnig.«

Wolfsgruber blieb verblendet, wollte nicht wahrhaben, dass der von ihm rekrutierte Genosse sein Feind war. Da trafen ihn zwei Schüsse, ein Streifschuss am Oberarm, einer an der Brust. Der dritte ging fehl. Sechs Schüsse, Kapplers Magazin war leer geschossen, Wolfsgruber zog seine Waffe. Der andere sprang auf, warf sich vom Heuboden herunter und rannte davon.

»Luis, bist du da?«

Wolfsgruber leuchtete den Heuboden ab. Zwei Kugeln hatten ihn in den Kopf, eine in die Brust getroffen. Luis Santer war tot.

»Armer Teufel!«

Diese Feststellung schien aus der Ecke des Stadels zu kommen. Ich hasste diese Wendung, sie war erbärmlich und drückte in diesen harten Männerbünden das Fehlen jeglichen echten Mitgefühls aus. Der Verlust packte einen nicht, schlug keine Wunden, und es flossen daher keine Tränen. Dieses Abschiedswort wurde von oben nach unten gesprochen.

»Armer Teufel!«

Ich verstand endlich, dass ich damit gemeint war.

»Bist du das, Wolfsgruber?«

In mir schwieg alles.

»Erlacher?«

Nichts. Da wusste ich, dass mich die beiden verlassen hatten und ich nun wieder für mich war. Im Einmann-Schützenloch meines Hirns.

Anderntags erwachte ich bei Sonnenaufgang. Das Gewitter von Bildern und Erinnerungen, das mir gestern durch den Schädel gezogen war, hatte sich gelegt. Ich blieb ruhig liegen, schaute nach oben auf die Balken und die mit Holzschindeln zugenagelten Dachsparren und horchte in mich hinein, um mir über meine körperliche und geistige Verfassung klarzuwerden. Der Kopf schmerzte ein wenig, wenn ich ihn bewegte, ansonsten fühlte ich mich klar, stark und kaltblütig. Ich war Luis Santer und hatte überlebt. Dann kam mir die Pointe meiner Mission zu Bewusstsein. Was für ein Witz des Schicksals, einem vermeintlichen Amateur, der sich als erprobter Attentäter und Saboteur erwies, die Sprengung des Speicherteichs zuzuspielen! Alle Angst bei der Ausführung der kommenden Aktion war verflogen. Ich blickte hinaus. Die Sonne stand noch hinter den Bergen, die Senke lag im Dämmerlicht. Ich wusch mich am Teich; es fehlte wenig, und ich wäre in meiner neu gewonnenen Kühnheit ins Wasser gesprungen. Hinterher prüfte ich den Stadel, verwischte die Spuren meines nächtlichen Aufenthalts und setzte mich an den Rand des Teichs auf einen Holzstamm. In meinem Rucksack war noch reichlich Proviant, zu trinken hatte ich ohnehin genug. Ich stärkte mich und prüfte dabei ständig, was sich in mir regte. Aber ich spürte nur eine große Ruhe. Erlacher und Wolfsgruber, die Geistwesen in meinem Schädel, waren endgültig verschwunden. Das Schweigen in mir und um mich herum war wohltuend. Ich war in der Welt.

Danach umrundete ich den Teich, so wie man ein faschistisches Denkmal erkundete, und stellte fest, dass Gabriels Anweisung, wo die Scharte in die Teichumfassung geschnitten werden sollte, durchaus zweckmäßig war. Das Wasser würde sich nicht in einem Schwall nach unten ergießen, sondern in das Bachbett geleitet und so stetig und zügig in einem Lauf abfließen, der etwa dem des Hochwassers bei Schneeschmelze entsprach. Mit dem mitgebrachten Klappspaten grub ich ein Loch, plazierte die in einer Blechbüchse befindliche Ladung und beschwerte sie mit Felsbrocken, um ihre Wirkung in die vorgesehene Richtung zu lenken. Danach räumte ich meine Utensilien in den Rucksack zurück, unterzog alles einer letzten Kontrolle und machte schließlich den Zünder scharf. In etwa zwei Stunden würde die Ladung hochgehen, frühe Wanderer waren um diese Zeit hier oben noch nicht zu erwarten. Ich stieg wieder zur Kuppe des Hohen Koflers auf, ging den Weg zurück, den ich gestern genommen hatte, und erreichte nach einem strammen Marsch das Tal.

Unten am Parkplatz stieß ich zu einer Gruppe von drei Rentnern, die mich einluden, mit ihnen gemeinsam den Hohen Kofler zu besteigen. Dass die Sprengung ihnen etwas anhaben konnte, war ausgeschlossen. Ich schlug dennoch vor, in das Café am Platz zu gehen, bevor wir uns zusammen aufmachten. Wir hatten gerade Platz genommen und unsere Bestellung aufgegeben, da tat es ebenjenen dumpfen Schlag, auf den ich die ganze Zeit gewartet hatte. Tieffrequente Schwingungen wanderten zwischen den Bergwänden hin und her, erfüllten das Tal mit einem Grollen und verloren sich allmählich. Das ganze Dorf geriet in Aufruhr. Auch unser Wirt eilte mit einem Feldstecher nach draußen und versuchte, die Stelle ausfindig zu machen, an der diese unerwartete Entladung stattgefunden hatte.

»Ein Steinschlag?«

»Unsinn. Das war kurz und heftig. Eine Explosion.«

»Wo denn?«

»Oben am Kofler.«

Er wies uns eine Staub- und Rauchsäule, die hinter dem Gipfel in den Himmel stieg. Eine Sirene ertönte. Am Gerätehaus rotierte ein gelbes Alarmsignal, die Freiwillige Feuerwehr wurde zum Einsatz gerufen.

»Anni, ich muss los, wir rücken aus«, schrie der Wirt nach innen.

Bald danach sah man ihn in seiner dunklen Einsatzkleidung zum Gerätehaus hasten.

»Und jetzt?«

Die Gruppe der Wanderer war ratlos. Schließlich entschieden wir uns, zum Einstieg in den Hohen Kofler hinüberzugehen. Sinnlos, wie sich bald herausstellte, der Weg war bereits mit einem Signalband abgesperrt. Ich verabschiedete mich von den dreien, nahm den nächsten Bus und trat die Heimreise nach München an.

友

Gabriel umarmte mich, als ich ihn aufsuchte.
»Gott sei Dank, was habe ich Angst um dich ausgestanden, weil du nicht kamst. Ich dachte schon, dich hat es zerrissen.«

Wieder umarmte er mich.

»Hast du schon Nachrichten gehört?«

Ich schüttelte den Kopf.

»Super gelaufen, perfekt ausgeführt! Der Teich ist so gut wie leer, das Wasser rauscht nach unten, keine Gefährdung der Bevölkerung. Sogar der Bund Naturschutz kommentiert die Aktion mit einer gewissen Sympathie. Besser hätte ich es auch nicht hinbekommen.«

Er musterte mich, wirkte zunehmend irritiert.

»Was ist mit dir, du schaust so komisch?«

»Eins nach dem anderen. Jetzt gibst du mir erst mal einen Kaffee und ein Paar Würstel, dann erzähle ich dir, wie alles gelaufen ist.«

Wir saßen in der ruhigen Nachmittagszeit auf der Bank vor seinem Kiosk, und ich schilderte ihm den Ablauf der Aktion.

»Ruhe bewahrt, kein Risiko eingegangen – so muss es sein!«

Mehr Respekt konnte er mir nicht zollen.

»Das war die eine Geschichte, die andere, meine, kommt jetzt. Pass auf!«

Ich fasste meinen Erinnerungsschub zusammen und die Bilder, die in mir aufgetaucht waren, nannte die Namen und schilderte die Aktionen.

»Aber da stimmt doch was nicht. Luis Santer ist tot, du lebst!«

186

Ich zuckte die Achseln.

»Geduld. Heute Abend setzen wir uns hin und schauen mal, was wir an Informationen aus dem Netz fischen können.«

Nach Gabriels Geschäftsschluss saßen wir in seinem Häuschen bei belegten Broten und Bier am Rechner und fragten ab, was mir einfiel und wichtig schien.

Die Geschichte meiner Umgebung und Herkunft war in Zeitungsartikeln, Themenwebsites und Filmen bestens dokumentiert. Alle Genannten gehörten dem BAS, dem Befreiungsausschuss Südtirol, an. Seit der Teilung in einen österreichischen Norden und einen italienischen Süden sei das Land unterdrückt und um seine Selbständigkeit betrogen. Man habe die aggressive Umsiedlungspolitik der faschistischen Ära überlebt und nach dem Ende des Zweiten Weltkriegs auf die Umsetzung des vereinbarten Autonomiestatuts gehofft. Vergeblich. Daher wurde der BAS politisch aktiv und betrieb die Abspaltung Südtirols von Italien. Nachdem die Mittel der Politik jedoch keinen Erfolg gebracht hatten, begannen sie mit Sprengstoffattentaten. Faschistische Denkmäler, Rohbauten, aus denen Wohnungen für zuziehende Italiener entstehen sollten, und Strommasten, über die Norditaliens Industrie mit Energie versorgt wurde, waren zunächst das Ziel der Anschläge. Obwohl es erklärte Absicht war, dass keine Menschen zu Schaden kommen sollten, verloren im Verlauf dieser Auseinandersetzung zwischen Freiheitskämpfern und italienischer Polizei mehr als ein Dutzend Personen ihr Leben.

Gabriel glitt mit seinen Fingern klackernd über die Tastatur.

»Schau her!«

Ich beugte mich über seine Schulter. In der Tat, das war er! Luis Santer, 1965, knapp vierzigjährig, von einem italienischen Agenten auf einer Almhütte erschossen.

»Das passt nicht. Rein altersmäßig geht das nicht auf. Da müsstest du ja heute um die achtzig Jahre alt sein. Ausgeschlossen!«

Ratlos saß ich da.

»Aber so heiße ich!«

Gabriel war bereits wieder am Bildschirm unterwegs.

»Okay, hier haben wir etwas, einen biografischen Eintrag: Luis Santer war mit Katharina Obesser verheiratet. Sie hatten ein Kind zusammen, einen Sohn: Luis A. Santer junior …«

Er drehte sich um.

»Der bist du!«

友

Mama! In den darauffolgenden nächtlichen Träumen und Visionen fiel ich in den Zustand eines Kindes zurück. Auf allen vieren kroch ich über einen kalten Steinfußboden in die warme Küche, wo Katharina am Herd stand und ein Töpfchen Zuckerguss anrührte. Durch die feuchte Wärme waren die Fenster beschlagen, die Luft war gesättigt mit dem Duft von Vanille, Zimt, Honig und Nüssen. Sie buk Lebkuchen, hatte sich eine blaue Schürze umgebunden und bepinselte ein Blech voll Backwerk mit der Lösung. Anschließend wurde es in den Herd geschoben. Draußen im kalten Gang war das fertige Gebäck zum Auskühlen auf Papier ausgelegt. Sie sammelte die Plätzchen ein und verteilte sie auf bereitgestellte Dosen. Eine davon, eine prächtige, bunt geprägte, würde Vater bekommen. Die Zustellung nach München erfolgte nicht direkt, sondern über einen Freund und Mitwisser.

Nein, Mutter war keine elegante Erscheinung mehr. In ihr Gesicht waren Falten eingegraben, sie war mager, aber immer verriet das schärfer gewordene Profil Willenskraft und Durchhaltevermögen. Ich lag auf dem Sofa und wartete auf Reste und Bruchstücke der Lebkuchen, die nicht eingelagert wurden. Irgendwann schlief ich ein, spürte noch, wie sie mich in das kalte Bett legte und zudeckte.

Träumend nahm ich wahr, wie meine Vergangenheit erneut von mir Besitz ergriff. Wäre doch das Archiv meines Lebens in einem Palast der Erinnerung untergebracht! Als alles zurückgekehrt war, wurde mir bewusst, dass es den weitverzweigten dunklen Gängen eines Verlieses glich. Um das wiederzugewinnen, hatte ich gekämpft? Zu vergessen war eine Gnade, nicht zu wissen eine Erleichterung, niemand zu sein eine Erlösung.

OSKAR, DER FEIND

Er dachte: ›Ich bin in der Hölle, ich bin tot.‹ Er dachte: ›Ich bin wahnsinnig.‹ Er dachte: ›Die Zeit ist stehengeblieben.‹ Dann überlegte er, dass in diesem Fall auch sein Denken mit stehengeblieben wäre.

Jorge Luis Borges, *Das geheime Wunder*

鼠 (RATTE)

Es ist ein Irrtum zu glauben, dass Erinnerungsbilder in der Vergegenwärtigung wie ein Film ablaufen, eines nach dem anderen in zeitlich genauer Abfolge. Vielmehr dehnt unser Gedächtnis kurze Zeitspannen, rafft Jahre zu einem Augenblick, überspringt ganze Lebensphasen und gruppiert das öde Nacheinander der Ereignisse zu neuen sinnfälligen Reihungen, wenn das Gemeinte dann deutlicher hervortritt. Zwei lernen sich kennen und lieben, sind über Jahre hinweg glücklich miteinander. Dann entzweien sie sich, und wenn sie nun Revue passieren lassen, was war, arbeiten sie in Zeiten, die sie damals als vollkommen glücklich empfunden haben, Risse und Bruchstellen ein, die sie so gar nicht bemerkt hatten. Nicht das Geschehen ist die Wahrheit, sondern das, was es für uns bedeutet. Und diese Bedeutung verändert sich fortwährend, weil sie ihm nur in der Gegenwart und nie in der Vergangenheit zukommt. So bitter die Erkenntnis auch sein mag, aber wir können immer nur so sein, wie wir uns jetzt in diesem Moment begegnen. Die Vergangenheit ist ausgelöscht oder wenigstens dienstbar gemacht, die Zukunft ist dunkel. Wir sind das Opfer einer ständigen Verblendung, weil wir, ich wiederhole mich, im Einmann-Schützenloch unseres Hirns hocken.

Wenn wir uns verschanzt haben, spielt das, was draußen wirklich passiert, keine Rolle mehr. Dort drüben, vielleicht auch hier oder da, hält sich der Feind versteckt. Wir sehen ihn nicht, nicht weil er nicht da wäre, sondern weil er schlau ist. In überlegter Strategie setzt er auf unsere Zermürbung. Aufmerksam starren wir dorthin, wo wir ihn vermuten. Aber alles bleibt ruhig, und so folgt nach einer Phase höchster Konzentration und Aufmerksamkeit eine des Überdrusses, der Langeweile und schließlich der Verzweiflung. Bevor sie unerträglich wird, vollzieht man am Tiefpunkt eine Umkehr. Schöpferisch korrigieren wir unsere Wahrnehmung und werden zunehmend sicherer, dass sich am Horizont Bewegung abzeichnet, Zurüstungen für einen Angriff. Selbst wenn wir ihn nicht mehr erleben, nehmen wir den Trost mit ins Grab, dass unsere Anstrengung aller Mühe wert war, denn es gibt ihn, den Feind, und wir haben ihm standgehalten.

Wie zuverlässig meine Erinnerungen sind, kann ich daher kaum beurteilen, aber so viel steht fest: Corrado Volcan war mein Freund. Rado war klein und schmal, sein dunkles Haar stand in Büscheln zu Berge, und seine braunen Augen waren ständig in Bewegung wie bei einer Maus, die sich ängstlich vergewissert, ob ihr von irgendwoher Gefahr droht. Rado war schnell und flink, kletterte auf Bäume wie ein Eichhörnchen. Und Rado war schlau, das Märchen vom Hans im Glück erzählte sich bei ihm von hinten nach vorne. Gab man ihm morgens einen einfachen Feldstein, kam er abends mit einem Goldklumpen zurück. Rado war zwar der Ältere, aber das sah man ihm nicht an. Er brauchte in unserer Kinderzeit einen Beschützer wie mich, und ich mochte seine Scheu und Hilflosigkeit, sie rührten mich. Dass andere ihn wegen seiner Spitzmäusigkeit Ratte nannten, störte mich nicht, denn was uns darüber hinaus verband, war unser Außenseitertum. Er war, ebenso wie ich, an den Rand gedrängt; die in der Mitte mieden den Umgang mit uns. Die Gründe allerdings waren unterschiedlich.

Als ich Lanthalers Obstwiese zur Straße hinunterlief, hörte ich ein Wimmern. An den schrundigen Stamm eines Apfelbaums war ein kleiner Kerl gebunden, die kurzen Hosen so schwarz wie das Haar. Ich band ihn los.

»Wer bist denn du?«

»Luis.«

»Santer, oder? Dein Vater war doch einer von den Bumsern?«

Ich nickte.

»Dann zeige ich dir was Interessantes. Komm mit!«

Wir stiegen zusammen zu Profanters Hof empor. Rado bedeutete mir, mich ganz still und unauffällig zu verhalten. Wir strichen am Viehzaun entlang und schlugen uns in den Wald. Bald hatten wir den Bunker erreicht, der sich graubucklig aus der dunklen Erde herauswölbte. Wir stiegen zum Einlass hinunter, der mit Gatter und Schloss gesichert war.

»Kenne ich schon. Und jetzt?«

»Wollte dir erst mal zeigen, dass hier zugeschlossen ist.«

»War das alles?«

»Moment!«

Rado lief hinüber zu einer verwachsenen Kiefer, die ihre Wurzeln in den felsigen Untergrund gekrallt hatte, und kletterte nach oben. Aus einem Astloch fischte er einen Schlüssel und hangelte sich wieder hinunter. Bald danach standen wir im Inneren des Bunkers. Alles war dort sauber aufgeräumt, eine Tischplatte aufgestellt worden, auch einige Stühle waren vorhanden. Rado schob mit den Händen lose Erde beiseite, und ein Metallring wurde sichtbar, mit dem sich eine aus Brettern zusammengenagelte Falltür öffnen ließ. In Kisten lagen dort sorgfältig verpackt Taschenuhren – Zünder, so erklärte Rado, Schnüre, Batterien, vor allem aber Sprengstoff. Ich kannte diese Würste und ihren stechenden Geruch, weil ich oft genug auf die Hinterbank des Autos gesetzt wurde, wenn es galt, kampfbereiten Gesinnungsgenossen die gefährliche Fracht zu liefern und bei Kontrollen unauffällig zu bleiben.

Als wir draußen eine Motorsäge hörten, versetzten wir alles, so gut es in der Eile ging, in seinen vorherigen Zustand. Rado verstaute den Schlüssel im Baum, und wir hasteten den Berg hinunter nach Zerlano.

»Wo wohnst du eigentlich?«

»Drüben in Schlans.«

»Welches Haus?«

Rado schüttelte den Kopf.

»Darf ich nicht sagen.«

Er wandte sich ab und rannte den Weg, der parallel zur Straße verlief, nach Schlans hinüber. Später erst, als ich Mutter danach fragte, begriff ich den Zusammenhang: Corrado Volcan war der Sohn eines früheren Carabiniere, der eine Ortsansässige geheiratet und seinen Dienst quittiert hatte.

Eine Freundschaft wie die unsere war eigentlich unmöglich, unsere Eltern standen auf verschiedenen Seiten der Barrikade. Aber durch die sich anbahnende politische Versöhnung wurde die Zahl derer, die mit den einen wie den anderen nichts zu tun haben wollten, immer größer. Wir wurden aus der Mitte an den Rand gedrängt, jeder auf seine Weise. Natürlich tätschelte man mir den Kopf und hofierte mich, wenn es kein Aufsehen erregte und nichts kostete, aber im normalen Leben, wenn nicht gerade der Schützenverein mit patriotischen Flaggen durchs Dorf zog, war man eher auf Distanz bedacht. Vor allem hielt man die Gleichaltrigen von mir fern, ich war nicht der geeignete Umgang für sie.

Ida, die den aus dem Süden stammenden Volcan geheiratet hatte, galt in Schlans als Soldatenbraut, die mit einem von der Gegenseite zu poussieren begonnen hatte. Sie heirateten, Rado kam zur Welt, dennoch musste die Familie fortwährend um ihre Anerkennung kämpfen. Daran änderte sich auch nichts, als Volcan die Polizei verließ und im Ort das Wirtshaus seines Schwiegervaters weiterführte. Seine Anpassung stieß auf Ablehnung. Trotzig machte er schließlich aus dem Gurschler-Wirt eine *Bar Centrale*, die zum Treffpunkt der in der Gegend ansässigen Italiener wurde.

Allerdings habe ich von Mutter nie Hass auf die Italiener anerzogen bekommen. Der Kampf gegen das aufgezwungene politische System sollte nicht das Gebot der Nächstenliebe verletzen. So wollten es vor allem auch die Anführer der Bewegung, wie Gamper oder Erlacher. Wolfsgruber bildete hier eine Ausnahme; er hätte am liebsten die Welschen samt und sonders erschossen. Auch auf der Gegenseite formierten sich immer noch ähnlich radikal Denkende, die italienischen Neofaschisten vor allem, die unsereinem an den Kragen gingen, wenn sie einen aufgespürt hatten, und in Österreich ihrerseits Attentate verübten, um die Gegenseite zu treffen und die entspannte Lage wieder zu verschärfen.

Beim Wandern mit Freunden war ich nach Viereich gekommen, wo wir einen lustigen Abend miteinander verlebten. Nach einigen Gläsern zogen wir durch das Städtchen und sangen *Wir lagen vor Madagaskar*. Auf dem Dorfplatz mit dem Fischbrunnen stießen wir uns lachend und neckend hin und her. Plötzlich trat aus der Gasse eine Gruppe Neofaschisten, sofort kenntlich an ihren schwarzen Halstüchern. Sie packten mich und warfen mich in den Brunnen. Ich wurde unter Wasser gedrückt, bekam keine Luft mehr, schnappte, begann um mich zu schlagen und wäre vielleicht elend ersoffen, wenn nicht endlich aus den umliegenden Häusern Hilfe gekommen wäre.

Das schuf bei uns keinen Hass gegen die Italiener, sondern gegen die Neofaschisten. Mutter jedenfalls hatte keine Einwände gegen meine Freundschaft mit Rado. Vom Tag unseres Kennenlernens an kam er fast täglich aus Schlans herüber und wich mir nicht mehr von der Seite.

Vater hatte uns die Pension Santer hinterlassen, ein schmuckes, altes Haus aus Naturstein und Holz, das innen behutsam ausgebaut worden war. Der Tourismus in damaligen Zeiten war in den Dörfern nicht nennenswert. Man besuchte Bozen, Brixen und Meran, und viele waren ohnehin nur auf der Durchreise auf dem Weg ans Mittelmeer. Aber die Pension Santer hatte einige treue Hausgäste, die jedes Jahr zu uns kamen. Maria Gabrielli, eine entfernte Verwandte meines Vaters und Nenntante, half Mutter bei der Versorgung der Gäste.

Schwer zu sagen, wie alt ich war, aber ich fühlte mich sehr klein und den Gewalten dieser Welt hilflos ausgeliefert, als ich an einem Herbsttag aus der Schule kam. Wir hatten einigen Weg in den Nachbarort zurückzulegen, um am Unterricht teilnehmen zu können. Aber schon damals waren wir Kinder gut zu Fuß. Bereits von weitem sah ich, dass unser Haus von Fahrzeugen umstellt war, darunter ebenjener auffällige Alfa Romeo mit der Aufschrift *Carabinieri*, in dem der Commandante aus Bozen zu den Einsatzorten gefahren wurde. Als sie mich kommen sah, schrie Mutter ihren ganzen Schmerz heraus, kürzer, eindringlicher und herzzerreißender als in diesem Wehklagen konnte man das Drama ihres Lebens nicht bezeichnen. Mit dem Mut und der Kraft ihrer jungen Jahre warf sie sich frühzeitig in den politischen Kampf, der sich nun nach oben hin, in die Strategien und Finten der politischen Parteien und Gremien hinein, verflüchtigte. Natürlich brauchte man sie und ihre Kampfgenossen eine ganze Zeitlang, um Südtirol als Problem vor der Weltöffentlichkeit auszustellen und eine Verhandlungsposition zu gewinnen. Aber das war vorbei, und nun waren sie

Gestrige, die für ihren Einsatz selbst bezahlen sollten. Dazu hatte sie ihren geliebten Mann verloren und war ständig einem Leben in Heimlichkeit und Verfolgung ausgesetzt.

Für einen Moment gaben sie Mutter frei. Sie umschlang mich, ihre Tränen benetzten mein Gesicht und rannen mir in den Kragen. Fehler wie früher bei solchen Festnahmen passierten nicht mehr, man pochte nicht mehr zu dritt oder viert an eine Haustür, um einen abzuholen. Das umliegende Gelände wurde abgeriegelt, ein Entkommen war nicht möglich, abgesehen davon, dass Mutter es nie versucht hätte. Mutter trug noch die Schürze, die sie sich in der Küche umband; drinnen am Herd stand das Essen, das sie mir bereitet hatte: Schupfnudeln mit Sauerkraut. Oben an der Treppe lehnte Tante Maria und trocknete mit einem Küchentuch ihre Tränen. Unbeschreiblich der Schmerz, der mich packte und durchrüttelte; unbeschreiblich die jähe Gewissheit, nun vollständig allein auf dieser Welt zu sein.

In der Tat war dies das letzte Zusammentreffen mit meiner Mutter in Freiheit.

Der enge Kreis des Befreiungsausschusses Südtirol saß im Gefängnis. Kaum einer hatte der Folter standzuhalten vermocht, und so kam es, dass ihre Freunde und Mitstreiter gegen meine Mutter aussagten. Man konnte diesem Häufchen von Verlorenen keinen Vorwurf machen, ihr Schweigen wäre übermenschlich gewesen. Von dem anschließenden Prozess bekam ich nicht viel mit. Man hielt mich fern, wollte mir dergleichen nicht zumuten. Das Urteil fiel gewohnt hart aus, Mutter wurde zu zwölf Jahren Haft verurteilt.

K omm her zu mir!«
Pfarrer Erlacher winkte mich heran. Aufrecht saß er in seinem Stuhl. Der massige Mann wirkte, gleichgültig, ob er saß oder stand, immer so wuchtig wie ein Findlingsbrocken in einer Bergwiese. Ich trat näher, er sah mir in die Augen.

»Ich bin jetzt dein Vormund und möchte mit dir einige Regeln festlegen, wie wir miteinander umgehen.«

Mit seiner ganzen Autorität hatte sich Erlacher für diese Lösung verwendet, die mir den weiteren Aufenthalt in Zerlano erlaubte. Zwar ließen mich die Unterstützer meiner Eltern nicht allein, aber keinem dieser vermeintlichen Jugendverderber wollte man erzieherische Verfügungsgewalt zugestehen. Bei Pfarrer Erlacher war dies anders. Er versicherte sich in meinem Fall der Unterstützung des Erzbischofs von Bozen-Brixen und erreichte, dass ihm die Vormundschaft zugesprochen wurde. Ich lebte zwar noch im Elternhaus bei meiner Tante Maria, die aber vollauf damit beschäftigt war, den Pensionsbetrieb aufrechtzuerhalten, damit mein künftiges Erbe keinen Schaden nehme. Erlachers Haushälterin Berta wusch und kochte für mich, wenn Maria meine Betreuung über den Kopf wuchs, und dreimal die Woche, sonntags, mittwochs und freitags, hatte ich mich bei Pfarrer Erlacher zum Rapport einzufinden. Ihn interessierte vor allem meine Ausbildung; er schickte mich auf das Gymnasium, fragte mich Latein ab und machte Geometrie mit mir.

Immer musste ich nahe an ihn herantreten und ihm in die Augen sehen. Und immer fühlte ich mich dabei schuldig, auch wenn ich gar nicht sagen konnte, warum und wofür. Meine bloße Existenz war schuldbeladen, ein anderes Gefühl habe ich nie gekannt. Es hat mich nicht einmal verlassen, als ich nichts mehr von mir wusste. Zu den glücklichen Momenten zählte es, wenn Erlacher mit mir auf den Kirchturm stieg, um mir dort mit einem Teleskop, das er sich gebaut hatte, den Sternenhimmel zu zeigen und zu erklären. Erlachers Liebe zu mir äußerte sich in Strenge, sein Gerechtigkeitssinn rückte stets alle Gefühle zurecht. So hat er mir viel beigebracht, und es war nicht übertrieben zu sagen, dass mir jeder halbwegs kluge, über das Alltagswerken hinausgehende Gedanke von ihm eingepflanzt worden ist. Ohne ihn wäre ich ein Bauerndepp geblieben.

Einmal im Monat, meistens samstags, hupte es draußen vor der Tür. Gamper stand mit laufendem Motor auf der Straße und holte mich mit seinem Fiat ab. Wir fuhren hinunter nach Trient, wo sich das Frauengefängnis befand. Dort durfte, besser: musste ich Mutter besuchen. Sie war schmal, hart und faltig geworden. Mit Katharina, meiner schönen Mutter, hatte diese Person nichts mehr gemein. Ich wünschte, ich hätte ihren Verfall nicht miterleben müssen; mich zu sträuben allerdings, gestattete ich mir nicht. So war schon der Tag vorher voller Schrecken. Schließlich saß ich vor ihr, erzählte, was ich machte, wie es Tante Maria und den anderen ging. Wir führten ein Gespräch, das normal klingen sollte, aber alles andere als das war: Mir geht es gut, geht es dir auch gut? Es war eine grausame Farce. Das Ungesagte schnürte einem die Kehle zu, ich hätte schreien mögen, durfte aber nicht um ihretwillen. Natürlich empfand sie genau dasselbe, aber wir saßen uns gegenüber, jeder eingesperrt in sein Gehäuse, und es war, als streckten wir einander einen mageren Finger durch das Gitter hin, den der andere befühlen durfte.

Dann endlich – ich konnte das nie anders denken – starb sie. Die Umstände ihres Todes blieben ungeklärt, sie habe sich umgebracht, hieß es. Einer Obduktion im Bozner Krankenhaus zufolge war ein Herzanfall ursächlich. Sie erstickte an den Brocken ihrer zerbrochenen Existenz.

Ein paar Jahre später trat auch Wolfsgruber wieder in meinen Umkreis. Er war nach Österreich geflohen und hatte dort stillgehalten, bis ihn eine Amnestie erlöste. Wolfsgruber war nicht lernfähig; er verstand nie, was er hätte anders machen sollen. Seine politische Haltung blieb unverändert, aber seit dem Zweiten Autonomiestatut von 1972 gab es kaum mehr jemand, der ihm gefolgt wäre. Wolfsgruber holte mich ab, um mit mir in die Berge zu gehen. Dort fühlte er sich frei, wenn er von oben auf sein Tirol hinunterschauen konnte. Ich mochte ihn nicht wirklich, aber er war einer der wenigen, der mit großem Respekt von meinen Eltern sprach. Er war zum Hüter ihrer Geschichte geworden, von ihm erfuhr ich Einzelheiten aus ihrem Leben. Die anderen waren Mitläufer, so wie der unübersehbar lange Trauerzug, der meine Mutter auf den Friedhof von Zerlano geleitete. Man bekam Gefühle als Schulterklopfen, Streicheln und Tätscheln übermittelt, aber sie alle behandelten mich als Opfer, als einen unter die Räder Gekommenen, dem man Mitleid und Barmherzigkeit erwies.

Auch deshalb war Rado mein Freund. Er hätte mich hassen können, tat es aber nicht. Er mochte mich um meiner selbst willen. Sein Gefühl war rein, weil es weder politisch noch religiös überformt war. Damit stand er allein auf weiter Flur.

鼠

Mit der Pubertät kam die große Unlust an der Schule. Ich hockte auf meinem Stuhl, starrte zum Fenster hinaus und hing meinen Gedanken nach. Sie waren so flüchtig und veränderlich wie die Wolken am Himmel. Interesse und ein wenig Talent hatte ich nur für die Musik. Allerdings gelang es mir nie, mich für ein Instrument zu entscheiden. Ich dilettierte auf allen, weil ich schnell herausfand, wie sie zu bedienen waren, und mir ein gutes Rhythmusgefühl gegeben war. Wenn ich in anderen Fächern aufgerufen wurde, war ich meist nicht bei der Sache. Man wies mich zurecht, erteilte mir Verweise, aber ich konnte einfach nicht zuhören. Ich versuchte es, aber die Stimme des Lehrers machte mich schläfrig, selbst mit gutem Willen gelang es mir nicht, geistig anwesend zu bleiben.

»Santer, wie fällt man von einem gegebenen Punkt das Lot auf eine Gerade?«

Was mich dabei mehr als die Lösung beschäftigte, war die Frage, warum von einem *gegebenen* Punkt die Rede war und nicht von einem *beliebigen*. Schließlich durfte man ihn frei wählen. Und warum machte man das mit einem Zirkel, wo doch Handwerker ein Senkblei in der Tasche hatten? Bis ich meine Überlegungen justiert hatte, war die Antwortzeit schon wieder vorüber. Ich saß da und machte das Ganze zur Strafe ins Übungsheft. Der Zirkel war mir zu feinmotorisch. Aus Angst, dass er mir entgleiten könnte, hielt ich ihn fest nach unten gedrückt und durchlöcherte das ganze Heft. Was ich dann vorzeigte, sah nicht gut aus. Aber der pädagogische Druck war mir egal. Wenn ich nicht gerade einen Arrest absitzen musste, nahm ich jede Bestrafung mit Gleichmut. Ich fühlte mich nicht wirklich gemeint, weil ich eine Doppelexistenz führte: Einer tat, was ihm angeschafft wurde, der andere sah zu. Eigentlich war ich nur der Zuschauer, der andere war ein armer Kerl und tat mir leid.

Wenn die Schule vorbei war, lebte ich auf. Ich ging fast täglich nach Schlans, in der *Bar Centrale* war immer etwas los. Die Stube war zwar schon ziemlich rauchig und muffig, aber in der Ecke stand eine Musikbox. Auch Mädchen besuchten die Bar, vor allem weil Rado hinter der Theke stand. Rado und ich waren, wie man bei uns sagte, stramme Burschen. Er eher feingliedrig, ich muskulös. Zusammen hatten wir immer Chancen; ging sie nicht mit mir, ging sie mit ihm und umgekehrt. Manchmal spielten wir auch Gitarre. Mit ein paar Griffen war ein Song zusammengeschustert, den wir dann darboten. Rado sang alles, in seiner Stimme war der Schmelz, der auch die bescheidensten Texte interessant machte: *Ventitré chilometri da te …* In der Pension Santer passierte nichts dergleichen, hier schlurften nach wie vor Hausgäste über den Gang. Um die Bar beneidete ich ihn wirklich.

»Ernsthaft? Schau dich doch um, das Lokal ist ein Loch. Total heruntergekommen.«

Rado beugte sich über die Theke.

»Wenn ich hier das Sagen habe, wird das alles anders gemacht.«

»Wie denn?«

»Größer, schöner. Mit einem ordentlichen Hotelbetrieb dazu.«

Er langte unter die Theke und holte ein Papier hervor.

»Ich habe da was für uns, schau mal drauf!«

Ich überflog das Papier. Es war die Anmeldung zur Skilehrerprüfung oben auf der Seiseralm.

»Und?«

»Wie soll das gehen?«

»Ich hätte eine Hütte, die wir benutzen dürfen. Vier Betten, da können wir sogar noch jemand abschleppen.«

Natürlich war ich dabei, seine Ideen waren immer gut. Vor allem aber kurzweilig.

鼠

Durch mein schulisches Desinteresse forderte ich eine Auseinandersetzung mit Erlacher heraus. Die fiel sehr kurz aus. Ärgerlich blieb er nur, wenn er glaubte, etwas bewegen zu können. Missriet etwas vollständig, gab er das verlorene Terrain sofort preis. Er zog sich zurück und handelte erneut aus einer Position überlegener Großzügigkeit. Einen solchen Umschwung zu bewerkstelligen, nicht nachtragend zu sein, war zweifellos eine seiner besten Eigenschaften.

»Wir müssen dich von der Schule nehmen. Dein weiterer Aufenthalt dort ist vollkommen sinnlos.«

Er faltete die Hände und sah mich an.

»Und nun?«

Ich litt. Wie immer fühlte ich mich schuldig, ich hatte mich an diesem grundgütigen Menschen versündigt, der noch nicht einmal bereit war, mich zu bestrafen. Ich wies ihm meine Hände.

»Ich muss etwas Praktisches machen. Skilehrer bin ich ja schon.«

»Und im Sommer?«

»Vielleicht Bergführer?«

Erlacher winkte ab.

»Oder etwas mit Musik?«

»So was kannst du höchstens nebenbei machen. Und was ist mit der Pension? Wird das einmal was bei dir?«

»Schon. Versuchen könnte ich es auf jeden Fall.«

»Was jetzt: ja oder nein?«

»Ja.«

Erlacher legte die Hand an das Ohr.

»Ich höre so schlecht. Hast du etwas gesagt?«

»Ja, ich will«, schrie ich.

Befriedigt lehnte er sich zurück.

»Folgendes: In Innsbruck gibt es eine Hotelfachschule. Minimum drei Jahre, besser fünf, dann weißt du, wie du ein solches Geschäft zu führen hast.«

»Dann muss ich ja weg von hier!«

»Genau. Passt das?«

Innsbruck, eine große Stadt, mir unbekannt, aber vielleicht voller Abenteuer? Ich nickte. Er streckte die Hand aus, ich schlug ein.

»Im Juli geht es los. Klären müssen wir noch, ob sie die Mittlere Reife für deinen Aufenthalt am Gymnasium anerkennen oder ob du eine Aufnahmeprüfung machen musst.«

Als ich Erlacher verließ, war mir leicht ums Herz. Ich würde nicht mehr ins Gymnasium gehen müssen. Die nachmittägliche Sonne hatte schon Kraft, ich schaute nach oben. Der Tag war schön, der Abend vielleicht noch schöner. Ich machte mich nach Schlans auf. Die folgenden zweieinhalb Monate gehörten zu der schönsten Zeit überhaupt. Bis auf jene Tage danach, die ich in einer Zelle in Bozen absaß.

鼠

Mit der Bar Centrale in Schlans waren einige Veränderungen vor sich gegangen. Rados Vater war bei einer Klettertour abgestürzt und lag mit schweren Verletzungen im Bozener Krankenhaus. Ob und in welchem Maß er genesen würde, stand dahin. Rado musste also vor der Zeit den Wirt geben, um den Betrieb am Laufen zu halten. Auf seine Mutter konnte er dabei nicht zählen. Sie kochte, und aus der Küche kam sie nur dann, wenn ein Gericht nicht abgeholt wurde und kalt zu werden drohte. Das Geschäftliche war ihr ein Greuel. Wie es Rados Art war, stürzte er sich kopfüber in diese Aufgabe. Er verpasste der Bar einen neuen, helleren Anstrich, tauschte das alte Mobiliar gegen ein moderneres und veranstaltete Disco-Abende. Natürlich half ich ihm, so gut ich konnte. Bei jungen Leuten kam das Konzept gut an, allerdings blieben Touristen und Alteingesessene aus. Konsumiert wurden vor allem Getränke, aber es gab viele, die sich mit einem Bier oder einer Cola über den ganzen Abend brachten, weil sie die Stimmung und die Musik genießen wollten und nicht genug Geld in der Tasche hatten. Bei seinen täglichen Abrechnungen wurde Rado ganz trübsinnig.

»Vielleicht solltest du Eintritt verlangen«, sagte ich. »In der Disco in Bozen machen sie es auch so.«

»Spinnst du? Damit hätte ich mich endgültig ins Abseits gekickt.«

Er schob mir ein Bier über die Theke.

»Vielleicht haben wir einen Fehler gemacht. Das hier ist und bleibt der Gurschler-Wirt. Wenn du das nicht wegkriegst, musst du damit arbeiten. Überall machen sie ein Geschäft, immer mehr Touristen kommen hierher. Aber an einer Bar Centrale oder einer Disco geht das komplett vorbei.«

»Was heißt das?«

»Dass ich über alles neu nachdenken muss.«

Er bemerkte meine sorgenvolle Miene.

»Basta, nicht dein Problem. Wann fährst du nach Innsbruck?«

»Nächste Woche.«

»Gut, dann machen wir am Wochenende noch eine Party und lassen es ordentlich krachen.«

鼠

Rado veranstaltete ein rauschendes Fest. Er hatte sie alle eingeladen, und sie waren tatsächlich gekommen, die Mädchen, mit denen wir befreundet waren oder sein wollten: Julia, Chiara, Orsolina und vor allem Bice, die es als Erste zugelassen hatte, dass ich ihr an die Brust fasste. Fast hätte ich mich wieder in sie verliebt, aber dann stieß doch noch ihr Freund zu uns. Ich warf mich in den Trubel und tanzte ausgelassen. Die Bar war verdunkelt, mit rotem Licht hatte Rado eine entrückte Atmosphäre geschaffen, und Daniel legte unsere Lieblingsplatten auf. Geladene Gäste bezahlten nichts, und ich trank alles, was mir hingestellt wurde, gleichgültig, ob Wermut, Bier oder Rotwein.

Um ein Uhr war Sperrstunde, die letzten Besucher hatten sich bereits verabschiedet. Die Bar glich einem Schlachtfeld, Rados Mutter war längst in ihr Haus hochgegangen, und es würde Rados Aufgabe sein, den Laden wieder auf Vordermann zu bringen. Ich wollte ihm helfen, aber er winkte ab.

»Lass nur. Die Spuren eines solchen Fests sollte man nicht vorschnell beseitigen. Komm!«

Er bestand darauf, mich nach Hause zu begleiten. Ich hatte keine Scheu, ihm auf unserem Weg den Arm um die Schultern zu legen. So taperten wir durch die mondhelle Nacht hinüber nach Zerlano. Unten im Tal funkelten die Lichter; auf dem Berg gegenüber sah man, wie sich kegelförmige Autoscheinwerfer die Serpentinen hocharbeiteten. Die Luft war frisch. Auch die Sommernächte in unserer Gegend waren lind und meist klar, wie sehr auch die Sonne untertags heruntergebrannt haben mochte, denn von oben aus dem Wald sickerte würzige Kühlung herunter. Natürlich wurde ich wehmütig, weil ich nun von hier wegmusste, und so betrachtete ich alles mit einem besonders liebevollen Blick.

Der Weg hatte meinen Kopf durchgelüftet. Plötzlich verspürte ich das Bedürfnis, noch hochzusteigen, mich oben am Wald auf die Bank zu setzen und meinen Abschiedsgedanken hinzugeben. Ich sagte daher Rado, er könne jetzt umkehren. Er wollte jedoch nichts davon wissen, so als sei es ein strikter Auftrag, mich zu Hause abzuliefern. Um des Friedens willen ging ich darauf ein, war aber fest entschlossen, sobald er sich auf den Rückweg gemacht hatte, meinen Marsch nach oben anzutreten. Ich blieb an der Tür stehen, klopfte nicht, klingelte nicht, machte auch kein Licht, sondern winkte ihm und verschwand nach einer Weile hinter dem Haus, um den Hang hinaufzusteigen und mich auf der Bank niederzulassen.

Ich war in mich versunken, hatte allen Zeitsinn verloren und wüsste nicht zu sagen, wie lange ich dort oben auf der Bank saß. Aber ich erinnere mich genau, dass ich die Kirchturmspitze von Schlans im Blick hatte, als es nicht weit davon einen heftigen Schlag tat. Die braungrauen Natursteinwände leuchteten taghell in kurzem Widerschein auf, dann stieg eine Wolke aus Rauch und Staub in den klaren Nachthimmel. Mir war sofort klar, hier hatte es eine Detonation gegeben.

Die wildesten Befürchtungen um Rado schossen mir durch den Kopf. Ich rannte den Weg hinunter, als gelte es mein Leben. In Schlans läutete die Glocke, Feuerwehr und freiwillige Helfer liefen zusammen und arbeiteten Hand in Hand. Das Feuer konnte schnell gelöscht werden. Aber meine Ahnungen trafen zu. Als ich eintraf, stand ich vor den rauchenden Trümmern der Bar Centrale.

»Wo ist Rado?«

Umstehende beruhigten mich, offenbar habe er schon im Bett gelegen. Tatsächlich traf er wenig später ein, verstrubbelt, mit einer Decke um die Schultern. Ich fiel ihm um den Hals. Seine Reaktion allerdings war befremdlich.

»Was machst du denn hier?«

鼠

Der Vorfall in Schlans erwies sich als mysteriös. Die Polizei hatte schnell herausgefunden, dass das Material der Sprengladung aus bekannten Beständen stammte, Zünder, Sprengstoff und Methode wiesen klar die Handschrift des BAS auf, auch handelte es sich bei der Bar Centrale um ein naheliegendes Ziel, einen Treffpunkt vor allem für Italiener. Allerdings war der BAS nicht mehr aktiv, die Kämpfer hatten sich zurückgezogen oder saßen Gefängnisstrafen ab. Eine politisch motivierte kollektive Planung schied aus. Wahrscheinlich hatte hier ein Einzelgänger zugeschlagen, der den Friedensschluss zwischen Südtirolern und Italienern hintertreiben wollte. Ein Zündler.

Wie selbstverständlich geriet ich in den Fokus der Ermittlungsbehörden. Meine Herkunft, meine Vergangenheit, die Kreise, die mich unterstützten, meine Anwesenheit am Tatort kurz nach der Explosion – alles fügte sich folgerichtig zu einem bekannten Muster zusammen. Dass man mich eine Woche später in Zerlano nicht mehr antraf, weil ich in Österreich war, machte mich noch verdächtiger. Alle Attentäter hatten, sofern sie sich bedroht fühlten, die Flucht nach Österreich angetreten und waren von Nordtirol protegiert worden. Ich besuchte jedoch schon die Hotelfachschule und bekam von der Aufregung um meine Person zunächst nichts mit. Erlacher rief an und setzte mich ins Bild.

»Ja, spinnen die denn?«, schrie ich.

Mir war zumute, als wolle man mich erdrosseln. Ich schnappte nach Luft.

»Schon grundsätzlich nicht! Glauben Sie, ich hätte vergessen, was mit meinen Eltern passiert ist? Und in diesem Fall noch weniger: Rado ist mein bester Freund, warum sollte ich seine Bar in die Luft jagen?«

»Pscht«, machte Erlacher. »Ist mir doch klar.«

Er überlegte, während ich versuchte, meine Fassung wiederzugewinnen.

»Es bleibt uns nichts anderes übrig, als dass du nach Zerlano kommst und dich stellst. Einen Haftbefehl gibt es schon.«

»Sofort?«

Erlacher schwieg.

»In einer Woche hätte ich ein paar Tage frei.«

»Gut, darauf kommt es jetzt auch nicht mehr an. Ich gebe denen Bescheid, dass du eine Aussage machen wirst.«

鼠

So kam es, dass ich auf der Bozener Polizeiwache in einer Zelle saß und auf meine Vernehmung wartete. Erlacher hatte mir einen Anwalt besorgt, weniger weil seine Hilfe das Verfahren gegen mich beeinflussen konnte, als vielmehr um zu verhindern, dass man mich bei dem Verhör zu hart anfasste. Allerdings hatten sich auch bei den Carabinieri die Zeiten geändert, eine *cura speciale* gab es nicht mehr. Die Stunden in der Zelle waren, als würde ich für meine Eltern eine Messe lesen, in der alles noch einmal auflebte. Insbesondere dies: Ihr Mut, ihre Angst und ihre Opferbereitschaft. Sie rückten mir ganz nah, und zum ersten Mal verstand ich, weil ich es am eigenen Leib verspürte, wie es ihnen ergangen sein musste. Ich schloss die Augen und versuchte, ihr Bild heraufzubeschwören. Vater trug seine Sonnenbrille und hatte den Hut ins Gesicht gezogen; Mutter war elegant und schön und hatte sich bei ihm untergehakt. So zogen sie an mir vorbei, winkten mir zu. Sei vorsichtig, pass auf dich auf!, sagten sie.

Endlich wurde ich abgeholt und machte eine umfangreiche Aussage, erzählte alles genau so, wie es stattgefunden hatte. Der Beamte ließ die ausgestreckten Finger seiner Hände ineinandergleiten.

»Für mich passt das alles zusammen«, sagte er. »Die Fakten greifen wie Zahnräder. Diese Häufung von Zufällen: ausgerechnet der letzte Abend! Sprengstoff, Methode, Ihre Anwesenheit ... Ich glaube, das Entscheidende ist nicht, was Sie uns erzählt, sondern was Sie uns verschwiegen haben.«

Er zog seine Uniformjacke glatt und wandte sich an den Anwalt.

»Ich empfehle ein rückhaltloses Geständnis.«

Da war sie wieder, meine Schuld und die Aufforderung,

endlich diese Existenz anzunehmen, mich zu bekennen und zu erleichtern. Manchmal schien es mir vollkommen gleichgültig, was ich beichtete. Der Akt selbst war das Wesentliche, nicht die Tat, für die man sich verantwortlich erklärte. Vielleicht hätte ich ja auch ein Geständnis abgelegt und wäre damit in die Fußstapfen meiner Eltern getreten, wenn nicht draußen vor der Tür Geschrei und Aufruhr entstanden wäre.

Rado stürzte herein, hinter ihm ein Polizist, der ihn festzuhalten und wieder hinauszuzerren versuchte. Rado riss sich immer wieder los und stieß ihn weg.

»Was soll das?«, rief er. »Der war es gewiss nicht.«

Der vernehmende Beamte zog die Augenbrauen hoch.

»Ich kann eine Aussage dazu machen.«

»Bitte sehr!«

Er wies ihm einen Stuhl. Rado begann sofort mit seinen Schilderungen, erzählte von unserer Freundschaft, dem Fest, wie er mich nach Hause brachte, weil ich zu viel getrunken hatte, dass er mich gewissermaßen im Bett ablieferte, ich sofort eingeschlafen sein müsse, ein Anschlag in dieser kurzen Zeit auch nicht durchführbar gewesen sei, die Anwesenheit am Tatort nur Besorgnis um ihn gewesen sein könne.

»So dumm, Commissario, kann doch niemand sein und nach dem Anschlag vor der Tür stehen bleiben, oder?«

Ich war gerührt, mit welcher Entschlossenheit sich Rado für mich in die Bresche warf. Andächtig hörte ich zu; die Gefühle, die mich bewegten, waren wichtiger als der Inhalt seines Berichts. Der Beamte stellte verschiedene Nachfragen, die Widersprüche in unseren Aussagen waren ihm keineswegs entgangen: Wer war nun betrunken, Rado oder ich? Schlief ich, oder saß ich oben auf dem Berg? Wie konnte ich es so schnell bewerkstelligen, von Zerlano nach Schlans zu gelangen? Aber den Kernpunkt dieser Aussage verstand er ebenso gut wie ich: Wir beide waren so enge Freunde, dass

216

einer den anderen selbst um den Preis einer Lüge heraushauen wollte. Logischerweise würde ich einem solchen Freund nie eine Sprengladung in seine Bar legen, logischerweise war ich deshalb kein Feind der Italiener und hatte somit kein zwingendes Motiv.

Wir verließen zusammen die Wache, bald danach wurde das Verfahren gegen mich eingestellt. Damals war ich über Rados Freundschaftsbeweis glücklich, später sah ich seinen Einsatz mit anderen Augen. Die polizeilichen Ermittlungen blieben ergebnislos. Man hatte vermeintlich ein Profil des Täters, konnte aber seine Identität nicht ermitteln. Die Versicherung trat für den Schaden ein, zusätzlich bewilligte der Staat eine großzügige Beihilfe, denn eine gesprengte italienische Bar war eine klaffende Wunde in einer sonst befriedeten Region, die sofort und nachhaltig geschlossen werden musste. Bald erhob sich da, wo die Bar Centrale gestanden hatte, der Gurschler-Wirt in neuem Gewand, ein elegantes modernes Hotel mit Restaurationsbetrieb, das, zumindest zu einem großen Teil, Rado und seiner Familie gehörte. Dies war nur der Anfang, Rado bewies bei allen geschäftlichen Unternehmungen eine glückliche Hand, kaufte dazu, baute aus und hatte, niemand wusste, wie und woher, Finanziers im Rücken, die ihm diese Expansion ermöglichten.

鼠

Zunächst aber stand ich nach Abschluss der Hotelfach-schule voller Bewunderung vor dem Neuen, das Rado in Schlans geschaffen hatte. Dass er, bei den Aussichten, die dem Tourismus in unserer Region bescheinigt wurden – Jahr für Jahr stiegen die Besucherzahlen –, das Richtige gemacht hatte, lag auf der Hand, und nach dem, was ich während meiner Ausbildung gelernt hatte, musste ich Ähnliches versuchen, um vom Fleck zu kommen. Im Prinzip waren meine Voraussetzungen besser. Die Pension Santer hatte einen Ruf, sie war ein solides, gemütliches Haus, denn Vater hatte nicht wenig Mühe aufgewandt, sie zu vergrößern und auszubauen.

Mein Problem war das Geld. Mir gegenüber zeigte sich die Bank jedoch alles andere als entgegenkommend; offenbar war meine Familie nach wie vor mit einem Makel behaftet. Was blieb, war ein Höchstmaß an Eigenleistung und Abmachungen mit den örtlichen Handwerkern, mir einen Kredit zu gewähren, indem sie mir die Bezahlung ihrer Arbeiten stundeten. Das funktionierte; hier war man gerade wegen meines Namens bereit, mir unter die Arme zu greifen, jedenfalls die, die früher mit dem BAS sympathisiert hatten. Zudem half mir, dass auch ich nachgiebiger und weniger abweisend geworden war. Ich ordnete mich in Zerlano ein, hockte mich zu den Leuten an den Tisch und wurde Mitglied des Musikvereins, der einen Allrounder wie mich gut gebrauchen konnte.

So gingen die Jahre ins Land, hieße es im Märchen. Aber es lohnte sich, die Pension Santer wuchs zu einem stattlichen Haus, das ich mit Stolz in Hotel Santer umtaufte. Zu Anfang war ich für alles zuständig, ich kochte, putzte, war Portier und Zimmermädchen, unterstützt jedoch von der unermüdlichen Tante Maria Gabrielli, die auch mir zur Seite stand. Später stellten wir Saisonkräfte ein, die in drangvollen Zeiten mithalfen. Ein Übriges taten Erlacher, Wolfsgruber und die verbliebenen Freunde meiner Eltern, die konsequent die Wirtschaft besuchten und am Stammtisch saßen. Für sie richtete ich einen Abend ein, an dem es frisch zubereitet *Bollito misto con salsa verde* gab, Erlachers Leibspeise. Seine Anwesenheit half. Auch Gemeinde- und Vereinssitzungen wurden bei mir abgehalten, Hochzeiten, Taufen und Geburtstagsfeiern schanzte er mir zu – ich hatte ein auskömmliches Geschäft.

Auch mit Rado war ich in bestem Einvernehmen, Anfragen, die auf eine Luxusunterbringung mit Schwimmbad, Sauna und Fitness aus waren, leitete ich zu ihm um. Er schickte Kunden zu mir, die an einem gemütlicheren Haus interessiert waren, und wenn er bei Tagungen keine Zimmer mehr anzubieten hatte, schickte er die Gäste ebenfalls zu mir.

Dann kam jenes Wochenende, das unsere Beziehung von Grund auf veränderte.

»Wie ist es mit dir?«, fragte er am Telefon. »Begleitest du mich nach Madonna di Campiglio? Zwei Tage Skifahren, ausspannen – das täte Herren mittleren Alters wie uns doch mal wieder gut!«

Maria laborierte an einer verschleppten Grippe; sie allein zu lassen, war nicht zumutbar. Die Arbeit wuchs uns derartig über den Kopf, dass ich, über ein paar Saisonkräfte hinaus, die als Zimmermädchen, Kellner oder Küchenhilfe einsprangen, eine qualifizierte Kraft für die Verwaltung suchen musste. Ich hatte ein Schild mit dem Stellenangebot aufgestellt, aber in diesen Zeiten fand sich niemand, der sich dafür interessiert hätte. Angesichts unserer bedrängten Situation sagte ich schweren Herzens ab. Rado und ich waren gute

Wintersportler, draußen zu sein, mich zu bewegen, die Sonne zu genießen – all das fehlte mir. So machte er sich allein auf.

Montag früh kam er zurück und ließ es sich nicht nehmen, kurz bei mir vorbeizuschauen.

鼠

Ich saß am Empfang und prüfte die Reservierungen, als es draußen zweimal hupte. Typisch Rado, am liebsten hatte er es, wenn man ihn schon am Eingang in Empfang nahm.

»Was ist«, rief ich, »brauchst du einen roten Teppich, oder kommst du auch so auf einen Sprung herein?«

Rado stand am offenen Schlag und winkte herauf. Da sah ich, wie sich die Beifahrertür öffnete und eine Frau ausstieg. Meine erste Reaktion war Abwehr. Er hat sich, so dachte ich, wieder mal eine Frau aufgerissen. Dann standen sie vor mir.

»Laura, das ist Luis, mein bester Freund.«

Es traf mich mit unerwarteter Heftigkeit, aber schon als wir uns die Hand gaben, war ich in Laura verliebt. Ich vermutete noch nie romantische Anlagen in mir, ich mochte keine Damen, sondern eher kumpelhafte Frauen wie Bice, unternehmungslustig, sportlich, fröhlich und hilfsbereit. Allerdings empfand ich auch bis dahin noch keine meiner Beziehungen als verbindlich. Ich war mit meinen Bekanntschaften eine Weile zusammen, wir verbrachten eine gute Zeit, dann trennte man sich in aller Regel einvernehmlich. Einen solchen Eindruck wie Laura hatte noch keine auf mich gemacht. Dabei entsprach sie körperlich nicht dem, was ich für meinen bevorzugten Typ hielt: Sie war groß, langbeinig, schmal und eher blass. Das lange dunkle Haar bildete einen Kontrast zu dem hellen Teint und verstärkte den Eindruck ihres Blicks, der Tiefe verriet. Nichts an ihr war spielerisch oder gar kokett, auch kleine Gesten schienen bedeutsam. Dass ich sie nicht entziffern konnte, verstärkte meine Hinwendung. Hinter der Oberfläche ihrer Erscheinung ruhte ein Geheimnis. Diese Frau stellte ein Rätsel dar, das ich zu meinen Gunsten auflösen wollte.

Liebe, so heißt es, sei ein Mysterium, deshalb ist nichts alberner und aussichtsloser, als sie in eine Beschreibung zwingen zu wollen. Der Verliebte leidet von Anfang an und täte gut daran, sich ein Gefühl für die eigene Lächerlichkeit zu bewahren. Über uns zu lachen, sind wir selten in der Lage, wenn die Liebe uns mit Gewalt ergriffen hat, deshalb begleitet uns die Empfindung einer Erniedrigung, man ist in tiefste Tiefen gestoßen und träumt von Höhenflügen, die einem nur dann zuteilwerden könnten, wenn man erhört würde. Wer von solchen Extremen heimgesucht wird, findet dazwischen keinen Platz für ruhige Vernunft. Die Phantasie lodert und entzündet fiebrige Vorstellungen und Wünsche.

»Ich habe Laura im Al Pino kennengelernt«, sagte Rado, »sofort losgeeist und abgeschleppt.«

»Nichts davon ist wahr, Luis, ich hatte dort bereits gekündigt und gepackt, als ich Rado traf. Er hat mich mit dem Versprechen geködert, mir einen neuen, besseren Job zu verschaffen.«

Rado packte das Schild, das auf dem Desk stand, und hielt es vor sich hin, als trüge er eine Reklametafel. *Hotel-Fachkraft für Verwaltung gesucht*, stand da, *Sprachkenntnisse erwünscht*.

»Ecco! Ein Superdeal für alle: Du hast einen guten Job, Luis seine Hilfe und ich die Frau, in die ich mich heftig verliebt habe.«

Er legte den Arm um sie. Laura lächelte ihn an und schmiegte sich an seine Seite. Ich wusste nicht, welche Voraussetzungen Laura mitbrachte, aber ich wollte unbedingt, dass sie blieb.

»Lasst uns etwas zusammen essen«, sagte ich, »dann können wir alles Weitere besprechen.«

Unser Arrangement fügte sich zwanglos, sie war ein Glücksgriff. Ich stellte Laura danach Maria vor, die von ihren Fähigkeiten und Erfahrungen ebenfalls angetan war. Wir vereinbarten, dass sie gleich morgen bei uns anfangen könne. Schließlich hakte Rado sie unter und zog sie zum Auto.

»Nur dass das klar ist: Laura wohnt bei mir.«

Üblicherweise brachte man Saisonkräfte im Haus unter, aber dass Laura nun auch nachts in meiner Nähe blieb, hatte ich nicht zu hoffen gewagt.

Laura machte gute Arbeit bei uns. Sie war genau, beweglich, aufmerksam und von einer Anteilnahme, die Gäste stets persönlich nahmen und daher schätzten. Ich strich wie ein Köter um sie herum und war zufrieden, mich in ihrer Aura aufhalten zu können. Meine Wahrnehmung war geschärft, alle Sinne waren auf sie ausgerichtet. Ich achtete auf jedes Detail, wie sie ihren Rock straffte, das lange Haar hinter das Ohr schob, den Ring an ihrer linken Hand. Ich roch sie und hätte sie mit geschlossenen Augen erkannt, musste mich aber immer wieder fast gewaltsam daran hindern, sie anzufassen, denn unsere Intimität war eine eingebildete, eine nur von mir geträumte. Nachts durchlebte ich eine fortwährende Leidenszeit; der Gedanke, dass sie und wie sie in Rados Bett lag, peinigte mich. Alle Dämonen der Eifersucht suchten mich heim und quälten mich mit ihren Instrumenten. Um vier Uhr früh war es am heftigsten. Oft stand ich auf und trank noch ein Glas Rotwein, um wieder ein wenig Schlaf zu finden. Tagsüber fielen Müdigkeit und alle schlechten Gefühle von mir ab, sie war wieder in meiner Nähe. Zudem hatte mich die Natur mit einer robusten Konstitution ausgestattet, ich vertrug einiges.

Ob sie mich als einen liebeskranken Menschen wahrnahm, weiß ich nicht, aber deutlich wurde, wie sehr sie Rado zugetan war und wie wenig Interesse sie über den freundlichen Umgang im Alltag hinaus an mir zeigte. So kam es, dass ich vor allem nachts gefährliche Phantasien ausspann. Ich beschwor den Geist meiner Mutter herauf, bat sie, mir zu helfen, um Laura zu gewinnen, versuchte mit kranker Energie, eine Art Pakt mit dem Übersinnlichen zu schmieden. Wäre einer gekommen, hätte sich als Teufel zu erkennen gegeben und versprochen, mir Laura zuzuführen, ich wäre zu jedem Preis bereit gewesen.

Eine Beichte hätte mir wirklich gutgetan, wenn nicht bei Erlacher, so doch bei einem Psychologen.

Es war eine Zeit voll Freud und Leid. Meine Hoffnungen entzündeten sich an kleinen Zuwendungen und sanken wieder in sich zusammen, wenn sie mit hochgestimmter Erwartung hinüber nach Schlans ging. Natürlich gewährte ich ihr alle möglichen Vergünstigungen, seien es wenig Nachtdienste, sei es ein Wochenendbesuch bei ihrer Mutter oder – auch dies! – eine kleine Reise mit Rado.

Erlachers Schilderungen von den Versuchungen, denen der Einsiedler Antonius in der Wüste ausgesetzt war, kamen mir in den Sinn. Wer sich ständig gegen seine Begierde und seinen inneren Drang zur Wehr setzen muss, bezahlt dafür mit ausufernden Phantasien, in denen jeder noch so kleine Reiz in ein verlockendes Bild umgesetzt wird. Lag ich nachts auf dem Bauch, träumte ich, ich hätte sie unter mir; krallte ich mich in mein Federbett, hielt ich sie in den Armen. Aus Alltagsgegenständen wurden Körperteile, aus Silhouetten hinter Milchglas nackte Frauen. Ich erlebte eine Hölle, die mich jedoch nach und nach, so hoffte ich jedenfalls, ein Stück weit abstumpfte und mich für Lauras Reize unempfindlich machte. Tatsächlich bildete sich nur eine dünne, zerbrechliche Kruste.

Meine Tante Maria bemerkte meine Unrast in dieser Zeit. Besorgt erkundigte sie sich, ob mit mir alles in Ordnung sei. Stress, sagte ich, weil man das anführen konnte, ohne weitere Nachfragen befürchten zu müssen. Sie meinte, ich solle Yoga lernen, es könne mir helfen, die innere Balance zu wahren. Auch ihr zuliebe fand ich mich daher einmal wöchentlich bei einem Lehrer ein. Er fragte nichts, aber zeigte mir Übungen, die mir halfen, mich abzulenken und meine Zerrissenheit zu lindern. Manchmal überkam mich dennoch ein Herzrasen. Ich geriet in einen Angstzustand, aus dem ich mir nur mit reichlich Rotwein heraushelfen konnte. Deshalb brachte er mir drei Griffe bei, mit denen sich solche Anfälle bewältigen ließen: Druck mit dem Daumen unter die Kinnspitze, dasselbe am Ende des Brustbeins und schließlich an den Knien das Ertasten und Bearbeiten der Punkte des *göttlichen Gleichmuts*.

Die Sommersaison neigte sich langsam ihrem Ende zu, verabredungsgemäß sollte Laura im Herbst ausscheiden. Vielleicht war es besser so. Wenn sie erst weg wäre, könnte ich sie leichter vergessen. Dann aber kam jener Abend, der alles über den Haufen warf.

鼠

Es war bereits dunkel geworden, als zwei fröhliche junge Frauen unser Restaurant betraten: Amelie und Luna, wie sich später herausstellte. Sie fragten nach Laura. Als sie dann zusammentrafen, fielen sie sich um den Hals, die drei waren enge Freundinnen. Laura stand ohnehin kurz vor ihrem Feierabend, wir hatten kaum mehr Betrieb bei uns oben, und so war es kein Problem, dass sich die Frauen an einem Tisch zusammensetzten, aßen, tranken und sich angeregt unterhielten. Sie orderten Rotwein, und es wurde zunehmend lustiger. Dazu kam dann noch eine Flasche Prosecco, als Amelie mit der Nachricht herausrückte, dass sie in Kürze heiraten werde. Noch nie hatte ich Laura so unbeschwert plaudern gehört. Die drei steckten ihre Köpfe zusammen, Amelie zeigte Fotos, und als einer der Burschen aus Zerlano sich dazusetzen wollte, erteilten sie ihm unter großem Gelächter eine solche Abfuhr, dass er sich verstört an einen weit entfernten Tisch zurückzog. Amelie und Luna verabschiedeten sich erst kurz vor der Sperrstunde, eigentlich stand das Lokal nur noch wegen ihnen offen. Als sie weg waren, bemerkte auch Laura, dass ich mich für sie und ihre Freundinnen zur Verfügung gehalten hatte. Sie half mir, das Restaurant für den morgigen Tag in Ordnung zu bringen. Ich wollte gerade das Licht löschen und absperren, da trat sie an mich heran.

»Luis, vielen Dank, dass du uns heute Abend eingeladen hast. Überhaupt …«

In ihrem immer noch animiert geröteten Gesicht zeigte sich fast ein wenig Rührung.

»… bist du der beste Chef, den ich je kennengelernt habe. Ich weiß gar nicht, womit ich das verdient habe.«

Sie wandte ihr Gesicht nach oben zu mir, und ich konnte

gar nicht anders, als sie in den Arm zu nehmen. Sie lehnte an meiner Brust, vorsichtig, ein wenig ungläubig musterte ich sie, hob sie an ihrem Kinn mir entgegen und küsste sie. Sie ließ es mit sich geschehen.

Sie ließ es mit sich geschehen. Traurigerweise konnte man auch nicht mehr über das sagen, was dann folgte. Für die Liebe ist eine solche Haltung viel zu wenig, für die Leidenschaft ist die Duldung oftmals ausreichend. Ich verhielt mich wie einer, der nach einer Wüstendurchquerung endlich an einer Oase angelangt ist. Wahrscheinlich war es einfach so, dass sie diesem Ausbruch nichts entgegenzusetzen hatte und sich von meinen Gefühlen überfahren ließ.

Wir lagen in dem Zimmer, in das ich mich auch tagsüber manchmal kurz zurückzog, im Bett. Ein schmaler Mond stand am Himmel und schickte ein spärliches Licht herein, Laura hatte sich in das Laken vergraben und schluchzte leise vor sich hin.

Da wurde mir klar, was ich angerichtet hatte.

鼠

Müssen solche Geschehnisse tatsächlich erinnert werden? Ich neige dazu, sie als Schande zu empfinden, obwohl sie das vermutlich nicht sind. Laura erlebte einen schwachen Moment. Sie gab sich nicht mit Leidenschaft hin, war aber neugierig zu sehen, was passierte und wie weit ich gehen würde. Reue ist im Text unseres Lebens ein Radiergummi; sie möchte etwas ungeschehen machen. Diese Regung kommt aber immer zu spät, sie ändert nichts an der Tat, nur am Selbstbild danach.

Ich schlüpfte in meine Hosen und stellte mich am Fußende des Betts auf.

»Es tut mir unendlich leid, Laura. Nicht, dass ich es getan habe, ich liebe dich und habe wochenlang darauf gewartet, aber ich bedaure, dass du es vielleicht nicht gewollt hast.«

Laura sagte nichts und zog sich an. Das Haar hing ihr ins Gesicht, ich konnte nicht erkennen, was sie bewegte und sich darin abspielte. Ich half ihr in den Mantel und brachte sie nach draußen. Es war dunkel, herbstfeucht und kalt. Mit dem Wagen brachte ich sie hinüber nach Zerlano. Sie stieg aus, warf die Tür hinter sich zu und ging in den Gurschler-Wirt. Wieder einmal war ich mit mir allein.

Natürlich meldete sich in den nächsten Wochen niemand bei mir, auch Rado nicht. Ich wusste nicht, ob sie sich ihm eröffnet hatte oder er, durch Lauras spätes Eintreffen beunruhigt, schon etwas ahnte. Ich hockte in Zerlano in meinem leeren Hotel und brütete vor mich hin wie ein Schwerverbrecher in einer Zelle. Appetit verspürte ich kaum, aber ich trank zu viel. Endlich packte mich ein Überdruss an dieser dumpfen Trauer, und ich machte einen Plan, welche Renovierungen vorgenommen werden mussten, telefonierte mit den Handwerkern, besorgte Material und nahm Malerarbeiten in Angriff.

Wir standen mitten im November, bald würde die Wintersaison beginnen, und ich war mit meinen Aufgaben auf einem guten Weg. Das Telefon klingelte, und ich spürte etwas in der Luft liegen, als ich den Hörer abnahm.

»Hier ist Laura. Ich muss mit dir reden.«

Ich wäre überallhin gefahren, um sie zu treffen, sogar zum Gurschler-Wirt, aber sie bestand darauf, zu mir zu kommen. Dann traf sie ein, blass und schön, wie ich sie kennengelernt hatte. Schon ihr Anblick machte, dass ich mich wie ein waidwundes Tier fühlte. Sie legte ab, nahm einen Tee und nannte ohne Umschweife den Grund ihres Besuchs.

»Ich bekomme ein Kind von dir.«

Sprachlos saß ich da. Mir war, als würden sich Körper und Seele von mir trennen. Sie hob sich empor, ging auf eine Reise und blickte auf Luis Santer herab, der wie scheintot am Tisch saß und auf seine Hände starrte.

»Ich bin so erzogen, dass eine Abtreibung für mich nicht in Frage kommt.«

Körperlich mag es viele Anzeichen geben, was einen Toten von einem Lebenden unterscheidet. Seelisch ist es der Wille, gleichgültig wie tief oder oberflächlich er sich äußern mag, als Lebensantrieb oder eben nur als Bitte um das Herüberreichen des Salzstreuers. Ich fasste sie an beiden Händen, sie waren überraschenderweise warm.

»Laura, du bist die Frau, die ich mir immer gewünscht habe. Für mich gibt es daran nicht den leisesten Zweifel. Bitte heirate mich, ich will alles dafür tun, dass es dir und unserem Kind gutgeht.«

Zum ersten Mal spürte ich, wie sie sich mir gegenüber öffnete. Es war, als würde sie mir nicht nur in die Augen sehen, sondern mich endlich erkennen.

»Du weißt, was Rado mir bedeutet, auch wenn er sich nun mit Sicherheit von mir abwenden wird?«

Ich nickte.

»Und du willst das trotzdem?«

»Unbedingt.«

»Ich brauche Zeit, darüber nachzudenken, aber ich danke dir dafür, dass du es ernst meinst.«

Wir umarmten uns, dann ging sie.

鼠

Drei Wochen später heirateten wir. Erlacher vollzog die
Trauung auf eine angenehm sachliche Weise. Er wusste zwar
die Hintergründe unserer Entscheidung nicht zu deuten,
spürte aber, dass er eine besondere Verbindung schloss, in
der es vor allem auf den Bund ankam, den zwei miteinander
schlossen, sich zu achten und zu unterstützen. Die Zeremonie fand an einem Werktag statt, weder Schützen- noch
Musikverein marschierte auf, auch keine Blumen streuen-
den Brautjungfern gingen vor uns her. Die Hochzeit blieb
auf das Wesentliche beschränkt, auf das Wort: die Predigt
Erlachers und die Fürbitten einiger Freunde. An dem Fest
hinterher konnte jeder teilnehmen; das Lokal stand allen offen, wer mit uns feiern wollte, durfte essen und trinken, solange er wollte.

Natürlich war Rado nicht gekommen. Wir hatten auch
seither nicht mehr miteinander geredet, das war nicht not-
wendig. Ich spürte auch so, dass unsere enge Verbundenheit
in Hass und Feindschaft umgeschlagen war. Diese Haltung
war ihm nicht zu verdenken. Wir waren über Jahrzehnte
hinweg unseren Weg gemeinsam gegangen; als es wirklich
um etwas ging, hatte ich eine Entscheidung ausschließlich zu
meinen Gunsten getroffen. Ich war nicht fähig gewesen, an
ihn zu denken und sein Glück unangetastet zu lassen.

Und was hatte ich mir mit meinem brachialen Vorgehen
eingehandelt? Eine Vernunftheirat. Dergleichen war bei uns
nicht unüblich, wenn es darum ging, Familien, Höfe oder
sonstige Besitzungen zusammenzubringen. Diese wurde geheiratet, weil sie eine gute Bäuerin war, jene verstand etwas
vom Weinanbau, und eine andere beherrschte das Gastrono-
miegeschäft. Bei uns oben war das ein Überlebensprinzip:

Wer sich vereinzelte und nicht mit anderen zusammentat, stand auf verlorenem Posten.

Wenn ich zuvor in meinen Gedanken und Phantasien die Höhenflüge der Liebe kennenlernen durfte, so war ich nun auf einem Boden gelandet, der einem alten Ehepaar gut angestanden hätte. Eine Beziehung auf der Grundlage von Verlässlichkeit und Respekt.

Die Leidenschaft war verschwunden, besser gesagt: Sie kam nie auf. Laura und ich mochten uns, sie arbeitete im Hotel Santer gut mit. Vor allem aber trug sie ein Kind aus, das unsere Beziehung im wahrsten Sinne des Wortes verkörperte. Im Sommer des darauffolgenden Jahres kam Bruna-Maria auf die Welt, wir nannten sie von Anfang an Bruni. Bruni war ein Glücksfall, eine Entschädigung für alles Krumme in unserem Verhältnis. Zu Anfang gehörte sie ganz Laura. Ich unterstützte sie, so gut ich konnte, stand nachts auf, wenn sie schrie, fuhr sie im Kinderwagen durch Zerlano, bis sie eingeschlafen war, schaffte zu jeder Stunde einen Arzt bei, wenn es ihr nicht gutging. Natürlich reifte auch die Zuneigung zwischen Laura und mir, weil sie sah, dass ich ein guter Vater und nicht bloß ein Abenteurer war.

Meine große Zeit als Vater kam mit dem Moment, als Bruni laufen gelernt hatte. Sie durfte überallhin mit mir. Ich fasste ihre Hand; sie tippelte wackelig los und gab die Richtung vor, um sich, von mir beschützt, in neue Bereiche vorzuwagen. Wir inspizierten zusammen Haus, Hotel, Lokal, Küche, Marias Büro und machten zum Abschluss einen Besuch bei Nero, dem schwarzen Riesenschnauzer, der neben der Rezeption in seinem Korb lag. Vorsichtig streckte sie ihm ihre Hand hin, und Nero schnüffelte daran. Wenn sie müde wurde oder sich Interessantes über ihrer Augenhöhe abspielte, nahm ich sie auf den Arm. Irgendwann landeten wir schließlich wieder bei Laura.

Sie gewöhnte sich so an das von mir begleitete Erkunden der Welt, dass sie mich kaum mehr allein losziehen ließ. Wann immer ich konnte und wohin ich auch ging, ich behielt sie bei mir. Wir spazierten durch den Wald, ich nahm sie in der Kraxe mit auf den Berg, selbst bei Besorgungen und Einkäufen wollte sie an meiner Seite bleiben. Bruni und ich hatten ein inniges Verhältnis, an dem Laura Freude hatte. Wahrscheinlich hatte sie selbst nicht zu hoffen gewagt, dass aus dieser Nacht ein solches Glückskind hervorgehen könnte.

Bruni war auch für unsere bergigen Verhältnisse frühzeitig gut zu Fuß, und noch bevor sie in die Schule kam, machten wir bereits kleine Wanderungen. Ihr Entdeckerdrang war kaum zu stillen. So kam es, dass wir uns an einem sonnigen Februartag zusammen zum Zerlan aufmachten. Eine so ausgedehnte Strecke war ihr nicht zuzumuten; deshalb fuhren wir mit unserem Geländewagen, der solche Straßen gut meisterte, zunächst den vorgelagerten Sattel hoch. Von dort aus stieg man in einer Stunde zur schneebedeckten Schlanskuppe auf, hinter der der Zerlan aufragte. Der gleißende Schnee, die klare Sicht und die frische Luft waren diesen Ausflug wert, und ich freute mich schon, mit Bruni zusammen den Rundumblick von der Kuppe aus zu genießen. Bei der Sattlerhütte trafen wir einen jungen Mann, der mit seinem Snowboard unterwegs war. Mir schien, dass er von der Piste abgekommen war. Tatsächlich hatte er das unberührte Schneefeld unterhalb der Kuppe ausgemacht und wollte es befahren. Als Einheimischer, der dem jungen Kerl ansah, dass er im Berg keinerlei Erfahrung hatte, gab ich ihm freundliche, aber klare Hinweise, wo er fahren könne und wohin er sich keinesfalls wenden dürfe. Er bedankte sich, und ich hatte den Eindruck, dass er meine Hinweise beherzigen würde.

Bruni und ich blieben noch eine Weile in der Hütte, natürlich kannte ich den Sattlerwirt, der meinen Eltern verbunden gewesen war und dort oben eine Jausenstation betrieb. Wir aßen und tranken, der alte Sattler setzte sich zu uns und erzählte, was Einheimische so erzählen: vom Wetter, von früheren Zeiten und vom Geschäft. Der Weg zur Kuppe sei gut, meinte er; dass man sich bei einem solchen Wetter nicht weiter oben im Hang aufhalten dürfe, wisse ich ja ohnehin.

Natürlich wusste ich das, aber als ich bemerkte, dass der Snowboarder Anstalten machte, oben den Hang zu queren, war es bereits zu spät. Immer wieder habe ich diese Situation durchgespielt. Ich kannte die Gefahren, hatte aber versäumt, mir mit dem Fernglas, das ich bei mir trug, einen Überblick zu verschaffen, ob sich jemand über uns aufhielt. Bruni und ich waren bereits ein gutes Stück auf dem Weg fortgeschritten, als ich den Snowboarder bemerkte. Ich schrie, er solle sofort stehen bleiben, packte Bruni und rannte mit ihr den Weg zurück. Da hörte ich über uns ein Grollen, der Hang bebte, wie Gischt stieg Schneenebel auf, und eine Lawine donnerte geradewegs auf uns herab. Ich wollte Bruni hochheben, sie auf die Arme nehmen, aber die anstürmenden Schneemassen rissen mir mein Kind aus den Händen. Ich verlor sie, strampelte und ruderte nun und versuchte, mich so an der Oberfläche des Abgangs zu halten. Bald jedoch drückte es mich nach unten, wirbelte mich herum, und ich wurde bewusstlos.

Als ich wieder zu mir kam, lag ich in einem Akia.

»Bruni«, schrie ich.

Der alte Sattler trat an den Akia heran, hob meinen Kopf und blickte mir fest in die Augen. Ein Dutzend Männer mit Stangen und Hunden arbeiteten sich schrittweise stapfend den Hang hoch.

»Wir tun alles«, sagte er, »das Menschenmögliche.«

Dann riss es mich erneut in das Dunkel der Bewusstlosigkeit. Mit hinüber nahm ich einen bohrenden Schmerz, der mich nie wieder verlassen sollte: Ich hatte mein Kind für immer verloren.

鼠

Blutspuren im Schnee, ich mit Pickel oder bloßen Händen im Schnee wühlend, Bruni, die mir zuwinkt und hinter einer Bergkuppe verschwindet – solche Träume suchten mich jede Nacht heim. Ich konnte sie nicht vergessen.

Laura war wie von Sinnen. Sie schrie und tobte tagelang. Die Wucht ihrer Gefühle drückte mich nieder, denn sie machte mich für den Tod unserer Tochter verantwortlich. Bruni war ein Kind, sie vertraute mir, ich hatte daher für alles einzustehen. Rückblickend betrachtet, gab es Warnungen, die ich vielleicht hätte deuten können. Erlacher predigte am Sonntag zuvor über die Versuchung des Hiob, der sich in Demut allem Leid fügte, das ihm angetan wurde: *Der Herr hat es gegeben und hat es wieder genommen.* Mit dieser Haltung kam ich nicht überein. Wir verfügten doch über Hände, wir konnten etwas gestalten und mussten uns nicht mutlos dem Schicksal beugen. Offenbar hatte man mir den Widerstand dagegen nicht verziehen. Maria fuhr für ein paar Tage zu ihrer Verwandtschaft; als sie das Kind in den Arm nahm, wurden ihre Augen feucht. Auch Laura kam noch einmal aus dem Haus, als wir aufbrechen wollten, und sagte, wir sollten vorsichtig sein. Bruni drehte sich auf ihrem Kindersitz um und winkte ihr lange zum Rückfenster hinaus. Den Pfad, der ins Verderben führt, säumen Zeichen und Vorbedeutungen.

In einem stillgelegten Kamin, eingewickelt in Tücher und Ölpapier, lag eine Pistole samt Munition, die noch von Vater stammte. Eine ganze Nacht lang saß ich da, hielt Zwiesprache mit ihr, bis ich mich endgültig dazu durchrang, mich umzubringen. Der Verlust von Bruni gab meiner ohnehin schon schuldbeladenen Existenz handgreiflichen Ausdruck. Es war gegen vier Uhr morgens, ich hatte zwei Flaschen Rotwein geleert und schritt nun zur Tat. Etwas zu bekennen oder schriftlich zu hinterlassen, gab es nicht. Mein Selbstmord stand für sich, die Gründe waren für jeden nachzuvollziehen.

Dann in einer von der Wirklichkeit nicht zu unterscheidenden Vision saß plötzlich Vater auf der Ofenbank im Eck. Er lupfte seinen Hut, und ich sah an Stirn und Schläfe die Schusswunden, die ihm Kappler zugefügt hatte. Schließlich öffnete er das Hemd und wies auf den dritten Einschuss. Er war dabei von einer seltsamen Gelöstheit und Heiterkeit, die auch mich erfasste und mir wie ein Versprechen schien, weil ich nun bald alles hinter mir gelassen haben würde. Ich streckte die Hand nach ihm aus, spürte jedoch einen leichten Schlag auf die Finger. Erschrocken wachte ich aus meinem träumerischen Sinnieren auf und bemerkte, dass mir das Kinn auf die Brust gesunken war.

Ich lud die Pistole mit drei Patronen, kroch hinter den Ofen, so dass ich mich auf die Holzkiste setzen konnte. Das Blech darunter war leicht zu reinigen. Wenn ich mein Blut vergoss, würde ich Maria so am wenigsten Arbeit machen. Dann zog ich mir den Eimer über den Kopf, steckte den Lauf in den Mund und drückte ab. Der Hahn klickte, der Bolzen schlug auf die Patrone, aber nichts passierte. Wieder drückte ich ab, auch diesmal ohne Erfolg. Die Munition war offenbar schadhaft geworden, man verweigerte mir den Tod. Ein Ritter von trauriger Gestalt hockte mit übergestülptem Blecheimer auf der Holzkiste; vielleicht hatte Vater in seiner Heiterkeit diesen Anblick vorweggenommen.

Ich rappelte mich hoch. Wer war ich nun? Einer, der dem Letzten ins Auge geblickt hatte, aber wieder zurückgeschickt worden war: ein Untoter. Zum Tod habe ich seither ein spezielles Verhältnis, wir kennen uns, er treibt gerne seine Späßchen mit mir, vor allem weiß ich, er kommt, wann er will, und nicht, wann wir wollen.

鼠

Bald nach der Beerdigung von Bruni war Laura verschwunden. Sie ging, wie mir zugetragen wurde, dorthin zurück, wo sie hergekommen war: zu Rado. Ich tat zunächst einmal nichts. Oftmals führt der zeitliche Abstand zu einer gerechteren Bewertung des Geschehens. In Zerlano wurde über mich getuschelt, die Männer vor allem wollten nicht einsehen, dass ich mir einfach die Frau wegnehmen ließ. Sie hätten viel Verständnis dafür gehabt, wenn ich mit der Flinte in der Hand hinüber nach Schlans gegangen wäre. Aber ich hatte ja dasselbe getan, und eine kirchlich-behördlich legitimierte Verbindung war nicht höher zu schätzen als eine andere Beziehung. Außerdem hatte ich mich nun doch auf das Dulden verlegt. In die Haut des Hiob zu schlüpfen, tat mir gut, half und schuf einen Ausgleich zu meiner inneren Zerrissenheit.

Geblieben war mir Nero, der unter dem Verlust zu leiden schien. Immer wieder kratzte er an der Tür, wo Lauras Büro gewesen war, lief zu dem Zimmerchen, in dem wir Bruni untertags schlafen gelegt hatten, und winselte. Täglich machte ich einen Spaziergang mit ihm. Da ich mit niemandem reden konnte, versuchte ich mich an anderen Ausdrucksformen. Ich ließ einen Gedenkstein nach oben schaffen und am Weg aufstellen, *Für Bruni*, versehen mit ihren Lebensdaten. Danach wurde mir rasch klar, dass dieses Monument zu nichts anderem gut war, als meinen Schmerz zu dokumentieren. Solche Erinnerungstechniken sind eigentlich Versuche, Erlösung im Vergessen zu finden. Man tauscht den Verlust einer Person in Erde, Blumen, Bilder und Steine ein und schichtet ihren vermeintlich verbliebenen Geist so lange um, bis er sich endlich im Ersatz vom Ersatz verflüchtigen kann. Dann kehrt Ruhe bei uns ein.

Eines Tages wurde mir von einem Bozener Notar eine Scheidungsvereinbarung zugestellt. Darin beanspruchte Laura nichts außer der Auflösung unserer Ehe. Eigentlich hatte ich nichts dagegen einzuwenden. Wie hätte ich sie schon bei mir halten können? Ich wollte sie jedoch sehen und sprechen. Der Notar meldete sich telefonisch und annoncierte, dass ich seiner Mandantin keine Bedingungen zu stellen hätte. Ich solle unterzeichnen, alles Weitere werde man sehen. Also unterzeichnete ich und bat erneut um ein Treffen. Nie mehr in ihrem Leben, so ließ mir Laura ausrichten, wolle sie mir begegnen.

Durch ihre Ablehnung verstand ich, wie sehr ich an das Wort glaubte. Viele meinen, dass Worte nur das verdoppeln können, was ohnehin schon geschehen ist. Aber erst im Gesprochenen entsteht unsere Welt. Ohne das Benannte, ohne Bedeutung würden wir als Wesen vegetieren, denen das Leben wie ein stummer Zwang widerfährt. Ereignisse an und für sich sind nichts. Wenn wir darüber reden, vervielfältigt sich ihre Bedeutung; so viel Köpfe, so viel Sinn, pflegte meine Mutter zu sagen. Nichts ist eindeutig. Was passiert, lässt sich immer unterschiedlich verstehen.

In jedem noch so aussichtslosen Gesprächsversuch steckt die Sehnsucht, den anderen zu verstehen und selbst verstanden zu werden. Rado hatte ich seit jener Nacht, in der Bruni gezeugt worden war, weder gesehen noch gesprochen. Dennoch spürte ich stets seine Anwesenheit. Vielleicht war es mutig und folgerichtig, die direkte Aussprache mit ihm zu suchen.

Ich schrieb einen Brief. Erst einmal hörte ich nichts. Dann ließ mir Rado eine gemeinsame Wanderung vorschlagen, wir könnten uns nur auf neutralem Boden begegnen.

鼠

Ich wartete am Ortsausgang von Zerlano, wo Rado mich mit seinem Wagen abholte. Schweigend fuhren wir los. Rado hatte sich verändert. Sein schwarzes Haar war an der Seite vollständig grau geworden, sein Profil härter und sein Gesicht von scharfen Falten durchzogen. Zweifellos sah er immer noch gut aus; die Keckheit und Unbekümmertheit hatten sich jedoch verloren, seine Schläue schien nun mit Durchsetzungskraft gepaart. Er war inzwischen ganz auf die Seite seines Vaters getreten und wirkte auf mich italienischer, als ich ihn damals kennengelernt hatte, wo das elterliche Erbe in seinem Aussehen und Habitus noch ausgewogen verteilt war.

Wir hielten uns Richtung Meran. Wohin genau es gehen sollte, wusste ich nicht. Schließlich fuhren wir in das Passeiertal hinein, parkten hinter Saltaus und machten uns an den Aufstieg. Ich hatte diese Gegend schon lange nicht mehr besucht, zuletzt mit meiner Mutter, denn hier auf einer der Almen war mein Vater umgebracht worden. Die Erinnerung packte mich mit kalter Hand, unsere Wanderung begann wie ein Friedhofsbesuch. Um die Atmosphäre nicht zu belasten, behielt ich das bei mir. Rado darauf hinzuweisen, dass er den denkbar ungeeignetsten Ort ausgesucht hatte, wäre ein schlechter Beginn gewesen.

»Wie fangen wir an?«

Ich versuchte, mich vorzutasten, da er keine Anstalten machte, mich anzusprechen. Er ging einfach neben mir her, eine halbe Schrittlänge voraus, weil er es war, der die Richtung vorgab. Rado hielt die Hände in die Taschen seines roten Anoraks gesteckt, und der Kragen stand so hoch, dass ich kaum etwas von seinem Gesicht sah.

»Erzähl!«

Also begann ich mit ebenjenem Tag, als mich Rado mit Laura, von Madonna di Campiglio kommend, besuchte. Ich beschrieb, wie diese Frau mich von Anfang bewegt und meine Gefühle, ich sagte, gefangen genommen hatte. Mit Details sparte ich nicht, sondern versuchte, das ganze Elend der Verliebtheit, den Zustand zwischen Hoffnung und Verzweiflung wiederzugeben. Rado hörte unbewegt meinen Schilderungen zu; ob ich sein Herz erreichte, wusste ich nicht. Als ich geendet hatte, gingen wir noch eine Weile nebeneinanderher.

»Und ich? Wie hast du mich und unsere damalige Freundschaft in deine Gedanken eingebaut?«

»Gar nicht. Ich war nicht dazu in der Lage.«

»Du hättest mit mir reden müssen.«

»Wohin sollte das führen? Wir waren Gegner, nur einer konnte Laura haben.«

»So hast du also wie ein Raubtier auf den einen schwachen Moment bei ihr gelauert?«

»Ich habe nicht gelauert, weil ich gar nicht hoffen durfte, dass sie sich mir zuwenden würde.«

»Dann hättest du sie also gegen ihren Willen genommen?«

»Nein. Ich weiß nicht, wie sehr sie das wollte, aber sie hat es zugelassen.«

»Weil sie dir vertraut hat. Weil du mein Freund warst. Weil sie nicht damit rechnen musste, dass du sie überwältigen würdest.«

Sein Ton, so spürte ich, wurde deutlich eisiger. Dann verabreichte er mir Vorwürfe wie Schläge.

»Ich wollte dir eine Chance geben, dich zu erklären, nein, falsch: mir etwas zu erklären, was ich in diesen ganzen Jahren nicht verstehen konnte. Beste Freunde halten auch unaufgefordert Wort, sie beschädigen nicht die Ehre und das

Vertrauen des anderen. Nichts von dem, was du sagst, entkräftet den schlimmsten Verdacht, den ich seither in mir getragen habe. Du hast sie mit Gewalt genommen, mich hast du betrogen und verraten.«

Er blieb stehen, und ich las den Aufruhr der Gefühle in seinem Gesicht.

»Du hast mir das Herz aus dem Leib gerissen, zweifach: mit ihr und dem Kind, das eigentlich von mir hätte sein müssen. Dass du es verloren hast, entschuldigt nichts. Im Gegenteil, Laura wird ihr Leben lang darunter leiden. Weder für sie noch für dein Kind konntest du ausreichend Sorge tragen.«

Ich spürte, wie mir alles entglitt, ich hatte ihm nichts entgegenzusetzen.

»Was wird wohl in mir vorgegangen sein, fragst du dich? Die Tage und Nächte meiner Verzweiflung waren geradezu eintönig, nur von einem Gedanken bestimmt. Du plädierst für dich auf Unzurechnungsfähigkeit, Liebesblindheit. Ich meine, du bist schuldig. Das Ziel, das ich in dieser Zeit immer vor Augen hatte, ist Rache. Nun, da Laura zu mir zurückgekehrt ist, gibt es keinen Grund mehr, dich zu schonen. Ich will, dass du für das, was du uns angetan hast, büßt.«

Er zeigte nach oben.

»Dass wir hier sind, ist kein Zufall. Dein Vater ist hier umgekommen, heute wird es dich treffen.«

Erst jetzt wurde mir klar, was ich mit diesem Treffen losgetreten hatte. Mein ganzes, Rado hatte recht, verfehltes Leben mündete also in diesen Tag, an dem ich für alles zur Rechenschaft gezogen wurde. Ich war nicht mehr willens und fähig, mich dagegenzustemmen, ich ergab mich vollständig. Wenn es so bestimmt war, dann würde ich eben sterben.

»Los, komm!«

Er wies auf die Alm, die hinter den Bäumen hervorlugte. Was über mich hereinbrach, war zu viel. Ich ließ mich von der Wucht der Anschuldigungen mitreißen und flüchtete mich in einen Zustand der Unzurechnungsfähigkeit. Damit verlor sich mein Wirklichkeitssinn vollständig. In gespenstischem Tanz wogten die Wipfel, der Weg wurde schlangenförmig, die Farben verwirbelten sich. Ich büßte jegliche Orientierung ein und vergaß, wer ich war. Wie ein dummes Vieh trottete ich hinter einem Henker in roter Robe her.

Von all dem, was dann noch mit mir passierte, weiß ich nichts mehr. Irgendwann bekam ich einen stumpfen Schlag auf den Hinterkopf, sackte zusammen wie ein Rind, dem ein Bolzen zwischen die Hörner geschossen wurde, und tauchte in eine tiefe Nacht ein, aus der ich erst wieder erwachte, als mich der Lieferwagen der *Grienbeck GmbH* in einem Sarg zu meiner Begräbnisstätte transportierte.

OSKAR, DER HEIMKEHRER

Er beendete sein Drama; nur die Frage eines einzigen Beiworts galt es noch zu lösen. Er fand es; der Wassertropfen rollte über seine Wange herab. Er stieß einen verrückten Schrei aus, wandte sein Gesicht, die vierfache Salve streckte ihn nieder.
Jaromir Hladik starb am Morgen des neunundzwanzigsten März, um neun Uhr zwei Minuten.

Jorge Luis Borges, *Das geheime Wunder*

家 (ZUHAUSE)

Heimatlich wurde es schon hinter Rosenheim, als wir in das Inntal hineinfuhren, nicht nur dem Namen nach – endlich war ich wieder in Tirol! –, sondern auch dem Lebensgefühl nach. Das Flusstal lässt die Berge mächtig aufragen. Den Unterschied zwischen oben und unten ständig vor Augen geführt zu bekommen, so bin ich aufgewachsen. Als wir in Jenbach anhielten, stand ich am Zugfenster und schaute in das Zillertal hinüber, wo ich oben am Tuxer Gletscher schon Ski fahren und wandern war. Ich bin, so stellte ich immer wieder fest, mit dieser Region fest verwurzelt, aber im Gegensatz zu unseren Vätern hat es unsere Generation nie so heftig empfunden, im eigenen Land von einer fremden Macht eingemeindet und unterdrückt zu werden. Das politische Klima hatte sich spürbar gewandelt, Südtirol prosperiert, und unsere Heimatverbundenheit ist nicht mehr so engstirnig, weil wir mit Interesse in den Süden schauen.

Allerdings sind für Bergbewohner wie uns, die auf Pfaden wandern, bei denen der linke Fuß in Österreich und der rechte in Italien steht, Grenzen im wahrsten Sinne des Wortes unnatürlich. Die Alpen sind ihrer geologischen Formation wegen voll von Hindernissen und Durchgliederungen. Abgeschlossene Täler entwickelten ihre eigene Kultur, Verständigung und Austausch verliefen entlang von passierbaren Schneisen und erdgeschichtlichen Einschnitten. Die Umgebung hat die Menschen geprägt, und trotz aller Umgestaltungen und Eingriffe ist ein Überleben in dieser Region nur mit der Natur möglich. Politische Grenzen sind bei uns an sich schon eine Komplikation, weil wir nicht im flachen Land leben, in dem sich umstandslos Zaun und Schlagbaum hinstellen und, wenn nötig, versetzen lassen.

Ich war gespannt und nervös. Zum wiederholten Mal ging ich auf die Toilette und besah mich im Spiegel. Immer wieder stellte ich mit Befriedigung fest, dass mich ein Fremder daraus ansah. Mein Haar war zu einer borstigen Stiftenkopf-Frisur heruntergeschnitten; es schimmerte, ebenso wie der Vollbart, grau. Dazu trug ich eine Brille mit markantem schwarzem Gestell, Fensterglas natürlich.

Ramona hatte lange an meinem Aussehen herumgetüftelt, um mich so zu verändern, dass mich niemand mehr erkennen würde. Wir probierten einiges aus: Perücken, ich ließ mir verschiedene Bärte wachsen. Der Vollbart stellte uns zufrieden. Entscheidend für die Verfremdung war, aus mir einen taffen, kantigen Typen zu modellieren, den ich nun darstellte. Sie zupfte meine Augenbrauen und weihte mich in die Techniken des Färbens ein, denn logischerweise musste das Grau immer wieder nachgetönt werden. Das größte Kopfzerbrechen bereitete ihr eine Narbe, die sich unter dem linken Auge befand.

Ich war noch ein kleiner Bub, als ich mich an der zurückschwingenden Tür unserer Kirche verletzte. Eine Besucherin, die wohl das Kind hinter sich nicht bemerkte, ließ sie einfach los, ich trottete weiter, und so traf mich der schwere Metallknauf ungebremst am Wangenknochen. Die Platzwunde wurde mit vier Stichen genäht, seither trug ich zwar kein entstellendes, aber doch ein unveränderliches Merkmal im Gesicht, das mich verraten konnte.

Ramona schminkte die Narbe zu. Das funktionierte zwar, aber es war mir nicht zuzutrauen, dass ich es ebenso geschickt hinbekommen würde, zumal in der Routine des Alltags, der mich erwartete. So verfiel sie auf die einfache Idee, der Aufmerksamkeit der Betrachter eine andere Richtung zu geben. Mit einem schwarzen Kajalstift malte sie dort einen falschen Leberfleck, der verblüffenderweise von der Narbe ablenkte. Ich musste mir nur morgens nach dem Rasieren diesen Punkt ins Gesicht setzen.

In der Tasche trug ich einen gut gemachten Pass, der mich als Oskar von Lanzinger auswies. Gabriel besorgte ihn mir und verwendete nicht wenig Mühe darauf, die Fälschung zu begutachten und zu verbessern. Leo Perl gab es nicht mehr; ob es einen Luis Santer wieder geben würde, stand dahin.

Mein Vorgehen war nicht übereilt gewesen. Ich wohnte bei Ramona und dem Kind, arbeitete als Koch, später als Hotelmanager. Ich legte mich ins Zeug und schuftete, weil ich mir eine Geldreserve anlegen musste. Dann fingen wir an, mein Äußeres umzugestalten. Als das so weit gediehen war, verschaffte mir Gabriel den Pass. Danach war ich sein Bruder Oskar. Tatsächlich hatte er einen solchen Bruder einmal gehabt, und ich verstand, dass er mir diesen Namen nicht zufällig angeboten hatte. Dieser Oskar war in den Studentenjahren in die Welt hinausgezogen, Indien, Nepal, Bangladesch und dann China. Von dort traf die letzte Nachricht von ihm ein. Danach war er verschollen, ich trat nun an seine Stelle. Durch ihn hatte ich wieder eine Herkunft und eine Biographie. Ich fühlte mich wohl damit, denn Gabriel war mein Freund, und ohne seine tätige Unterstützung wäre ich nicht so weit gekommen. Sein Bruder sein zu dürfen, begriff ich als Ehrentitel.

Nun studierte ich ständig die Stellenanzeigen, die in Zerlano und Umgebung ausgeschrieben waren. Die Wintersaison begann; ich wusste, dass wie jedes Jahr Aushilfskräfte gesucht würden. Endlich war es so weit: Die Gruppo Volcan SpA suchte einen Nachportier für ihr Stammhaus. Wie ich sehen konnte, war aus dem Gurschler-Wirt ein Großbetrieb mit gut zweihundert Betten geworden. Ich bewarb mich und wurde dank der exzellenten Referenzen, die ebenfalls Gabriel für mich gefälscht hatte, umstandslos eingestellt. Ende November startete die Saison, der erste Dezember sollte der Tag meines Dienstantritts sein.

Freilich, ich hatte Angst, hoffte aber, dass niemand mit der Rückkehr eines Toten rechnete.

In Bozen angekommen, stand auf dem Bahnhofsplatz schon der Bus bereit, der mich nach Schlans hochbringen konnte. Aber in mir sträubte sich etwas. Ich zog es vor, bei meiner Rückkehr gemächlich vorzugehen. So schlenderte ich durch den Park hinüber zum Waltherplatz beim Dom, wo bereits der Weihnachtsmarkt eröffnet war. Um diese Tageszeit war dort noch wenig Betrieb, ich spazierte dennoch durch die Gassen.

Weniger weil ich Hunger hatte, sondern um mich wieder zu Hause einzufinden, bestellte ich mir an einem Würstelstand eine Meraner, die mit Semmel und Senf auf einem Butterbrotpapier serviert wurde. Von dem runden, auf ein Fass montierten Tisch schaute ich hinüber zur anderen Budenstraße, zunehmend aufmerksamer, weil ich einen Italiener energisch gestikulieren sah und reden hörte, der mir bekannt vorkam. Er trug einen braunen Kamelhaarmantel, dazu einen kurzkrempigen Hut, und ich überlegte, wo in Bozen ich ihn einordnen sollte. Allerdings erhaschte ich wie in einem Daumenkino immer nur einen kurzen Blick, wenn er an dem Spalt zwischen zwei Buden vorbeieilte. Dann waren er und sein Begleiter verschwunden, offensichtlich in einer Niederlassung der Banca di Campania, deren azurblaue Fahne an einer rosafarbenen Fassade wehte. Ich dachte an die Hotellerie und die Restaurants in der Stadt, bis endlich ein Bild aufglühte, dann aber gleich wieder erlosch, weil die Anwesenheit dieser Person so unwahrscheinlich war: Onkel Giannino?

Eingeschüchtert sah ich auf den Wurstzipfel, der neben der verbliebenen Semmelecke im Senf lag. Verspürte ich ein Ziehen im Leib? Nichts. Ein gutes Zeichen war das dennoch nicht, denn mit der Wiederkehr meines Gedächtnisses waren alle Instinktregungen erloschen, die mich vorher geleitet hatten. Ich war wieder ganz auf meinen Verstand angewiesen, der aber bockte wie ein scheu gewordenes Pferd, das nichts anderes im Sinn hatte, als wegzurennen. Kurzentschlossen warf ich meinen Essensrest in den Abfall und ging rasch zum Bahnhof zurück, wo ich den nächsten Bus nach Schlans nahm.

Man hatte mir aufgetragen, das Hotel durch den Personaleingang zu betreten. Eine junge Dame in dunklem Kostüm und weißer Bluse öffnete mir. Simona Leschi stellte sich als die Hotelmanagerin vor und bat mich in ihr Büro. Meine Aufgaben waren in der Ausschreibung bereits abgesteckt: Dienst an der Rezeption mit Ein- und Auschecken der Gäste war obligatorisch. Daneben waren die Kommunikationsanlagen zu bedienen, Telefon und Mail vor allem. Ein spezieller, oft nachgefragter Service war, den Kunden den WLAN-Zugang zu verschaffen, der, wie Simona sagte, zwar technisch einwandfrei lief, aber in der Regel wegen Bedienungsfehlern nicht angesteuert werden konnte. Manche bekamen spätnachts noch Hunger, die Minibar war leer, hier musste ich in der Küche Nachschub besorgen, oder es fehlten Tampons, Kondome, andere Toilettenartikel, das Kissen war zu weich oder zu hart. Im Magazin gab es fast alles, was im Lauf der Jahre nachgefragt worden war. Kassenführung und Tagesabschluss gehörten ebenfalls zu meinen Pflichten.

»Ganz wichtig: zwei Sicherheitsrundgänge durch das Hotel. Bei der Gelegenheit – ich darf dich doch duzen, oder?«

»Freilich.«

»… sammelst du die Frühstücksbestellungen und Schuhe ein. Putzen kannst du sie in der Werkstatt neben der Loge.«

»Weckrufe?«

»Gibst du direkt in eine Maske unserer Telefonsoftware ein.«

»Noch etwas?«

»Wir führen hier noch ein Nachtbuch. Der Chef möchte das. Also alles Wichtige dort eintragen, ebenso Aufträge oder Bestellungen für den nächsten Tag.«

»Wo bin ich untergebracht?«

»Leider nicht hier. Du musst hinüber nach Zerlano in das Hotel Santer. Ist auch ein Haus von uns. Dort wird man dir ein Zimmer anweisen. Sollte kein Problem sein, den Weg kann man gut zu Fuß machen.«

Als Gast in mein eigenes Hotel zu gehen, war ein seltsames Gefühl. Monatelang war ich nicht hier gewesen, deswegen erleichterte es mich, dass das Haus wie eh und je dastand. In meinen Angstträumen war es eingerüstet, geschmacklos modernisiert oder ganz abgerissen. In der Garage stand mein Wagen, neu beschriftet mit *Hotel Santer, Gruppo Volcan SpA*, und hinten, wo der Obstgarten langsam in eine Bergwiese überging, war eine Hundehütte hingestellt worden. Ich pfiff leise durch die Zähne. Nero hob den Kopf, erkannte mich und kam bellend angelaufen. Um nicht weiter Aufsehen zu erregen, kniete ich mich hin, streichelte und beruhigte ihn. Angelockt durch das Gebell, kam nun auch Maria Gabrielli um das Haus. Jetzt würde sich herausstellen, was meine Maskierung taugte. Ich stellte mich vor und spürte, dass sie mich eingehend musterte. In ihrem Gesicht arbeitete es, dann aber nahm sie sich zurück, wurde wieder ganz diskret, wie das Servicepersonal eines Hotels es täglich übte.

»Sie verstehen sich offenbar gut auf Hunde.«

»Schon. Hatte selbst einen, auch einen Schnauzer. Sieht so aus, als könnte ich mit denen besonders gut umgehen.«

Ich kraulte Nero hinter den Ohren; er hob seinen Kopf und legte ihn mir an das Knie. Marias Augen leuchteten auf, dann drehte sie sich um und ging voraus in das Hotel. Innen hatte sich nichts wesentlich verändert, auch wenn es mir schien, dass auf allem eine Patina der Trauer lag. Es fehlten Licht, Blumen und Farben; es war ein Haus des Schmerzes und nicht der Freude. Maria wies mir das Zimmer zu, das ich früher als Rückzugsort benutzt hatte. Ich hatte den Eindruck, dass ursprünglich ein anderes für mich vorgesehen war.

»Ich schicke gleich jemanden vorbei, um das Bett zu beziehen.«

Dann schloss sie die Tür. Ich war wieder zu Hause.

Um das Haus und seine Einrichtungen kennenzulernen, war ich zunächst für einige Tagdienste eingeteilt. Simona führte mich durch die Etagen und zeigte mir einige Zimmer. Ich staunte, wie gediegen das Hotel ausgestattet war: weiche, rote Hochflorteppiche in den Gängen, Beleuchtung, die sich automatisch einschaltete, natursteingefliesste Bäder, Flachbildschirme. Ich fragte mich, wie Rado das alles hatte finanzieren können. Im ersten Stock gab es drei Konferenzräume, Roma, Napoli und Milano, in denen große ovale Tische, Flipchart, eine ausfahrbare Leinwand und die nötige Verkabelung für die Präsentationstechnik vorhanden waren.

»Und das hier? Ein Notausgang?«

Im Erdgeschoss führte am Ende des Gangs eine Tür nach draußen. Sie befand sich hinter einem großen Vorhang.

»Privat. Nebenan ist das Haus des Chefs. Diese Tür ist nur für ihn.«

»Wann sieht man ihn hier im Hotel?«

»Zurzeit gar nicht. Er ist mit seiner Lebensgefährtin verreist.«

Sie beugte sich zu mir und sprach leise.

»In ein Sanatorium. Sie ist wohl etwas angeschlagen.«

Wir kehrten zur Rezeption zurück.

»Alles Weitere übernimmt Martin. Er zeigt dir das Büro, die Software und das alles. Wenn ihr durch seid, hilfst du hier vorne mit, okay?«

Ich nickte.

»Ach ja. Normalerweise beginnst du um zehn Uhr abends, bis Mitternacht ist noch jemand hier. Danach bist du das Hotel. Um halb sechs geht es in der Küche mit dem Frühstück los.«

Zwei Tage später hatte ich meinen ersten Nachtdienst. Meinen Bewerbungsunterlagen zufolge galt ich als erfahrene Kraft, der man ein solches Hotel rasch anvertrauen konnte. So saß ich nun also, ausgestattet mit einem grauen Anzug und einer weinroten Krawatte – rot war die Farbe der Volcan SpA –, hinter dem Tresen und tippte die Weckrufe ein. Das Hotel war im Moment nur mäßig besetzt, erst mit den Weihnachtstagen begann die Zeit der vollen Auslastung, die bis in den März hineinreichte.

Demgemäß verbrachte ich eine ruhige Schicht. Um zwei Uhr machte ich einen ersten Kontrollgang. Ich fuhr mit dem Lift in das Obergeschoss und arbeitete mich so von oben nach unten. Welchen Gang ich auch betrat, sofort flammte das Licht auf. Ich führte einen Wagen mit, um die Schuhe einzusammeln. Es waren aber kaum welche vor die Tür gestellt worden. Auch Frühstückswünsche gab es nur wenige. Vor manchen Zimmern blieb ich stehen und legte das Ohr an die Tür. Schnarchen, Gelächter, Musik und einmal ein zu lauter Fernsehapparat. Ich klopfte und bat um Zimmerlautstärke.

Dann saß ich wieder unten und machte den Tagesabschluss. Gegen vier Uhr holte ich mir vom Küchenautomaten einen Kaffee und legte in meiner Loge die Füße hoch. Überall spürte ich Rados Anwesenheit. Ständig hatte ich das Gefühl, er würde nun gleich um die Ecke kommen; es war, als befände sich ein Geist im Haus. So klar mir gewesen war, dass ich hierher zurückkommen musste, so wenig wusste ich, was genau ich eigentlich tun würde, wenn er vor mir stand. Verstehen und verzeihen? Rächen und bestrafen? In meine alte Existenz zurückkehren, oder mich aus ihr verabschieden? Am besten verstand ich noch, dass mir das Leben eine ganze Reihe von Aufgaben gestellt hatte, von denen ich bislang keine einzige hatte lösen können.

Wie eine Spukgestalt war ich an den Ursprungsort heimgekehrt und suchte Erlösung. Wie kam ich auf diesen Gedanken? Es hatte mich wohl in meinem müden Sinnieren ein wenig abgetragen, doch da hörte ich ganz deutlich, was diese Phantasie gelenkt haben mochte: draußen ein stetes, aber leises Tack-Tack-Tack, dazu ein Schlurfen. Ich erschrak. Vier Uhr, das gewohnte Einfallstor für Alpträume aller Art hatte sich geöffnet. Mein Kaffee war kalt geworden. Als ich durch die Loge nach draußen lugte, humpelte eine weißgekleidete, gebückte Gestalt mit schwarzem Umhang vorbei. Mich verstecken, fliehen oder hinterherlaufen? Ich machte nichts davon, blieb jedoch wie gelähmt auf meinem Stuhl. Dann ging draußen zischend die automatische Eingangstür auf, und ich erwachte zu neuem Leben. Ein Gespenst ging auch durch Glas, unser Türöffner reagierte nur auf Menschen. Ich griff mir den Schlüsselbund, schlüpfte in meine Jacke und rannte hinaus.

Die Nacht war eisig. Ich sah mich um, auf dem Platz war alles leer. Endlich bemerkte ich eine schmale Person, die, über einen Stock gebückt, die Gasse hinaufging. Ich lief hinterher. Schon da ahnte ich, wohin der Weg gehen würde, und so war es auch: Die alte Frau blieb vor Rados Elternhaus stehen, drückte mehrfach die Klinke, um sich Einlass zu verschaffen, stellte aber fest, dass die Tür verschlossen war. Als ich neben ihr stand, erkannte ich Ida Volcan, Rados Mutter.

»Bitte lass mich da hinein!«

»Wir müssen wieder zurück.«

Ich legte meine Hand auf ihren Arm, um sie zurückzugeleiten. Sie hob ihren Kopf und versuchte, mich zu mustern. Ihre Augen waren so trüb-grau, als hätten sich Eiskristalle in ihren Pupillen angesetzt.

»Luis! Hol Rado und sage ihm, dass ich in mein Haus möchte!«

Mit meinem Generalschlüssel brachte ich sie wieder in das dem Hotel benachbarte Haus zurück. Ihr Zimmer war im Parterre, wahrscheinlich fiel ihr das Treppensteigen inzwischen zu schwer. In einer kleinen Kammer daneben war eine Pflegerin untergebracht.

»Waltraud!«

Frau Volcan zog ein Gesicht, als habe man ihr gallenbittere Medizin verabreicht. Dann legte sie den Finger auf den Mund, aber selbst durch die geschlossene Tür hindurch hörte man Waltraud leise schnarchen.

»Ein furchtbares Weib. Sie quält mich.«

Sie krempelte den Ärmel ihres Nachthemds hoch und wies mir ihren Unterarm. Die pergamentene Haut war von Adern wie Schläuchen durchzogen. In der Armbeuge klebte ein Pflaster, offenbar von einer Spritze. Sonst war nichts zu sehen. Ich nahm ihr den Umhang ab und legte ihn auf den Stuhl. Sie kroch in ihr Bett und zog die Decke bis an das Kinn.

»Wenigstens keine Italienerin.«

Sie winkte mich heran.

»Es gibt zu viele hier. Wie geht es deiner Mutter?«

»Schon lange tot.«

»Ach, warum habe ich dann kein Sterbebildchen bekommen?«

Sie griff nach ihrem Gebetbuch, das auf dem Nachttisch lag. Am Ende war ein dicker Packen einsortiert. Sie verschaffte sich einen Überblick.

»Nicht dabei. Wie war noch mal dein Name?«

»Lanzinger, Oskar.«

»Eine solche Familie kenne ich nicht. Gehörst du zu uns?«

»Na ja. Ich komme aus Bayern.«

»Immerhin.«

Sie schob das Gebetbuch wieder auf den Nachttisch, allerdings etwas nachlässig. Das schwarze, ledergebundene Brevier fiel herab, und alle Bildchen lagen auf dem Boden verstreut. Ich sammelte sie wieder ein. Tatsächlich kannte ich sie alle, Sattler, Messner, Profanter, Kerschbaumer, Gamper – es war die Generation meiner Eltern. Und dann stieß ich auch auf ihn: Wolfsgruber. Betroffen schaute ich auf das Foto. So war er mir vertraut, mit spitz zulaufendem Trachtenhut, paramilitärischer Joppe, Schnauzer und dem frechen Blick, mit dem er vor allem Unbekannte musterte.

»Ja, das war vor ein paar Tagen.«

Ich schaute auf die Anzeige. Sein Tod lag nun schon drei Monate zurück.

»Wasser im Herz. Wart ihr nicht miteinander verwandt, Luis?«

Ich schüttelte den Kopf.

»Lanzinger, Oskar ist mein Name. Nein, wir waren nicht verwandt.«

Ich erhob mich.

»Tut mir leid, aber ich muss wieder nach nebenan.«

»Du arbeitest im Hotel?«

»Nachtportier.«

»Dann kümmere dich mal um deinen Dienst, statt hier die Zeit mit Plaudereien totzuschlagen.«

Sie zog die Decke hoch und wandte sich von mir. Beim Gehen schloss ich die Tür. Sicherheitshalber machte ich einen Vermerk im Nachtbuch, womöglich blieb etwas von ihrem Vorwurf an mir hängen.

Das Grab meiner Eltern war in einem guten Zustand. Ich wusste, dass sich Maria um seine Pflege kümmerte, und dann gab es immer noch Unbekannte, die Blumen niederlegten oder ein Stöckchen eingruben. Es war mit Tannenzweigen bedeckt, dazwischen wuchsen Erika- und Silberblattstauden heraus. Obwohl ich länger dort verweilte, wollte sich kein Bild meiner Eltern einstellen. Sie besuchten mich, wann sie mochten. Danach spazierte ich über den Friedhof und hielt Ausschau nach Wolfsgrubers Grab. Von den Bergen her blies ein kalter Wind. Ich wickelte den Schal enger und verstaute meine Hände tief in den Anoraktaschen. Endlich fand ich es nahe dem Mäuerchen, von dem aus man auf die Straße herunterblickte. Das Grab war noch provisorisch, ein Holzkreuz steckte am oberen Ende, und einige, schon etwas verblichene Kränze des Schützen- und Musikvereins sowie der Bergführervereinigung lagen obenauf, vermutlich noch von Allerheiligen. Ich bückte mich und spendete mit dem im Gefäß liegenden Tannenzweig ein wenig Weihwasser, faltete die Hände und sprach ein Gebet für ihn. Ich bekreuzigte mich und wandte mich um, da sah ich Erlacher. Massig, wie ich ihn kannte, stand er da, den schwarzen Hut tief ins Gesicht gezogen. Sein Umhang wehte im Wind, und mit beiden Händen stützte er sich auf einen dicken, knorrigen Stock. Er war offenbar nicht mehr gut zu Fuß. Er sagte nichts, sondern wartete einfach, was ich tun würde.

»Grüß Gott, Herr Pfarrer!«

Er nickte, schien den Gruß und seine Reaktion zunächst einmal abzuwägen.

»Grüß Gott, Herr …?«

Ich trat auf ihn zu.

»Lanzinger, Oskar. Nachtportier im Gurschler-Wirt.«
Er zog die Brauen hoch und nahm meine Vorstellung zur
Kenntnis.

»Herr Lanzinger also. Nun gut. Sie sind mit den örtlichen
Verhältnissen offenbar wohlvertraut, oder was führt Sie
sonst auf unseren Friedhof?«

Schon jetzt war ich davon überzeugt, dass er über mich
Bescheid wusste. Das Bedürfnis, meine Maske fallen zu lassen, wurde drängend. Wie früher schon war es seine in sich
ruhende Autorität, die mich zur Wahrheit ermutigte. Dann
aber blockte ein anderer Gedanke meinen Wunsch ab: Das
Wissen um meine Identität konnte ihm Schwierigkeiten bereiten, zumindest später, wenn ich mit Rado abgerechnet
hatte. Man würde es ihm zum Vorwurf machen, dass er sich
nicht den Behörden anvertraut hatte. Außerdem würde es
meine eigenen Pläne erschweren, weil er sich immer das
Recht nahm, bei meinen Entscheidungen mitzureden.

»Ich bin, vielmehr, ich war ein Freund von Luis Santer.
Innsbruck. Hotelfachschule.«

»Dann darf ich Sie zu mir ins Pfarrhaus auf einen Kaffee
einladen?«

Er wies mit seinem Stock auf das nahe gelegene alte Pfarrhaus, dessen früher gelbe Fassade nun schon etwas verwittert
war. Mit schweren Schritten ging er voran. Er setzte dabei das
linke Bein nach vorne, drückte sich mit seinem Stock hoch,
um das rechte entlasten und mit der Hüfte vorwärtsschieben
zu können, und ließ die steif gewordenen Gliedmaßen in den
Kies fallen, was durch sein großes Körpergewicht jedes Mal
wie ein Aufstampfen wirkte. Ich hatte mir nie vorstellen können, dass dieser kraftvolle Mann je invalide werden könnte.

Wir saßen in seinem Esszimmer, in dem er Gäste zu emp-
fangen pflegte. In dem schmucklosen, weißgetünchten Raum
hing ein großes Holzkreuz, neben der Tür stand eine An-

richte. Ansonsten füllte der mit einem hellblauen Tuch bedeckte Tisch den Raum aus. Aus einer bauchigen Kanne goss er mir Kaffee ein.

»Was hört man von Ihrem Freund Luis?«

»Leider nichts. Er bleibt verschollen. Was wissen Sie?«

»Nur dass es zu früh ist, ihn für tot zu erklären.«

Er nahm einen Schluck aus seiner Tasse.

»Aber lassen wir das. Ich möchte Sie zu keiner Mitteilung verleiten, die Sie mir nicht guten Gewissens geben können.«

Er stemmte sich hoch, ging an die Tür und rief nach Edith, seiner Haushälterin, wie sich bald herausstellte. Ich hätte ihn gerne nach Berta gefragt, verbot es mir jedoch. Sie war wohl in der Zwischenzeit gestorben oder – das wünschte ich ihr – in den Ruhestand gegangen und zu ihren Leuten zurückgekehrt.

»Bringst du mir das Paket, das in meinem Arbeitszimmer auf dem Regal liegt?«

Edith brachte ein in braunes Papier eingeschlagenes Päckchen. Die derbe Schnur war versiegelt.

»Wolfsgruber ist ja nun gestorben. Testamentarisch bin ich von ihm aufgefordert worden, dieses Paket in seinem Namen Luis Santer auszuhändigen.«

Das Erstaunen, das in meinem Gesicht aufflackerte, ignorierte er.

»Wie Sie sehen, bin ich gesundheitlich angeschlagen. Es kann nicht mehr lange dauern, bis ich abberufen werde. Ich möchte Sie daher bitten, diese Verpflichtung für mich zu übernehmen, denn ich bin sicher, dass Sie bessere Chancen haben als ich, seinen Letzten Willen zu erfüllen.«

Er schob mir, ohne meine Antwort abzuwarten, das Paket zu. Wenig später beendete er das Gespräch mit mir, er fühle sich erschöpft.

In meinem Zimmer öffnete ich sofort das Paket. Zunächst war ich enttäuscht, weil es keine persönliche Botschaft an mich enthielt. Es waren Zeitungsausschnitte, Listen, Kurzprotokolle und Notizen. Wolfsgruber war dafür in Österreich und Norditalien unterwegs gewesen. Endlich begriff ich: Er hatte versucht, die Spur von Karl Kappler, dem Mörder meines Vaters, ausfindig zu machen. Das Dossier begann mit einem Ausriss aus einer Illustrierten, die den Fall ausführlich aufgerollt hatte. Dort war der Fluchtweg von Kappler aus der Almhütte eingezeichnet. Er war direkt ins Dorf abgestiegen, um bei den unten stationierten Carabinieri Zuflucht zu finden. Später musste ihn der italienische Geheimdienst mit einer neuen Identität ausgestattet haben. Jedenfalls verloren sich die Hinweise auf seinen Aufenthalt, bis eine österreichische Fernsehreporterin, die einen Film über den Fall drehte, feststellen konnte, dass sein Bruder mehrfach nach Schottland gereist war. Als sie vor Ort in Cullen recherchierte, war die vermutlich deutschstämmige männliche Person verschwunden. Wieder verloren sich alle Spuren, bis ein Lokalblatt mit Fotos vom Wörgler Stadtfest berichtete. Eines davon ließ Wolfsgruber vergrößern; rot umrahmt war ein am Biertisch sitzender Mann, der einem anderen zuprostet. *Karl Kappler* schrieb Wolfsgruber dazu und zu seinem Gegenüber *Bruder Herbert*. Es folgten nun einige Reisen nach Wörgl, die jedoch erfolglos verliefen. Er führte Gespräche im Bekanntenkreis der Kapplers; offenbar misstraute man ihm und verweigerte ihm Auskünfte. *Die haben mich beschissen*, notierte er dazu. Das letzte Dokument, und somit sein eigentliches Vermächtnis an mich, war ein Absatz im Mitteilungsblatt des Alpenvereins unter Jubiläen, dass der nunmehr achtzigjährige Karl Kaindl mit dem fünfundzwanzigjährigen Dienstjubiläum die Klammhütte an seinen Nachfolger übergebe. Da er auch im Alter die Einsamkeit der Berge nicht missen wolle, habe man ihm dort oben seiner Verdienste wegen Wohnrecht eingeräumt. Das passbildgroße Foto war mit einem roten Pfeil versehen: *Zielperson*, schrieb Wolfsgruber dazu.

Nun war der Moment gekommen, an dem ich mir klarwerden musste, ob ich meinem Feind als Schutz- oder Racheengel gegenübertreten wollte. Dass ich ihn aufsuchen würde, daran hatte Wolfsgruber offenbar nie Zweifel gehegt. Ich auch nicht, ich nahm den Auftrag an.

So gut es ging, erkundigte ich mich bei Simona immer wieder nach Rado. Wann genau der Chef zurückkommen werde, wisse sie nicht, sagte sie. Das Haus war immer noch mäßig ausgelastet. Für nächste Woche zeichnete sich größerer Zulauf ab, denn dem Reservierungsplan konnte ich entnehmen, dass die Banca di Campania einige Zimmer und den Konferenzraum gebucht hatte. Durch meine Dienste hatte ich inzwischen Anrecht auf freie Tage, die mir auch gleich bewilligt wurden, denn die Arbeitssituation im Hotel war noch nicht danach, dass jeder Angestellte ständig gebraucht worden wäre.

Noch im Morgengrauen machte ich mich auf und fuhr mit dem Bus zum Bahnhof Bozen hinunter. Von dort konnte ich Wörgl in zweieinhalb Stunden erreichen und dabei noch ein wenig schlafen. Ich hatte mich auf diesen Tag gut vorbereitet. In einer Proviantdose befand sich die Pistole, mit der ich damals erfolglos versucht hatte, mich umzubringen. Munition ließ sich unauffällig besorgen. Ich kannte mich gut mit den örtlichen Verhältnissen aus, wusste daher, dass sich der Schützenverein nach wie vor oben beim Sattlerwirt am Capo di Zerlano traf, wo sie auch ihre Schießanlagen hatten. Früher waren die Schützenvereine die einzigen Organisationen, in denen man legal mit Waffen umgehen durfte. Fast alle waren daher dort eingeschrieben, denn mit der Ausbildung im Schießen und dem Zugang zu Gewehren und Pistolen verfolgte man immer auch den Gedanken einer militärischen Bereitschaft der Südtiroler Männer. Man war gerüstet, sollte es je zu einer abschließenden Auseinandersetzung um die Freiheit der Region kommen. Der Verein besaß Munition, und ich wusste, wo sie zu finden war.

Ich frühstückte ausgiebig und nickte danach ein. Jederzeit schlafen zu können, hatte ich mir schon frühzeitig angewöhnt, unabdingbar für einen wie mich, der in der Hotellerie arbeitete. Plötzlich saßen sie mir gegenüber. Ich hätte sie beinahe nicht erkannt, denn Vater war bei seinem Tod nicht alt gewesen. Er war mir nur als kräftiger, in den besten Jahren stehender Mann begegnet. Auch Mutter war verhutzelt. Wie ein altes, vom Leben gebeugtes Pärchen hielten sie sich untergehakt, als müssten sie sich gegenseitig stützen. Ich versuchte, aus den greisen Gesichtern eine Botschaft zu lesen, aber sie blieben verschlossen und ganz bei sich. Als ich wieder aufwachte, grübelte ich noch eine Weile, was sie mir wohl mitteilen wollten.

Der Postbus brachte mich von Wörgl aus in einer weiteren Stunde nach Ellmau. In der Touristeninformation fragte ich, ob die Klammhütte im Moment bewirtschaftet sei. Die junge Frau wiegte den Kopf. Nicht vollständig, meinte sie, zurzeit sei nur der alte Kaindl oben. Er würde jedoch Wanderern immer etwas anbieten. Mit dieser Auskunft machte ich mich an den Aufstieg zur Klammhütte. Am Berg war ich immer noch geübt. Jedenfalls benötigte ich nur eine gute Stunde statt der angeschriebenen eineinhalb, bis ich von dem stetig ansteigenden Zuweg aus die Klammhütte mit dem dazugebauten Schlafhaus vor mir auftauchen sah. Die Klammhütte war nur eine Zwischenstation auf dem Weg nach oben in den Wilden Kaiser oder eben auf dem Weg nach unten. Oben angekommen, verschaffte ich mir erst einen Überblick. Drinnen in der Stube brannte Licht, der Schornstein rauchte, aber alle anderen Räume schienen leer. Um die Klammhütte war es schon sehr frostig, man roch den kommenden Schnee. Die Zeit für Bergtouren war vorbei, die Skisaison stand bevor. So war es nicht verwunderlich, dass ich allein hier oben stand.

Ich schlug die feuchte Erde von meinen Stiefeln ab, klopfte und betrat die Stube. Drinnen war die Temperatur dem ersten Eindruck nach viel zu hoch. Stehend spürte man die wärmste Schicht unter der dunklen Holzdecke, bückte man sich, merkte man, wie der Bergboden von unten her Kälte abstrahlte. Auf der Bank des Kachelofens saß ein alter Mann.

»So was! Um die Zeit noch ein Wanderer.«

Er trug eine fellgefütterte Hausjacke. Das rotkarierte, schon zerschlissene Hemd war ihm am Kragen viel zu groß. Ein faltiger Hals schaute heraus, kaum mehr zu rasieren, daher mit Inseln aus grauen Haaren besetzt. Seine mageren Wangen waren ungesund gerötet, von geplatzten Äderchen durchzogen, das noch volle Haar stand in Wirbeln ab. Er sah aus, als sei er gerade aus dem Bett gekrochen. Mit Besuch hatte er sicher nicht gerechnet.

Das also war mein Feind!

»Willst du etwas? Einen Kaffee kann ich schon machen. Kalte Getränke gibt es sowieso. Ansonsten hätte ich Wiener oder ein Speckbrot.«

Ich setzte mich an den Tisch und zog meine Proviantdose aus dem Rucksack. Er musterte mein Gesicht.

»Du willst gar nichts?«

Er begann die Falten seiner abgewetzten Hose an den Knien glatt zu streichen.

»Weswegen bist du denn da?«

Er musterte mich erneut.

»Wenn du nicht diese Brille hättest, würdest du mich an jemanden erinnern.«

Ich nahm die Brille ab und sah ihm in die Augen. Wie ein träges Reptil senkte er nach einer Weile die Lider.

»Aha. Dann ist es jetzt so weit.«

»Warum hast du meinen Vater umgebracht?«

Er lachte auf. Es war eigentlich kein Lachen, mehr eine

Gefühlsäußerung, die nicht anders hervortreten konnte, voller Trotz, Bitterkeit, Angst, vor allem aber abgelebter Zeit.

»Als junger Kerl willst du halt auch mal der Held sein, oder?«

Sein Blick war lauernd. Früher war er sicher schlau gewesen. Er leckte sich die Lippen.

»Und?«

Wieder ließ er dieses Lachen hören. Es beantwortete alle Fragen, bis auf eine.

»Wieso lebst du eigentlich immer noch?«

Er schaute hinunter auf seine Füße, die in mit einer Metallspange geschlossenen Hausschuhen steckten, und zuckte die Achseln.

»Vielleicht wartet man darauf, dass einer kommt und es zu Ende bringt.«

Das wäre jetzt der Moment gewesen: die Proviantbüchse öffnen, die Pistole herausnehmen, durchladen und abdrücken. Aber wen löschte ich dann aus? Einen, der lebenslang im Fegefeuer saß. War nicht schon der Gedanke, diesen alten Kerl zu erschießen, das Lächerlichmachen einer an sich gewaltsamen Tathandlung? Die Entehrung der Rache?

Er schluckte. Ich sah es an dem Kehlsack seines faltigen Truthahnhalses, der sich hob und senkte. Es gab im Mörder Kappler kein Lebenslicht mehr, das ein Ausblasen wert gewesen wäre.

Er wartete.

»Dann bringen wir es halt hinter uns.«

Da ich ruhig sitzen blieb, stand er auf. Er zog seinen Stock hinter der Ofenbank hervor und ging so, wie er in seiner Hauskleidung war, zur Tür hinaus. Nach einer Weile sah ich ihm hinterher. Das Männlein kroch an seinem Stock den Berg empor. Ich packte meine Sachen zusammen und zog mich wieder an. Auf der Theke lag der Schlüssel zur Hütte.

Ich löschte das Licht und verschloss draußen die Tür. Den Schlüssel warf ich in hohem Bogen den Abhang hinunter. Dann drehte ich mich ein letztes Mal um. Man konnte einen sich stetig den schmalen Steig hinaufbewegenden Punkt ausmachen.

Zwei Tage später meldete die Onlineausgabe des Wörgler Anzeigers, dass der langjährige Hüttenwirt Karl Kaindl in einem Anfall von Verwirrung den Treffauer zu ersteigen versucht habe und dabei erfroren sei. Jedenfalls sei er nur mit einer leichten Jacke und Hausschuhen bekleidet gewesen.

Zwei Uhr, die ruhige Zeit meiner Schicht hatte begonnen. Ich machte den Tagesabschluss und prüfte die Reservierungen. Dabei fiel mir auf, dass der Banca di Campania für ihre Buchung keine Preise genannt worden waren. Bei einer Gruppe aus Bayern, die offenbar ebenfalls an diesem Meeting teilnahm, war man anders verfahren. Ich hielt das für ein Versäumnis und machte einen Vermerk an Simona. Dann ging ich auf meine Kontrollrunde.

Die Nacht bringt eine Verlangsamung mit sich. Schon die Vorstellung, mit demselben Tempo durch die Gänge zu eilen wie untertags, ist befremdlich. Man bewegt sich ruhig und bedächtig auf leisen Sohlen. Bei Licht hört man die klappernden Wagen des Putzdienstes, das Heulen von Staubsaugern, Türenschlagen und Rufe, in der Dunkelheit nur gedämpfte Laute, Seufzen, Ächzen, Knarren, oder es herrscht Stille. Tagsüber schaffen die Personen, die das Hotel bevölkern, seine Atmosphäre. Nachts erschaffen das Inventar und die Ausstrahlung der Räumlichkeiten den Geist des Hauses. Das Messing war poliert, die roten Teppiche gepflegt, die Steinplatten glänzten, aber der moderne Gurschler-Wirt hatte mit dem alten Wirtshaus und der Bar Centrale nichts mehr zu tun. Er gehörte eigentlich nicht hierher, jede Verbindung nach außen zu Dorf, Gegend und Leuten war abgeschnitten. Das Hotel war wie ein außerirdisches Objekt, das versehentlich in Schlans gelandet war.

Noch vor Dienstschluss kam Simona zu mir.

»Gut zu wissen, dass du die Reservierungen so aufmerksam prüfst, aber das mit der Banca di Campania geht schon in Ordnung: Als Teilhaber des Hotels bezahlen sie nie für ihre Zimmer.«

Ich staunte. In der darauffolgenden Nacht hatte ich weitere Gelegenheit, die Besitzverhältnisse zu recherchieren. Die in Neapel ansässige Bank engagierte sich von Anfang an beim Ausbau des Gurschler-Wirts, zunächst über einen Kredit, der später dann in eine Beteiligung umgewandelt wurde. Bei jedem Ausbau des Hauses wuchs das Engagement der Bank. Rado waren inzwischen nur mehr dreißig Prozent der Anteile verblieben, somit war nur das Hotel Santer, wenn man mich erst mal für tot erklärt hätte, vollständig bei Laura oder eben bei ihm, wenn er sie heiratete.

Der Eindruck, den diese Zahlen vermittelten, war, dass sich Rado übernommen und Stück für Stück den Familienbesitz an eine Bank verscherbelt hatte. So etwas passiert im Geschäftsleben, daran war nichts zu bemängeln, aber die Augen für das, was eigentlich hier gespielt wurde, gingen mir erst dann auf, als ich auf eine Mitteilung an die Bankenaufsicht stieß, deren europaweite Verbreitung obligatorisch war, dass nämlich die Firma Piatti Puliti fünf Prozent an der Volcan SpA hielt.

Rados Emsigkeit und Geschick stellten sich nun ganz anders dar. Schon jetzt hielt ich es für ausgemacht, dass er mit unrechtem Geld ausgestattet worden war. Der Aufstieg des Gurschler-Wirts zum ersten Haus am Platz erschien nun in einem völlig neuen Licht. Mit der Detonation einer Sprengladung in der Bar Centrale hatte alles begonnen. Mir wurde klar, dass auch sie bereits Teil von Rados Plan gewesen sein musste.

Die Banker aus Neapel und die Gruppe aus Bayern verhielten sich wie Delegationen konkurrierender Staaten. Sie hatten darauf bestanden, in verschiedenen Stockwerken untergebracht zu werden. Der Grund war klar: Sie wollten sich nach den langen Verhandlungen zurückziehen, um sich unbeobachtet und unbelauscht von den anderen beraten zu können. Die Italiener waren smart, trugen gutsitzende, dunkle Anzüge und blankpolierte Schuhe. Wenn ich ihnen draußen beim Rauchen zusah, standen sie immer in einer Gruppe zusammen. Sie lachten, parlierten, und man gewann den Eindruck, dass nichts ihre gute Laune trüben konnte. Sie schienen sich ihrer Sache sehr sicher. Die Bayern hingegen agierten vereinzelter. Ich sah sie mit ihrem Smartphone am Ohr den Gang auf und ab laufen, das in den Sitzungen zerknitterte Hemd in die Hose stopfen, und das wenige, was man von ihren Telefonaten erhaschen konnte, klang immer wie: *Ja, gut, aber …* Ansonsten verbreiteten die Herren aus dem Süden Deutschlands die oberförsterhafte Autorität von Beamten, die Wert darauf legten, dass man trotz ihres Inkognitos bemerkte, wie sie aus rein taktischen Gründen ihren Pelz diesmal inwendig trugen. Sie waren daher unschwer als ein Trupp von Ministerialdirigenten oder ähnlich hochgestellten Staatsdienern auszumachen.

Eines Abends, nachdem die Abordnungen bis spät verhandelt hatten, wurde beschlossen, zur Auflockerung in eine Bar nach Bozen zu fahren. Ich orderte ein paar Taxis, die die Gruppe an den gewünschten Ort brachten. In der Zwischenzeit sorgte ich im Konferenzsaal wieder für Ordnung. Ich räumte Flaschen, Gläser und Tassen beiseite, wischte die Tische und rückte die Stühle zurecht. Wie schon zuvor hinterließen die Verhandlungspartner nichts im Raum, was auf den Gegenstand ihrer Konferenz hingedeutet hätte, bis ich in einem Fach unter dem Referentenpult eine Tischvorlage fand, die schlagartig alles klarmachte: *Banca di Campania – das Tor Bayerns zum Süden.*

Die Banca di Campania sei, so hieß es dort, von ihrer Bilanzsumme her gesehen eine vergleichsweise kleine Bank, aber sie habe gute Kontakte zu den Mittelmeer-Anrainerstaaten aufgebaut, insbesondere zu Marokko, Algerien und Tunesien. Studien zufolge, die in dem Papier genannt wurden, sei gerade in diesen Ländern der Investitionsbedarf sehr hoch, von dem jedoch nur ein Geldinstitut profitiere, das dort über ein verlässliches Netzwerk verfüge.

Auf diese Weise wurde die Argumentation geführt, und die Zielrichtung war klar. Man wollte den bayerischen Interessenten eine solide Mehrheit, in Aussicht gestellt waren sechzig Prozent, an der Bank verkaufen. Die Roadmap für die Gespräche sah vor, dass bis zum Wochenende strittige Punkte ausgeräumt sein sollten und Verantwortliche beider Seiten einen Vorvertrag unterzeichnen könnten.

Toto di Santo, einer dieser Verantwortlichen, sofern sich dies der Preisklasse des reservierten Zimmers entnehmen ließ, sollte bereits am nächsten Morgen eintreffen. Als das Taxi draußen vorfuhr, ging ich gleich mit dem Gepäckwagen hinaus, um die zwei Gepäckstücke aus dem Kofferraum nach innen zu befördern. Dann kam ein eher kleiner, hager wirkender Herr im Kamelhaarmantel hereingeschlendert. Den kurzkrempigen Hut hatte er abgenommen und winkte mir damit einen Gruß zu.

»Buon giorno!«

Als er die Sonnenbrille abnahm, erkannte ich, dass Onkel Giannino auf der anderen Seite des Tresens stand. Er war so wendig und gefährlich wie eine Kobra. Ich spürte meine

Knie weich werden und meinte, einfach zu Boden sinken zu müssen. Ich war ihm ausgeliefert. Er musterte mich, verlor aber nichts von seiner guten Laune, die allerdings etwas aufgesetzt wirkte. Mit dem Brillenbügel tippte er auf seinen Namen, als ich dann endlich den Computer bediente. Ich gab ihm die Chipkarte für sein Zimmer und versprach, das Gepäck gleich hochbringen zu lassen. Eben war Martin, mein Kollege, eingetroffen; ich war froh, ihm diese Aufgabe übertragen zu können. Als ich mich im Spiegel betrachtete, stellte ich fest, dass ich eine Zeitlang danach immer noch bleich war. Der Schreck war mir in alle Glieder gefahren, aber offenbar hatte meine Tarnung seinen forschenden Blicken standgehalten.

Was die Bank anging, war spätestens jetzt für mich alles klar: Die bayerische Regierung war drauf und dran, sich an einem Unternehmen zu beteiligen, das Geldwäsche, Waffen- und Drogengeschäfte betrieb. In der Bank steckte das schmutzige Geld der Mafia.

Ich war in der Klemme. Mit einem weiteren Feind wie den Italienern hatte ich nicht gerechnet. Und Rado war noch gar nicht aufgetaucht. Aber wusste ich jetzt nicht schon genug über ihn? Er arbeitete mit Mafiageld; sein Hotel war zu einem der Anlageobjekte im touristischen Bereich geworden, auf die sich diese kriminelle Organisation jetzt vorzugsweise verlegte, um Geldwäsche betreiben zu können. Ich ging auf und ab, grübelte, dachte an Ramona, Miriam und Gabriel und packte dann meinen Koffer. Nach diesem Entschluss, meine Mission abzubrechen, war mir leichter. Ich legte mich hin, um noch ein wenig zu schlafen; wenn es dämmerte, wollte ich verschwinden. Alles Weitere, die Sicherung und Durchsetzung meiner Ansprüche, konnte ich von München aus betreiben.

Ich träumte. Bruni und ich waren mit Nero durch den Wald gelaufen. Müde und abgekämpft kamen wir zurück. Bruni war anhänglich, wollte nicht allein in ihrem Zimmer bleiben, so legte ich sie zu mir. Bald danach wurde auch ich so müde, dass ich neben sie in mein Bett kroch. Im Halbschlaf hörte ich, wie Laura auf Zehenspitzen hereinkam, zuerst nach Bruni sah, ihre Decke ein wenig hochzog und mir dann sanft über die Stirn strich. Ich öffnete die Augen und sah sie mich anlächeln.

Der gellende Schrei einer Frau! Ich fuhr hoch, blickte verwirrt um mich. Zweifellos befand ich mich in meinem Zimmer. Noch ein Schrei. Jetzt nahm ich sie wahr: An der Tür stand Laura, die Hände an den Mund gepresst, mit allen Anzeichen von Panik. Natürlich hatte ich im Bett gelegen wie früher, eingerollt in meine Decke, eine Hand unter dem Kissen, die andere um den Hals auf der Schulter. Natürlich trug ich, als ich aufschreckte, nicht meine markante Brille und war auch sonst nicht für meine Tarnung präpariert. Ich sah aus, wie ich immer schon ausgesehen hatte, wenn ich im Bett lag.

»Mein Gott, Luis!«

Leugnen war zwecklos.

»Ja, ich bin es.«

»Was machst du hier?«

Ich schüttelte den Kopf. Auf diese Frage wollte ich keine Antwort geben.

»Und du?«

»Ich wusste ja nicht, dass das Zimmer besetzt ist. Manchmal …«

Sie presste ihre Lippen zusammen.

»… bin ich auf der Suche nach Erinnerungen. Dann laufe ich hier im Hotel durch die Zimmer.«

Ich wusste, was sie meinte. Genau das: Bruni und ich schlafend nebeneinander, sie ihr die Decke hochziehend und mir über die Stirn streichend.

»Ich dachte, du wärst …«

»Tot? Das war ich auch. So gut wie. Rado hat versucht, mich umzubringen.«

»Nein, das hat er nicht!«

»Dann muss ich mich wohl selbst dazu entschlossen haben, in einem Leichenwagen nach München zu fahren.«

»Rado sagt, du bist gestürzt, so unglücklich auf den Hinterkopf gefallen, dass du gleich tot warst.«

»Und dann?«

»Was wäre passiert, wenn er Hilfe geholt hätte? Niemand hätte ihm geglaubt! So wie das zwischen euch stand, kam nur Mord in Frage.«

»Er hat also keine Hilfe geholt. Hätte er es getan, wäre mir viel erspart geblieben. Und wie ging es dann weiter?«

»Rado hat Freunde …«

»Italienische Freunde, ich weiß.«

Sie blickte zu Boden.

»Jedenfalls haben sie ihm geholfen. Sie könnten für eine unauffällige Bestattung sorgen, sagten sie.«

Wir schwiegen.

»Ich glaube nichts davon, außer natürlich, dass man eine unauffällige Bestattung mit mir vornehmen wollte.«

Sie sah mich flehentlich an.

»Aber auch das ist ja schon mehr, als ein Mensch ertragen kann: lebendig, halbwegs jedenfalls, begraben zu werden.«

Jetzt begann sie zu weinen. Leise öffnete sich die Tür, Maria stand da.

»Ich wusste ja, dass du es bist, Luis.«

Sie umarmte mich.

»Kann ich etwas tun?«

»Bring uns einen starken Kaffee. Und für mich einen Grappa.«

Sie brachte uns das Gewünschte auf einem Tablett und ließ uns wieder allein. Wir setzten uns an den Tisch.

»Warst du das in München? Die Frau mit der Rose?«

Sie nickte.

»Tatsächlich eine rote Rose?«

»Im Tod ist alles vergeben. Sollte jedenfalls so sein.«

»Demnach hätte ich dir doch etwas bedeutet?«

»Wenn man Anfang und Ende auslöschen könnte! Was dazwischen mit uns war, darüber möchte ich mich nicht beklagen. Aber meine große Liebe warst du dennoch nicht.«

»Und Bruni?«

»Ihren Tod verzeihe ich dir nie. Aber ich kann jetzt den Gedanken annehmen, dass du sie genauso geliebt hast wie ich und unter ihrem Verlust leidest.«

Zum ersten Mal in diesem Gespräch hatte ich den Mut,

ausgiebig ihr Gesicht zu studieren. Darin zu lesen, war schwer, weil man das Aussehen eines Menschen, der einem viel bedeutet hat, modelliert. Der erste Eindruck bleibt darin noch genauso gegenwärtig wie der Abschied. Tatsächlich erblickte ich mich selbst darin, weil ich mir auf die Fragen, die ich an es richtete, auch selbst die Antwort gab. Sie war unglücklich, wirkte wie aus dem Leben gefallen, krank, zerrüttet und angeschlagen. Auch daran war ich, wie an so vielem, schuld. Zum ersten Mal verspürte ich einfach nur Mitleid mit ihr.

Das war der Moment, in dem ich wusste, dass ich endlich Abschied genommen hatte. Vielleicht war alles nur Verblendung gewesen.

»Du hast dich nie mit dem, was du hattest, zufriedengegeben«, sagte sie. »Du wolltest dein Glück zwingen, hast geglaubt, es dir einfach nehmen zu dürfen. Das war falsch, ist aber wohl genau das, was durch deine Eltern auf dich gekommen ist. Aus der Entfernung habe ich dich mit größerer Zuneigung gesehen als in der Nähe, die du mir abgerungen hast.«

Sie wies auf meinen Koffer.

»Was wirst du tun?«

»Eigentlich …«

Ich wusste selbst nicht mehr, was ich wollte.

»Bitte rede mit Rado. Und lass uns mit allem, was war, abschließen.«

»Gut. Aber erzähle niemandem davon, dass ich hier bin. Ich möchte selbst bestimmen, wann ich mit ihm spreche.«

»Gut.«

Sie stand auf und gab mir die Hand. Als sie weg war, fühlte ich mich so frei, als wären mit ihrem Abschied endlich alle Bindungen erloschen, die ich eingegangen war.

Mit gemischten Gefühlen stand ich nun doch wieder an meinem Arbeitsplatz. Ein wenig sicherer war mir dennoch zumute, denn hinten im Hosenbund steckte die Pistole. Wie war dieses Knäuel von Problemen zu entwirren? Das geringste davon waren die Verhandlungen um die Banca di Campania. Was ging es mich an, dass die bayerische Regierung einen fürchterlichen Fehlgriff machen würde? Wenn ich mir mit meinen begrenzten Mitteln schon einen Einblick in das Treiben dieses Instituts verschaffen konnte, um wie viel mehr dann eine Regierung!

Gestern erhielt ich unerwartet Einblick in die Seelenlage von einem der Oberförster, als er gerade ein Telefongespräch mit seinem Vorgesetzten in München beendete. Dreimal musste er *Jawoll!* sagen, bis er endlich auflegen durfte. Hinterher stand ihm der Grimm ins Gesicht geschrieben, am liebsten hätte er sein Gerät aus dem Fenster geworfen. Was er denn gemeint habe, wollte sein Kollege wissen. Ob sie zu blöd seien, eine Bank zu kaufen, erwiderte er.

Vor Onkel Giannino hatte ich Angst, auch wenn er bis jetzt nicht so reagierte, als würde er mich erkennen. Blieb noch Rado. Nach der Auseinandersetzung mit ihm würde alles erledigt sein, was ich hier zu Ende bringen wollte. Bis dahin musste ich auf der Hut bleiben.

Der Abend begann seltsam. Draußen fuhr ein blauer Lieferwagen der Firma Mulzer vor: Heizung, Kälte, Klima. Ein Installateur mit Werkzeugkoffer betrat das Foyer und steuerte auf den Empfang zu. Der Kerl war mir vom Aussehen her unsympathisch: schwarze Bartstoppeln, nach hinten gekämmte, gegelte Haare, dazu sein linker Arm steif am Oberkörper anliegend – schlechte Voraussetzungen für einen Handwerker.

»Mir liegt nichts vor, dass Sie gerufen worden wären.«

»Nicht nötig. Wir sehen online, wenn mit der Anlage etwas nicht stimmt.«

Sein Ton war unverschämt. Ohne auf meine Antwort zu warten, packte er seinen Koffer.

»Brauche niemanden. Komme schon allein zurecht.«

Mit diesen Worten verschwand er im Treppenhaus. Ich überlegte eine Weile, ob ich Simona anrufen und mich erkundigen sollte, nahm dann aber Abstand von der Idee, denn unter Kollegen hielten wir es immer so, dass wir Nachfragen außerhalb der Dienstzeit auf äußerste Notfälle beschränkten. Ich nahm mir jedoch vor, das Verhalten des Installateurs im Nachtbuch zu vermerken.

Nach etwa zwanzig Minuten lief der Kerl wieder quer durch das Foyer, murmelte, dass alles in Ordnung sei, und verschwand mit seinem Lieferwagen. Dass bereits zu diesem Zeitpunkt einer der Italiener fürchterlich zugerichtet mit gebrochenem Schädel in seinem Schrank eingesperrt lag, erfuhr ich erst hinterher.

Wenig später erhielt ich einen Anruf vom jungen Sattlerwirt. Einer unserer Hotelgäste sei bei ihm oben, er bekomme kein Taxi, ob ich ihn denn abholen könne. Auf den Capo di Zerlano hochzufahren, war eine Sache von einer Viertelstunde. Ich sagte daher zu, stellte das Abwesenheitsschild mit der Nummer meines Diensthandys auf den Desk und nahm das Hotelfahrzeug, das unten in der Garage stand.

Da ich niemand vor dem Wirtshaus stehen sah, als ich ankam, lief ich hinein. Messner stand hinter dem Tresen und sagte, der Gast würde schon draußen warten. Irritiert ging ich wieder zum Wagen zurück, tatsächlich saß jemand im Fond.

»Buona sera, signore! E tanti saluti da Monaco.«

Ich drehte mich um. Giannino hatte den Kragen seines Kamelhaarmantels nach oben geschlagen.

»Ich vergesse nie Gesichter, schon gar nicht solche von Personen, mit denen ich noch etwas abzumachen habe. Kurze Haare, Bart, grau – gut! Aber dieser schwarze Schönheitsfleck auf der Wange! Madonna, Sie sind doch keine Rokokodame! Avanti dritto!«

Ich zögerte.

»Sie wissen genau, dass ich eine Waffe in der Manteltasche habe. Also fahren Sie jetzt dahin, wohin ich Sie dirigiere. Geradeaus!«

Ich gehorchte und startete den Wagen.

»Was machen Sie hier? Wem spionieren Sie hinterher?«

»Ich spioniere nicht, als geborener Südtiroler lebe und arbeite ich hier.«

»Sie galten als tot, und man hat Sie dem Servizio Grienbeck übergeben. Gut, das macht Sinn. Dann sind Sie nicht der, für den wir Sie gehalten haben. Warum haben Sie so beharrlich geschwiegen?«

»Hätte das einen Unterschied gemacht?«

»Ich hätte Sie sympathischer gefunden.«

Er lachte dazu, so wie Mächtige lachen, denen alles zu Belieben steht.

»Warum sind Sie im Hotel?«

»Ich arbeite dort.«

»Sie kennen Corrado Volcan?«

»Natürlich. Jeder kennt ihn hier bei uns.«

»Dennoch …«

Er wog das Gesagte ab und ordnete es. Trotz der Angst, die ich ausstand, spürte ich, wie sehr ihn mein Fall beschäftigte. Offenbar gab es noch einen Haken. Ich war gespannt, obwohl die Auflösung seiner Grübelei im Angesicht des

Todes eine Nichtigkeit war. Vielleicht war es auch gar nicht so sehr Interesse daran, sondern der Versuch, Ausflucht in etwas Lebenswichtigem zu suchen, statt das drohende Ende anzunehmen. Die Lösung jedoch kam von einer Seite, die auch Giannino nicht erwartet hatte. Die geringste Aufmerksamkeit galt meinem Chauffeurdienst. Ich blickte immer wieder in den Rückspiegel zu ihm, ein fataler Fehler, der uns beinahe Kopf und Kragen gekostet hätte. Als ich um eine Kurve der steilen Straße bog, bemerkte ich erst im letzten Moment, dass sich vor uns quer ein Fahrzeug aufgebaut hatte. Durch die heftige Bremsung geriet der Wagen ins Schlingern. Ich versuchte zunächst, links an dem Hindernis vorbeizufahren. Eine Bankette existierte jedoch nicht, stattdessen ging es steil den Abhang hinab. Ich steuerte wieder dagegen und kam doch noch rechtzeitig zum Stehen.

Die Scheinwerfer beleuchteten den blauen Lieferwagen der Heizungsfirma Mulzer und jenen groben Gesellen, der vorgab, im Hotel die Anlage zu warten. Er trug zwar einen Blaumann, hielt aber eine Maschinenpistole im Arm und eröffnete sofort das Feuer auf uns. Es waren Warnschüsse, denn uns auszulöschen, wäre ein Leichtes gewesen. Giannino hatte sich sofort zu Boden geworfen, als eine weitere Salve das hintere Seitenfenster perforierte. Mit dem Kolben gab ihm der Kerl den Rest. Letztlich ist es vollkommen gleichgültig, von wem man ins Jenseits befördert wird, aber die neue Lage bot mir insofern eine Erleichterung, als es diesmal nicht um mich, sondern um Giannino ging. Der vermeintliche Handwerker hatte ein Anliegen, das wurde schnell deutlich.

»Zio Giannino! È il mio piacere.«

»Wer bist du, ich kenne dich nicht?«

»Andrea Carlotti. Ich habe euch jahrelang im Verborgenen gedient, sauber und präzise gearbeitet. Und dann lasst ihr meinen Partner und mich abknallen. Schüsse in den Rücken, mein linker Arm kaputt, ich werde lebenslang ein Krüppel bleiben ...«

Das gehörte nicht zu meiner Geschichte. Nun war es an Giannino, im Angesicht des Todes Interesse an der Lösung des Rätsels aufzubringen, aus welcher Grube dieser Wüterich hervorgekrochen kam. Natürlich würde man mich, wenn Carlotti mit Giannino abgerechnet hatte, ebenfalls beseitigen, obwohl ich in ihre Angelegenheiten nicht verwickelt war. Aber Augenzeugen und Mitwisser sind im Nachhinein genauso gefährlich wie der Kontrahent selbst. Ich öffnete die Fahrertür und warf mich, ohne zu zögern, den Abhang hinunter. Mein Vater hatte mehrfach solche Husarenstücke lebendig überstanden, vielleicht war er es, der mir hilfreich beisprang. Die MP tackerte, aber ich war noch nicht einmal sicher, ob die ersten Schüsse mir galten, erst die zweite Salve schlug neben mir ein.

Ich war hier zu Hause; in unserer Gegend kannte ich jeden Busch und Baum und wusste, wohin ich mich zu wenden hatte, um mich in Sicherheit zu bringen. Zickzack, die Bäume als Deckung nutzend, rannte ich, ohne mich auch nur einmal umzuwenden. Wer sich ständig einer Bedrohung ausgesetzt sieht, stumpft ab und wird kaltblütig. Das MP-Tackern verlor sich oben im Wald.

Als ich endlich Zerlano vor mir sah, hielt ich kurz inne. Ich blutete am Rücken. Meine Verletzung war jedoch weder auf Schüsse noch Steine oder Wurzeln zurückzuführen, sondern auf die Pistole, die ich mir hinten in den Hosenbund gesteckt hatte.

Ich schlich in das Hotel Santer, aber die aufmerksame Maria Gabrielli hörte mich trotzdem.

»Luis, was ist passiert?«

»Das, was einem Santer offenbar immer passiert: Man versucht, ihn umzubringen.«

Ich stellte mich unter die heiße Dusche, um meine zerschundenen Glieder zu wärmen und wieder zu lockern, ließ mir von Maria die Rückenwunde verbinden und zog frische Kleidung an.

»Wo sind die Wagenschlüssel?«

»Bleib hier, Luis!«

In meinem Kopf waren inzwischen einige Sicherungen durchgebrannt. Ein Furor hatte mich gepackt, ich wollte nicht mehr ständig ein Opfer abgeben, auf das jeder nach Belieben einschlagen konnte. Jetzt stand ein Endspiel an, und zwar sofort!

»Gib mir schon die Schlüssel!«

Eingeschüchtert und bleich gehorchte Maria. Sie tat mir leid. Ich umarmte sie.

»Ich habe den größten Schlamassel heil überstanden. Was jetzt noch kommt, bringt mich auch nicht um.«

Wäre ich ein Killer oder Schwerverbrecher, würde man sagen, ich fuhr guten Mutes hinüber nach Schlans.

Der Aufruhr um das Hotel herum war im Abflauen. Einige Polizeifahrzeuge machten sich bereits wieder auf den Rückweg in ihr Bozener Hauptquartier. Ich parkte den Wagen ein paar Straßen weiter und fragte einen, den ich nicht kannte, was denn hier passiert sei.

»Ein italienischer Banker ist schwer verletzt worden.«

»Warum?«

»Weil er den Aufenthaltsort seines Chefs nicht preisgeben wollte.«

»Und?«

»Hat er dann wohl doch. Jedenfalls haben sie den oben unter dem Capo di Zerlano von Kugeln durchsiebt aufgefunden.«

Ich sondierte die Lage. Sie begann sich auch im Hotel wieder zu normalisieren. Unter dem Vordach stand die bayerische Delegation mit ihrem Gepäck und wartete auf Taxis. Drinnen in den weichen Sesseln wäre es bequemer und wärmer gewesen, aber offenbar wollte man rasch Distanz gewinnen. Ein Schwerverletzter, ein Toter, mit solchen Partnern wollte man dann doch lieber nichts zu tun haben. Der bayerische Staat hatte durch das abendliche Gemetzel etliche Millionen gespart. Aber darauf würden sie im Nachgang nun selbst kommen.

Das Foyer schien leergefegt, also ging ich hinein und steuerte direkt das Büro des Managements an. Ohne anzuklopfen, öffnete ich die Tür. Drinnen saß Rado. Er sah mitgenommen aus und hatte ein großes Glas Whisky vor sich stehen. Dieser Mensch war mir fremd.

»Wer sind Sie?«

»Der Nachtportier.«

Rado sprang auf.

»Sie werden von der Polizei gesucht. Toto di Santo, der Hotelgast, den Sie chauffiert haben, ist erschossen worden. Man glaubt, Sie seien flüchtig.«

»Red kein Blech, Rado. Der Mann, der ermordet wurde, ist Onkel Giannino. Andrea Carlotti hat ihn höchstpersönlich um die Ecke gebracht, und du weißt genau, warum.«

Die ganze Bandbreite der Gefühle von Erschrecken bis Panik durchzog Rados Gesicht.

»Wer sind Sie?«

Ich riss mir die schwarze Brille von der Nase und warf sie auf den Tisch.

»Schau mich an!«

»Luis?«

»Auferstanden von den Toten! Darauf hätte ich auch gern einen Schnaps.«

Etwas zittrig goss er mir ein und schob mir das Glas zu.

»Nur dass dir klar ist, woran du bist: Ich weiß über deine Machenschaften mit dem Hotel Bescheid. In diesem Haus sitzt das schmutzige Geld der Mafia, und du bist ihr Handlanger. Im Übrigen …«

Ich zog meine Pistole aus dem Hosenbund und legte sie vor mich hin.

»… gibt es noch ein weiteres Argument, mir alle anstehenden Fragen wahrheitsgemäß zu beantworten.«

Rado presste sich in die Rückenlehne seines Ledersessels wie gegen eine Mauer, die ihm den letzten Fluchtweg abschnitt.

»Wir beginnen mit unserer Fahrt ins Passeiertal. Wir marschieren hoch, ich rede gegen eine Wand, von der nichts zurückkommt. Dann sacke ich innerlich weg, gerate in einen Schockzustand und bekomme einen Schlag auf den Hinterkopf.«

»Du bist gestürzt.«

Ich schlug mit der flachen Hand auf den Tisch.

»Die Wahrheit, verdammt noch mal!«

Rados Gesichtszüge glätteten sich. Er erinnerte mich an den, der mein Freund gewesen war.

»Ja du hast recht, es war ein Prügel. Ich war so voller Hass, hatte einen solchen Abscheu vor dir, dass ich es tun musste.«

»Eine Bestrafung?«

Rado nahm einen Schluck aus seinem Glas, blickte dann auf den verbliebenen Whisky und drehte dabei das Glas, als könne er auf dem Grund etwas lesen.

»Das würde Überlegung und ein Abwägen voraussetzen, wozu ich gar nicht mehr fähig war. Was ich vorher an Schmerz und Wut in mich hineingefressen habe, brach sich Bahn. Ich wusste nicht, was ich tat, ich handelte einfach.«

Zum ersten Mal an diesem Abend spürte ich, dass ich auch noch zu anderen als rabiaten Reaktionen fähig war: Anerkennung seiner Ehrlichkeit, Zweifel an mir selbst. Sein Hieb damals hätte mich nicht unvorbereitet treffen dürfen, ich hatte ihn verdient.

»Und dann?«

»Lagst du da. Leblos, steif. Schon da hatte mich Reue gepackt, weil mir zu Bewusstsein kam, wie sehr wir Freunde gewesen waren.«

Ich hob mein Glas.

»Aber? Mit einem solchen *Aber* geht doch die Geschichte weiter, oder? Sonst läge ich bei meinen Eltern auf dem Friedhof von Zerlano begraben oder – noch besser – hätte mich im Bozener Krankenhaus gesund pflegen lassen.«

»Die ganze Zeit zuvor war ich besessen von dem Wunsch, du wärst tot. Er war so stark und der Ablauf so zwingend, dass ich bei deinem Anblick keine andere Vorstellung gewinnen konnte. Für mich warst du tot! Also rief ich meine Freunde an und bat sie um Hilfe.«

»Welche Freunde?«

»Namen werde ich hier keine nennen, nur dass das klar ist! Aber Giannino war es nicht, mit ihm hatte ich so gut wie nie zu tun. Er bewilligte, er unterzeichnete, ansonsten ließ er andere machen. Ich solle dich zu Grienbeck bringen, sagten sie. Sie wollten sich um die Beseitigung deiner Leiche kümmern.«

»Was ist Grienbeck für eine Firma?«

Rado stockte.

»Kadaverbeseitigung eigentlich.«

»Führen aber auch Spezialaufträge für die ehrenwerte Gesellschaft durch. Leichen, die verschwinden müssen.«

Er nickte.

»Niemand sucht auf dem Münchner Ostfriedhof einen Toten aus Italien. Das Krematorium dort ist leistungsfähig und offen für alle, die einen Totenschein mitbringen und das Begräbnis bezahlen.«

Er nickte noch einmal.

»So wird es wohl sein. Grienbeck hat ein Kühlhaus, da sollte ich deine Leiche ablegen. Ich habe dich ins Gebüsch gezogen, den Wagen geholt und dich dann zu Grienbeck nördlich von Sterzing geschafft.«

»Und welche Rolle spielt Carlotti bei dieser Angelegenheit?«

»Er lag bereits im Kühlhaus. Angeblich tot, erschossen. Kam dort aber wieder zu sich. Um seine Flucht zu vertuschen, hat er seinen Sarg mit anderem Material aufgefüllt, Tierkadaver, Erde – keine Ahnung! Jedenfalls ist diese Fuhre so nach München abgegangen.«

Mit diesen Worten hob in mir ein Rütteln und Schütteln an. Ich fühlte mich hin- und hergeworfen, als läge ich wieder in meinem Brettersarg auf dem Weg nach München. Von oben senkte sich Dunkelheit über mich; meine Beine wurden so schwer, als wolle mich die Erde verschlingen. Ich wehrte mich mit allen Kräften gegen diesen Sog, der die Oberhand über mich zu gewinnen drohte. Als es vermeintlich nichts mehr gab, an dem ich mich festhalten konnte, betrat Laura das Büro, glücklicherweise. Nicht weil sie mir noch so am Herzen lag, sondern weil mit ihr der Gedanke an Ramona mit aller Macht zurückgekommen war. Außerdem – und damit zog ich mich noch weiter nach oben – war da Erlacher, den ich unbedingt sehen musste, bevor er sich heimlich aus diesem Leben verabschiedete.

»Um Himmels willen, was hast du vor, Luis?«

Laura hatte meine Pistole bemerkt. Sie stellte sich schützend vor Rado. Ich sah die beiden beisammenstehen, und alles ordnete sich bei mir in großer Klarheit. Bruni war nicht mehr zu retten, dieser Schmerz blieb. Aber die Beziehung zu Laura war abgeschlossen. Ich hatte versucht, sie zu erringen, ich hatte sie mir genommen und wieder verloren. Sie gehörte zu Rado. Auch mit Rado gab es nichts mehr, was ich noch hätte auflösen müssen: Wir waren Freunde, er hasste mich, und ich hasste ihn. Seine Fehler und Verstrickungen gingen mich nichts an. Nicht die Taten, aber das Leiden daran war verschwunden, weil eines das andere aufwog, weil Glück und Unglück einander ausglichen, weil auf die Nacht der Tag folgte. Dennoch konnte es uns nicht erspart bleiben, jede dieser Phasen auf das heftigste zu durchleben, aber nur um danach zu verstehen, dass wir uns aus alldem verabschieden mussten. Zu dieser Haltung fand man nur, wenn man aus verschiedenen Perspektiven auf dasselbe Leben blickte, und das hatte ich – weiß Gott! – ausgiebig getan: von oben, von unten und mit den Augen derer, die um mich herumstanden. Hatte man diesen Gedanken einmal gefasst, wurde alles ganz leicht.

»Nichts.«

Ich steckte die Pistole in meine Tasche zurück.

»Wie einen Rucksack habe ich die Verpflichtung mit mir herumgetragen, dass ich den Leuten, dem Leben, der Politik, der Kirche etwas schuldig bin. Immer war ich einen Schritt zu spät, immer bin ich hinterhergelaufen. Zum ersten Mal fühle ich mich aller Aufgaben ledig, ich bin quitt mit allen und frei zu gehen, um euch eurem eigenen Schicksal zu überlassen. Ich fürchte, ihr werdet schwere Zeiten erleben, aber meinen Segen für gutes Gelingen habt ihr. Adieu!«

Meine Kräfte schwanden. Ich wusste, dass ich nun das Hotel ganz schnell verlassen musste. Mit raschen Schritten durchquerte ich das Foyer; an der Schwelle wurde ich schwach und stolperte in die Kälte hinaus wie gegen ein Brett.

Erschöpft saß ich auf meinem Bett. Ich mobilisierte meine letzten Reserven, denn jetzt musste ich Ramona anrufen.

»Ja.«

Ihre Stimme klang zaghaft. Wahrscheinlich hatte sie auf dem Display erkannt, dass der Anruf aus Italien kam, und erwartete das Schlimmste.

»Hier ist Oskar.«

»Oskar, Gott sei Dank! Wie geht es dir?«

»Ich lebe, alles andere … Was soll ich sagen: Hölle und Fegefeuer, ich habe alles zusammen erlebt.«

»Das habe ich befürchtet.«

Sie wartete. Ich fasste den Gedanken und fand ihn unpassend, aber es stellte sich mir genau so dar: Ihr Schweigen war zart.

»Ich hatte eine Frau und ein Kind. Beide habe ich verloren. Die Beziehung, um die ich so gekämpft habe, hat sich nie erfüllt, Bruni, mein Kind, ist bei einem Unglück umgekommen.«

Sie sagte immer noch nichts, aber ich spürte sie neben mir.

»Ich habe nur noch euch: dich und Miriam. Das Hotel ist unangetastet, es steht wie jeher in Zerlano. Ich möchte, dass ihr bei mir seid. Ich werde nach München zurückkommen, aber nur, um euch abzuholen.«

Was zwischen uns war, musste nicht ausgesprochen werden. Wir wussten um unsere Gefühle. Gekräftigt legte ich auf. Seltsamerweise schien sich mein Zimmer durch ein warmes Licht aufgehellt zu haben. Es stärkte und umfing mich, so dass ich einschlief, aber ich wusste, draußen vor der Tür saß die Nacht wie ein schwarzes Ungeheuer und wartete darauf, mich zu verschlingen.

Morgens ging ich gleich hinüber zur Kirche. Über dem Friedhof pfiff der eisige Wind, und in der Kapelle läutete das Totenglöcklein. Ich befürchtete schon, dass ich zur Unzeit gekommen sei, aber dann sah ich, dass der Kaplan die Zeremonie leitete. Ich bekreuzigte mich, als er mit seinen Ministranten an mir vorbeizog. Als ich ihren Weg weiterverfolgte, sah ich, dass beim Grab meiner Eltern ein frischer Erdhügel aufgeworfen war.

Edith machte mir im Pfarrhaus auf, ich stellte mich noch einmal vor.

»Er hat Sie schon erwartet«, sagte sie.

Dann führte sie mich in sein Schlafzimmer, wo er hochgebettet auf Kissen ruhte. Er war todesbleich, fast wächsern schon.

»Gut, dass du kommst, Luis! Auch mit mir geht es zu Ende.«

Ich fasste seine Hände. Sie waren kalt, ich versuchte, sie zu wärmen.

»Ich bin froh, Sie noch anzutreffen, weil es mir so vorkommt, als sei mein Besuch bei Ihnen eines der wichtigsten und letzten Dinge, die ich hier zu erledigen habe.«

Erlacher lächelte.

»Ich weiß.«

»Ich möchte Ihnen für alles danken, Ihre Geduld, Ihre Großzügigkeit mit mir, ohne Sie hätte ich nie ins Leben gefunden.«

»Wie war es denn, dein Leben?«

Ich wusste nicht, wie ich das auffassen sollte, aber Erlachers Entrücktheit schien mir nicht mehr von dieser Welt zu sein. Er hatte mich aufgefordert zu erzählen, also erzählte ich. Erstaunlicherweise machten meine Schilderungen einen aufgeräumten Eindruck. Alles fügte sich zueinander, alles wollte erlebt sein, alles hatte einen Sinn. Erlacher nahm meine Darstellungen mit großem Wohlwollen zur Kenntnis, nickte und umfasste meine Hand.

»Und nun«, so endete ich, »werde ich ein neues Leben beginnen.«

Er schüttelte den Kopf, freundlich, aber bestimmt.

»Das Sterben, lieber Freund, ist eine vertrackte Angelegenheit, weil es unsere Zeitmaßstäbe vollständig über den Haufen wirft. Wenn die Gewissheit an dich gekommen ist, dass es so weit ist, hast du bis zum Eintritt deines Todes nur noch einen winzigen Moment übrig. Für einen Außenstehenden ist dieses Maß vernachlässigbar, für dich kann es alles bedeuten, weil sich das Leben in seiner ganzen Überfülle in diese Zeitspanne zwängt und sich dort ein letztes Mal ausbreitet. So darfst du dir in ruhigem Lauf alles vor Augen führen. Nicht nur, was du getan hast, sondern auch, was unerledigt geblieben ist, was du gewünscht und gehofft hast. Du darfst es abrunden und vollenden, weil niemand ohne diesen Trost ins Jenseits gehen muss.«

Jetzt spürte ich wieder diesen Sog, sah die Dunkelheit über mich hereinbrechen und wusste, welcher Art dieses Ungeheuer war, das sich schon gestern vor meiner Tür niedergelassen und gewacht hatte. Auch das Rütteln und Schütteln hob wieder an, mein Sarg klapperte. Noch einmal versuchte ich, mich gegen die Bretter zu stemmen, um sie abzusprengen.

Aber Erlacher hatte recht, es war vergeblich, weil der bloßen Vorstellung, Bretter zu lösen, keine Wirklichkeit zukommt. Der Kreis schloss sich. Ich hatte meinen Frieden machen dürfen, weil mir die Wege aufgezeigt worden waren, alle in diesem Leben gestellten Aufgaben zu einem guten

Ende zu bringen. Da blieb keine Frage mehr übrig, die ich hätte aufwerfen können, dachte ich und stellte doch gleich danach fest, dass in mir ein letztes verbliebenes Rätsel glomm. Es tanzte in dieser befriedeten Nacht so unstet auf und ab wie ein Glühwürmchen. Warum war ich im Sarg so unangemessen gekleidet und trug Boxershorts, die mit blaurosa Delphinen bedruckt waren?

»Komm«, sagte Erlacher und winkte mich zu sich.

Also gab ich auf, erhob mich und ging dem Licht entgegen.

ENDE

NACHWORT

Auch für diesen Text habe ich mich über eine ganze Reihe von Sachverhalten, von denen ich zuvor wenig wusste, kundig gemacht. Das meiste habe ich diesmal aus dem Netz gefischt. Wie so oft stößt man dabei auf viele Fundstellen und blättert sie durch, so dass mir die genauen Einzelnachweise im Nachhinein schwerfallen. Zum Krematorium am Ostfriedhof gibt münchen.de ausreichend Auskunft. Es verfügt nach eigenen Angaben über ausreichend Kapazität, um auch Verbrennungen aus dem Umland von München durchzuführen. Dass dabei nicht zugehörige Leichenteile mitentsorgt werden könnten, fand ich eine gewagte Übertreibung. Jetzt allerdings ist genau dieser Fall in Regensburg aufgedeckt worden: http://www.spiegel.de/spiegel/regensburg-mysterioese-verbrennung-von-koerperteilen-im-krematorium-a-1135203.html.

Dass Crystal Meth vielfach aus Tschechien kommt und klassische Drogen verdrängt, ist ausreichend belegt. Im Englischen Garten und in München kenne ich mich aus eigener Anschauung gut genug aus.

Über Geldwäsche war ich ebenfalls nicht orientiert. Aber einer der Wege, so las ich, funktioniert genau so, dass schmutziges Geld in einen legalen Betrieb eingeschleust, als Umsatz verbucht und sauber wieder herausgeführt wird, z.B. http://www.petrareski.com/reportagen/pizza-mafia/.

Der Konflikt um Südtirol in den fünfziger und sechziger Jahren sowie die Aktivitäten des Befreiungsausschuss Südtirol (BAS) waren Themen, für die ich aufwendig recherchieren musste, weil ich davon kaum etwas wusste. Da ist man nun schon so oft Richtung Süden gefahren, ohne die Geschichte dieser Region zu verstehen! Die Online-Archive von ZEIT und Spiegel liefern hier, vor allem in den damals erschienenen Artikeln, wertvolle Hinweise und Zeugnisse. Eine umfassende Darstellung des ganzen Komplexes präsentiert der Text- und Bildband von Hans Karl Peterlini, Feuernacht. Südtirols Bombenjahre. Hintergründe, Schicksale, Bewertungen. 1961–2011. Bozen 2011, erschienen in der Edition Raetia. Die Figuren und Geschehnisse, die ich aus diesen Lebensläufen und Fakten montiert habe, sind fiktiv. Um das noch einmal deutlich zu machen, sind auch die kleinen Orte abseits von Bozen, Meran oder Wörgl erfunden und entsprechen daher keinem wirklichen.

Dass die bayerische Staatsregierung ihre Landesbank angestiftet hat, eine marode und korrupte Bank zu übernehmen, ist ein Krimi für sich. Zum Fall der Hypo Alpe Adria habe ich wiederum die Online-Archive von Spiegel, Zeit und FAZ benutzt. Ein informatives Dossier aus österreichischer Sicht findet sich unter http://diepresse.com/layout/diepresse/files/dossiers/hypo/. Der Kauf eines weiteren Katastrophenhauses mit der fiktiven Banca di Campania musste daher auch im Roman verhindert werden.

Max Bronski
München, im März 2017

FRIEDRICH ANI BEI DROEMER KNAUR

DIE TABOR-SÜDEN-REIHE

Die Erfindung des Abschieds
German Angst
Süden und die Stimme der Angst
Süden und das Gelöbnis des gefallenen Engels
Süden und der Straßenbahntrinker
Süden und die Frau mit dem harten Kleid
Süden und das Geheimnis der Königin
Süden und das Lächeln des Windes
Gottes Tochter
Süden und der Luftgitarrist
Süden und der glückliche Winkel
Süden und das verkehrte Kind
Süden und das grüne Haar des Todes
Süden und der Mann im langen schwarzen Mantel
Süden
Süden und die Schlüsselkinder
Süden und das heimliche Leben
M
Der einsame Engel

»Ani ist ein ausgezeichneter Beobachter, ein Menschen-
kenner. Ich finde es nachgerade faszinierend, wie er es
schafft, hinter die Stirn der Menschen direkt in ihr Herz
zu gucken.«

Christine Westermann, WDR

FRIEDRICH ANI

DER EINSAME ENGEL

EIN FALL FÜR TABOR SÜDEN

Nach dem Brandanschlag auf die Detektei Liebergesell ist deren Zukunft ungewiss. Dennoch nimmt Tabor Süden den Auftrag an, einen Geschäftsmann zu suchen. Bei seinen Ermittlungen stößt Süden schließlich auf eine Wahrheit, die jedes Glück unmöglich macht.

»Unverkennbar: Simenon ist das Vorbild. ›Der einsame Engel‹ ist ein Trauma-Roman. Die Vergangenheit klebt wie eine zweite Haut an den Protagonisten.«

FRIEDRICH ANI

M

EIN FALL FÜR TABOR SÜDEN

»Er war irgendwie anders in letzter Zeit.« Mit diesen Worten beauftragt die Redakteurin Mia Bischof die Detektei Liebergesell, nach ihrem vermissten Freund zu suchen. Tabor Süden kommt die Frau von Anfang an seltsam vor. Dass der Vermisste Kontakt zu Neo-Nazis habe, bestreitet Mia vehement. Süden schiebt seine persönlichen Bedenken beiseite – bis seine Kollegen in höchste Gefahr geraten und er um ihr Leben fürchten muss.

»Friedrich Ani vermeidet alles Plakative, und so setzt uns der Fall nicht nur unter Hochspannung, sondern zunehmend auch in Schrecken. Der aber entstammt nicht mehr dem Roman, sondern unserer alltäglichen Wirklichkeit.«

Cicero